Sean O'Faolain

Trinker und Träumer

und andere Meistererzählungen

Aus dem Englischen von Elisabeth Schnack

Diogenes

Die vorliegende Auswahl
aus den Bänden ›The Heat of the Sun‹
(Little, Brown & Co., Boston, Toronto 1966)
und ›I Remember! I Remember!‹
(Rupert Hart-Davis, London 1962)
erschien zuerst 1969 unter dem Titel ›Dividenden‹
im Diogenes Verlag
Umschlagfoto von Robin Morrison

Veröffentlicht als Diogenes Taschenbuch, 1980

www.diogenes.ch
30/08/8/4
ISBN 978 3 257 20741 5

Inhalt

So unschuldig, so schön!

Dieser elende Euston-Bahnhof mit all seinem Staub und Stink und Stank! Und dieser grobe Mensch am Fahrkartenschalter! Wie dumm sie gewesen war, mit dem Bus herzukommen, und obendrein eine Stunde zu früh! Sie war ganz erschöpft von der Schlepperei mit Tante Edies altem Lederkoffer. Nun fiel ihr auch noch ein Päckchen hin! Ein Träger kam auf sie zu.

»Kann ich Ihnen helfen, Miss?«

»O ja, bitte! Zum Anschlußzug fürs Schiff nach Irland!«

»Haben Sie einen Platz reserviert?«

»Ach du liebe Güte, das hab' ich vergessen!«

Eine nette Stimme, ein nettes Dingelchen, schöne Beine und ein wahrer Rossetti-Hals!

»Hier entlang, Miss!«

Als er ihren Koffer ins Netz eines leeren Abteils hinaufgewuchtet hatte und sie in ihrer Geldtasche nach Kleingeld suchte, sagte er: »Lassen Sie nur!«

Sie blickte zu ihm auf. Er hatte die schönsten Augen, die sie je gesehen hatte, ein reines Himmelblau, und lange Wimpern darüber. Die Schläfen waren grau, dazu runde Apfelbäckchen wie eine alte Dame.

»Ich bin auch Ire.« Er lächelte. »Der Koffer ist aber gehörig schwer!«

Er nahm die Dienstmütze ab und wischte mit einem blauen Taschentuch über seine Stirn. Er mochte fünfzig sein. Er zog den Zipfel seiner Weste herunter und steckte das Taschentuch in die Hosentasche. Doch es fiel ihr auf, daß er noch immer seine Schirmmütze in der Hand hielt. Er war so groß, daß er sich, wenn er sein Gewicht auf den einen Fuß verlagerte, mit der andern Hand am Gepäcknetz festhalten konnte.

»Ferien gemacht?« fragte er.

»Ich habe hier eine Stelle.«

»Schon lange in London?«

»Ein Vierteljahr!«

»Zum erstenmal?«

»Ja.«

»Hab's mir gedacht. Gefällt's Ihnen?«

War das nicht ein bißchen ungewöhnlich? Doch der Bahnsteig war leer, noch ohne Menschengewühl, und Daddy hatte immer gesagt, wenn man erst mal im Anschlußzug säße, wäre man schon in freundlicher Atmosphäre.

»Ich hab' eine nette, ruhige Stelle. Ist mir sehr recht. In der National Gallery.«

»Nein, so was!« lachte er, aber nicht laut. »Dort

hab' ich dreieinhalb Jahre gearbeitet. Ich war Aufseher.«

Sie konnte ihn sich gut in der Museums-Uniform vorstellen und wußte auch sofort, daß er im Krieg gewesen war, ja sie wäre eine kleine Wette eingegangen, daß er Unteroffizier gewesen war.

»Und was tun Sie im Museum?«

»Ich arbeite am Kiosk.«

Er lachte erfreut, als sähe er den guten alten Kiosk vor sich. »Muß doch gelegentlich mal ins Museum gehn und die Bilder zählen. Da waren ein paar, die mir sehr gefielen. Die Rokeby-Venus zum Beispiel.«

Sie lächelte zurückhaltend. Er sagte:

»Mein liebster Maler ist eigentlich Dante Gabriel Rossetti.«

Sie spürte, daß er gern noch länger geplaudert hätte, und rechnete es ihm hoch an, daß er es nicht tat. Er ging wieder auf den Bahnsteig hinunter, setzte die Mütze auf, ein bißchen schräg, strich eine lose Haarsträhne hinters Ohr zurück, schloß die Tür und rief zum Fenster hinauf: »Grüßen Sie die O'Connell Street von mir! Und seien Sie schön vorsichtig! Das sollten Sie wirklich – ein Mädchen, das so hübsch ist wie Sie!«

Lachend ging er weg. Was für eine komisch weiche kleine Stimme er hatte! Plötzlich machte er kehrt und trat wieder unter das Fenster.

»Bestellen Sie dem alten Rutchie, ich hätte mich nach ihm erkundigt. Ich bin Tom Dalton.« Dann ging er und lachte spöttisch über die Schulter zurück. »Sagen Sie ihm, ich ließe Pom Pom schön grüßen!«

Rutchie? Sie wunderte sich ein wenig darüber, daß ein Museums-Aufseher Gepäckträger geworden war. Vielleicht gab's bei der Bahn mehr Geld. Die Reise verdrängte ihn aus ihrem Kopf: die unbequeme Bahnfahrt ohne Schlaf, in Holyhead in der ersten Morgenfrühe das Umsteigen aufs Schiff, die Wiederbegegnung mit ihren Schwestern, Dublin, und alles andere.

Einen Monat später hörte sie eines Nachmittags, wie jemand sie um eine Postkarte von Rossettis *Damozel* bat; sie schaute auf und sah seine herrlich blauen Augen, die sie lächelnd anblickten.

»Guten Tag«, sagte er höflich. »Erinnern Sie sich noch an mich? Tom Dalton. Auf dem Euston-Bahnhof. Anschlußzug nach Irland. Haben Sie nette Ferien verlebt?«

»Doch, ich erinnere mich«, antwortete sie, merkte, daß sie rot wurde, und warf einen verstohlenen Seitenblick die Theke entlang, um festzustellen, ob Lorna Alleyn zuhörte.

»Wie steht's in Dublin?«

»'s ist immer noch das gleiche«, lachte sie, sein freundliches Lächeln erwidernd. Seine Zähne waren gelb, er rauchte zuviel, er rauchte Pfeife, wie ihr Daddy. »Sind Sie diesen Sommer nicht zu Hause gewesen?«

»Mein Gott, Kind, 's ist fünfzehn Jahre her, seit ich in Dublin war. Ich wünschte, Sie könnten mir mal erzählen, wie's jetzt in Dublin aussieht. Sie wollen wohl nicht mit mir mittagessen? Das darf ich doch hoffentlich fragen?«

Ihre Blicke schweiften zu einem wartenden Kunden, und sie entschuldigte sich. Als sie ans andere Ende der Theke zurückkehrte, stand er immer noch da und blätterte in den Karten. Er trug einen gut geschnittenen grauen Anzug und einen weichen braunen Hut mit einer schwungvollen Krempe. Sie fragte sich, was für ein Leben er wohl hinter sich haben mochte.

»Geht's nicht?« bat er leichthin, und doch lag etwas so Flehendes darin, daß sie es ihm ungern abschlug.

»Leider nicht. Heute mittag bin ich nicht frei.«

»Wie wär's, wenn wir heute abend in einem netten kleinen griechischen Café zusammen äßen?«

Vor lauter Verlegenheit lachte sie.

»Arbeiten Sie denn jetzt nicht?«

»Ich kann einen Kollegen bitten, mich zu vertreten. Ich geb' ihm fünf Schilling. Das machen wir oft so, wenn wir Nachtdienst haben.«

»Also gut. Besten Dank! Es ist sehr freundlich.«

»Fein! Ich erwarte Sie draußen, wenn Sie fertig sind. Jetzt werd' ich mal durch die Säle gehn und mein Lieblingsbild anschauen.« Er hielt die Postkarte hoch. »Sie sieht Ihnen sehr ähnlich.«

Im Laufe des Nachmittags ging sie ins Museum, um sich das Bild anzusehen. Sie stand halb zurückgelehnt, betrachtete es und versuchte eine Ähnlichkeit festzustellen, als sie merkte, daß zwei Herren, die in einer Ecke des Saals miteinander gesprochen hatten, sich trennten und daß der eine auf sie zukam. Er war blaß, in mittleren Jahren, mit sehr dunklen Augen; er wirkte soldatisch und sah recht gut aus. Liebenswürdig fragte er:

»Verzeihung, Sie sind doch vom Kiosk, nicht wahr?«

Er sprach leise, wie es sich im Saal gehörte und auch zu dem schwülen Juninachmittag paßte.

»Ja.«

»Sie sind mir schon ein paarmal aufgefallen. Wie reizend, wenn man entdeckt, daß man von den Postkarten zu den Gemälden und von den Gemälden zu den Postkarten gehen kann. Ich arbeite in der Direktion. Ich heiße Rucellai, Guido Rucellai.«

»Was für ein Name, sagten Sie?«

»Rucellai!«

»Oh! Kannten Sie einen gewissen Tom Dalton, der hier angestellt war?«

»Meinen Sie den verrückten Iren?«

»Wieso war er verrückt? Übrigens bin ich auch Irin.«

Er lächelte, hob, sich entschuldigend, die Hand und zog die Augenbrauen in die Höhe. Seine Zähne waren so weiß wie Papier. Er hatte eine kräftige, gebogene Nase.

»'s ist nicht so schlimm, wenn man für ein bißchen verrückt gehalten wird. Meine englischen Freunde halten mich für einen verrückten Italiener. Ich habe ein paar polnische Freunde, und ich halte sie alle für vollkommen verrückt. Nur die Engländer sind nie verrückt. Lieben Sie Rossetti? Er war natürlich kein reiner Engländer. Sein Vater war Italiener. Das hier ist sehr hübsch gezeichnet.«

»Jemand sagte, sie sähe mir ein wenig ähnlich.«

Er blickte zwischen ihr und dem Bild hin und her, tat es so oft, daß sie spürte, wie sie rot wurde.

»Unsinn! Sie gehören in die Hoch-Renaissance! Parmigianino?« überlegte er und umfaßte sie mit seinen Blicken. »Nein, es muß ein Florentiner sein. Domenico genannt Veneziano? Nein! Pollaiuolo? Oder warum nicht Botticelli? Die fallenden Schultern, der verträumte Blick, die festen Beine. Ja, das ist es. Auf den Fresken der Villa Lemmi ist ein Mädchen, das Ihnen sehr ähnlich ist.«

»Weshalb wurde Tom Dalton für verrückt gehalten?«

»Kennen Sie ihn sehr gut?«

»Ich kenne ihn überhaupt nicht. Habe ihn nur zufällig im vorigen Monat auf dem Euston-Bahnhof gesehen. Er ist jetzt Gepäckträger.«

»Hm. Vielleicht paßt er besser auf einen Bahnhof als in eine Bildergalerie. Vielleicht habe ich ihn deshalb verrückt genannt, weil er eines Tages plötzlich so aufgeregt wurde und sich über mich ärgerte. Er sagte mir – mir in meiner Stellung hier, müssen Sie bedenken –, daß er alle Italiener verabscheue. Ich mußte ihn zurechtweisen. Später hörte ich, daß er während des Krieges oder gleich danach eine Italienerin geheiratet hatte und daß es schiefgegangen war.«

»Ach so. Jetzt muß ich aber gehen.«

»Hoffentlich sehen wir uns mal wieder, Miss Plunkett!«

»Sie wissen, wie ich heiße?«

»Hab' mich erkundigt«, lächelte er. »Aber Ihren Vornamen kenne ich nicht.«

»Barbara.«

»Also auf Wiedersehen, Barbara!« Und er verbeugte sich gemessen, nur ein Neigen des Kopfes war es. Ein wenig überlegen? Oder war er galant?

Dalton führte sie zuerst in die Bar *Cat and Cage* in einer Seitenstraße der Oxford Street, zum Marble Arch hin. Es war eine stille Straße, mit Mietswohnungen, umgebauten Stallungen, Bürohäusern und den Rückseiten von Hotels. Die letzten Spatzen zwitscherten im Rinnstein. Eine Gegend, in deren Nähe man auch einen Blumenladen, kleine, aber vornehme Häuser, eine Kirche oder eine teure Boutique hätte erwarten können.

»Es ist eine noble Gegend«, sagte er, als er merkte, wie sie das Mahagoni und die geschliffenen Spiegel ringsum betrachtete, und er schloß daraus, daß sie noch nie in einer Bar gewesen war. Es waren kaum ein Dutzend Gäste da. »Jedenfalls war's mal eine noble Gegend. Wir sind hier im sogenannten Parallelogramm, wie Sydney Smith es nannte, nämlich das ganze Gebiet von der Oxford Street südlich bis Piccadilly und von Park Lane rüber nach der Regent Street. Crème de la Crème – in der Zeit, als England ein Weltreich und Irland der dumme Junge war.«

»Wer ist Sydney Smith? Ein Freund von Ihnen?»

»Er ist schon lange tot – ein berühmter englischer Schriftsteller.«

»Sie lesen wohl sehr viel?«

»Man vertreibt sich die Zeit damit. Was möchten Sie trinken?«

Sie wußte nicht, wieviel er ausgeben konnte, deshalb bat sie ihn, für sie zu wählen. Er brachte ihr einen trockenen Sherry und für sich ein Glas *Mild-and-bitter*.

»Mit Sherry sind Sie auf der sichern Seite«, riet er ihr freundlich. »Es ist das Richtige für Damen. Aber nehmen Sie trocknen Sherry, nie süßen! Und nehmen Sie nie Martinis! Zwei Martinis können Sie so umwerfen, daß Sie nicht mehr wissen, was

Sie sagen oder tun. Außerdem sind sie teuer, und einer Dame ist es unangenehm, wenn sie denken muß, sie könnte den Geldbeutel ihres Begleiters zu sehr beanspruchen. Hoffentlich ist es Ihnen recht, daß ich Sie hierhergeführt habe? Ich dachte, es würde Sie interessieren. Heutzutage kann man ohne weiteres für einen Aperitif in eine Bar gehen. Natürlich gibt's auch Bars, in die ich Sie niemals mitnehmen würde.«

»Hier ist es sehr schön! Es ist die netteste Bar, in der ich je gewesen bin. Vielen Dank, daß Sie mich hierhergebracht haben!«

Er fragte sie, wie er sie anreden solle, und ob er Barbara zu ihr sagen dürfe, und ob sie ihn Tom nennen wolle. Es wäre ihm so, wie wenn sie seine eigene Tochter wäre. Würde es ihr etwas ausmachen, wenn er Pfeife rauche?

»Ich liebe es sogar. Daddy hat immer Pfeife geraucht. Ich fühle mich dann wie zu Hause.«

Er lächelte ein wenig spöttisch, doch offenbar begriff sie nicht, weshalb er ihre Antwort als komisch empfand. Sie war so schlank wie ein März-Schößling und hatte das wellige Haar der ›Damozel‹ und Augen so blau wie Ehrenpreisblüten. »*Aus ihren stillen Blicken war das Staunen noch nicht ganz entfloh'n.*« Sie benutzte noch keinen Lippenstift. War ein bißchen mager, trotz der kräftigen Beine.

»Wie alt sind Sie, Barbara?«

»Neunzehn und ein bißchen drüber!« Sie mogelte ein Jahr zu ihren achtzehn hinzu.

»Ich habe eine Idee! Wenn Sie mal wieder nach Dublin fahren, besorge ich Ihnen eine P-Fahrkarte. Das P bedeutet ›privilegiert‹. Wenn ich erkläre, Sie wären meine Tochter, kann ich Ihnen eine Fahrkarte besorgen, die fast nichts kostet.«

»Sie sind furchtbar nett, Tom«, sagte sie und dachte über sein Anerbieten nach. »Aber glauben Sie, daß es recht wäre? Ich meine, würde man nicht einen Ausweis oder so etwas von mir verlangen? Ich möchte Ihnen keine Unannehmlichkeiten bereiten.«

Er blickte sie scharf an. »Sie sind doch nicht hochnäsig? Ich meine, daß Sie nicht zugeben wollen, die Tochter eines Gepäckträgers zu sein? Es werden übrigens keine Fragen gestellt. Sie müssen bloß Ihre Fahrkarte vorzeigen, wie alle andern auch. Bei der Bahn sind wir alle gleich. Einer für alle, und alle für einen, könnte man auch sagen.« Er klopfte ihr ein paarmal väterlich aufs Knie. Dann fuhr er fort: »Es ist schon recht. Ich wollte Sie nicht beunruhigen. Ich seh's, Sie sind überhaupt kein Snob. Und wie war die Reise diesmal?«

»Gut. Abgesehen davon, daß man umsteigen muß. Um zwei Uhr morgens aufs Schiff, gerade dicht vorm Einschlafen!«

»Wie ich die Nachtzüge kenne! Vom Krieg her – o je!«

Während er weitersprach, merkte sie befriedigt, daß er tatsächlich ein Unteroffizier gewesen war. Er hatte in der Wüste gekämpft und war dann durch Italien nordwärts gezogen. Er hatte eine Italienerin geheiratet, genau wie es Rucellai erzählt hatte, und es war schiefgegangen; er hatte nur ein Jahr mit ihr zusammengelebt und sie dann mit ihrem Kind nach Italien zurückgeschickt, zu ihren Verwandten. Er erzählte es ihr ganz sachlich, wie etwas, das er längst hinter sich gebracht hatte.

»Als ich die Tochter das letztemal sah, war sie ein winziges Etwas. Jetzt muß sie ungefähr fünfzehn sein. Ich habe eine Photographie von ihr – sehr hübsch. Ist natürlich schade, aber was nützt das alles? In London konnte ich mich nicht allein um sie kümmern, und ihre Mutter war eine Niete. Ihre alte *Nonna* wird schon für sie sorgen. Wenn ich nochmal hätte heiraten können ... Aber als Katholik!«

Sie meinte, er müsse sich einsam fühlen, doch er schob es als nebensächlich beiseite.

»Erzählen Sie mir von dem lieben alten Drecknest Dublin!« bat er über den Rand seines Bierseidels hinweg. »Wo wohnen Sie in Dublin?«

Sie wohnte mit ihrer Mutter und ihren drei Schwestern in den Bergen hinter Rathfarnham. In einem Juwel von einem alten Haus, angeblich aus dem achtzehnten Jahrhundert, mit lauter Ecken und Winkeln und buckligen Dächern. Ihr Daddy war tot. Er war Hauptmann gewesen, hatte dann den Abschied genommen. Sie sagte nicht, im britischen Heer, aber er konnte es sich denken. Er fragte sie, wo sie also wohne, genau in Rathfarnham oder weiter weg. Er wollte es wissen, wollte es sogar sehr gern wissen.

»In der Nähe von Rockbrook, in den Bergen oben. Es ist wunderschön dort. Wir können Dublin unter uns liegen sehen, aber meilenfern, die ganze Bucht. Nachts kann man die Kette der gelben Lichter sehen, die sich hinter Clontarf am Ufer entlangziehen. Und all die kleinen Lichter der Stadt! Es ist wirklich wunderschön. Wir haben immer dort gewohnt. Zwar ein bißchen weit außerhalb, aber Donna und Lulu und ich gingen zwei Jahre lang jeden Tag ins Alexandra College. Seit Daddys Tod mußten wir uns natürlich einschränken, und ich hab' immer gewußt, daß ich über kurz oder lang mal eine Stelle annehmen müßte. Ich wäre gern Hostess bei der Aer Lingus geworden, aber Mama war sehr dagegen. Sie sagt immer: ›Es nützt doch nichts, Babs! Frauen wie wir haben nie Brot verdient!‹ Sie glaubt nämlich, was ich jetzt tue, sei keine Arbeit, keine richtige Arbeit. Sie lebt in den Wolken. Ich glaube, sie hofft immer noch, ich könnte einen Lord oder etwas Ähnliches heiraten.«

Sie lachte fröhlich über die Ungereimtheiten in ihrem Leben. Er lachte auch.

»Ganz Irland lebt in den Wolken, das liebe, dumme Ländchen. Mir scheint übrigens, ich kenne Ihr Haus. Als ich noch im Radfahrerklub war, bin ich sonntags oft mit einer Menge Jungen und Mädchen von der Fabrik Jacobs in Rockbrook herumgefahren. Überall dortherum, durch Glencree und zum Old Long Hill und Sally Gap hinauf. Also dort haben Sie immer gewohnt?«

»Immer und ewig!«

Durch die offene Tür konnten sie das Zischen der Autoreifen auf der Oxford Street hören. An jenem Abend unterhalb von Monte Cassino, als er aus der *Cantina* herausschaute und als in den Bergen noch geschossen wurde, hatte er sich nach der Oxford Street gesehnt, nach einer idealen Oxford Street ohne Blitzkrieg und Verdunkelung, und die Mädchen alle in hellen Sommerkleidchen.

»Was haben Sie so den ganzen Tag in Rockbrook getrieben?«

»Ich habe mit besonderer Vorliebe Pferde gezeichnet. Den ganzen Tag konnte ich dasitzen und Pferde zeichnen. Ich kann's wirklich ganz gut. Deshalb habe ich mir auch hier die Stelle am Museum besorgt. Als ich gefragt wurde, was mir besonders liege, habe ich geantwortet: ›Pferde zeichnen‹, und da hab' ich die Stelle bekommen. Es hat tatsächlich geholfen. Als wir's uns noch leisten konnten, sind wir immer viel geritten. Haben auch ein bißchen Tennis gespielt. Der alte Tennisplatz war voller Höcker. Und hin und wieder mal sind wir tanzen gegangen. Nicht oft eigentlich. Oder wir sind in die Stadt runtergefahren, um mit jemand eine Tasse Kaffee zu trinken. Die Zeit verging eben einfach. Aber Pferde zu zeichnen machte mir wirklich Spaß. Auch Bären, doch die gelangen mir nicht so gut.«

Er stellte sein Seidel hin. Er spürte, wie sein Herz klopfte. Hatte er zuviel geraucht? Er blickte sich in der Bar um. In der einen Ecke saß ein Mann mit einer Melone auf dem Kopf und betastete das Knie einer dicken Frau, die sich über alles, was er sagte, vor Lachen ausschütten wollte.

»Haben Sie hier auch Freunde, Barbara?«

»Keine richtigen. Ich hab' natürlich Tante Edie, aber die wohnt im Hampton Court Palace. Sie ist so eine Art Staats-Witwe oder wie man das nennt. Ihr Mann war Gouverneur auf den Bahamas. Sie hat Arthritis, deshalb kann sie nie ausgehen.«

»Und wo wohnen Sie?«

»In der Oakley Street. Da habe ich ein Zimmer.«

»Und Sie können sich wirklich so ganz allein in London zurechtfinden?«

Sie riß ihre blauen Ehrenpreis-Augen auf.

»Was glauben Sie eigentlich? Ich habe mich mein Leben lang allein zurechtfinden müssen. Mama ist lieb, aber sie lebt immer in einer andern Welt. Ich habe oft für uns alle fünf kochen müssen, jawohl!«

»Was können Sie kochen?«

»Ich kann gute Steaks braten. Und Eier auf Speck. Ich konnte auch mal sehr gute Ragouts machen, aber ich hab' vergessen, was hineingehört. Hab' gerade neulich noch dran gedacht, als ich in einem Laden Zwiebeln sah. Tom – ich darf Sie doch Tom nennen? –, was braucht man für ein Stew? Tun Sie Zwiebeln rein? Doch, ich kann kochen, wenn ich mich dahinterknie, das können Sie mir glauben! Sie müssen mal abends zu mir kommen, dann werd' ich's Ihnen beweisen!«

Er legte die Pfeife hin und griff mit der Hand nach seinem Herzen.

»Ich möchte noch ein Bier. Und Sie? Noch einen Sherry?«

»Bekomm' ich auch keinen Schwips?«

»Ich glaube nicht.«

Er hatte beabsichtigt, sie in ein griechisches Restaurant zu führen, das zwischen der Oxford Street und dem Soho Square lag. Doch dann führte er sie zu Bertorelli in der Charlotte Street. Er bestellte für sie beide, und dazu einen halben Liter Chianti.

»Italienischer Wein, aber gut. An einem Zahltag komme ich ab und zu mal von meiner Bergfestung herunter und leiste mir was Gutes.«

Es tat ihr leid, daß er in der Harrow Road wohnen mußte, denn sie war einmal dort hindurchgegangen und hatte einen Eindruck bekommen, als wäre es ein irisches Viertel mit Wohnungen über Cafés, alles ein bißchen ordinär: wahrscheinlich konnte er sich nichts Besseres leisten, da er ja seine Frau und seine Tochter in Italien unterstützen mußte. Ohne einen bestimmten Grund sah sie ihn vor sich, wie er Sonntag abends – wenn London sehr trübselig sein kann – in seinem Zimmer saß, seinen Sydney Smith las und auf die laute Straße hinausblickte. Die Oakley Street war immerhin ruhig. Vielleicht war er deshalb Gepäckträger geworden? Da kam er wenigstens unter Menschen und konnte sich anfreunden.

»Möchten Sie nie nach Irland zurück, Tom?«

»Das fragen Sie mich? Sie wissen doch, wie es ist, als Außenseiter in Irland zu leben.«

»Stimmt! Als wüßt' ich das nicht selber, was?«

In dem lauten, fröhlichen Hin und Her des überfüllten Restaurants blickten sie einander schweigend an, bis er sich von der Insel gemeinsamen Schweigens in ein langatmiges, planloses Gespräch stürzte, was es bedeute, Emigrant zu sein, und daß Freundschaft eine Insel innerhalb einer Insel sei: »Verstehen Sie – wie Robinson Crusoe, als er die Fußspuren sah!

Die Iren gleichen den Juden. Es liegt uns im Blut. Wir gehören nirgends richtig dazu. Auch daß wir Katholiken sind, macht uns zu Außenseitern. In dieser verflixten Welt leben wir Iren im Exil. Shaw sagt irgendwo – ich glaube, in *John*

Bull's Other Island –, die Iren wären praktisch und realistisch. Daran ist kein wahres Wort, finde ich. Der Grund, weshalb wir in der Welt vorankommen (falls wir's tun), ist das Gefühl, ausgestoßen zu sein und nie zu wissen, wann irgendein Mißgeschick über uns hereinbricht. Aber Sie und ich, wir kümmern uns den Teufel um die verdammte Welt, was? Oder tun Sie's?«

»Eigentlich nicht. Nein, ich glaube nicht.«

»Wir brauchen weiter nichts als ein paar Gläschen und einen Freund, mit dem wir den Abend verbringen.«

Und das war, wie sie bald merken sollte, stets seine Art zu reden. Er war jetzt bei der Liebe und bei der Ehe angelangt und redete ohne Unterbrechung, sogar noch, als sie in den sommerhellen Abend hinaustraten und einen Bus zum Hyde Park nahmen und hindurchbummelten, an den letzten Pärchen vorbei, die wie vergessene Puppen auf dem Gras herumlagen und nach der Hitze des Tages die abendliche Kühle genossen. Er erzählte ihr von den merkwürdigen Typen, denen er beim Militär begegnet war, und auch hinterher: »Um Ihnen die blauen Augen zu öffnen«, wie er mit seinem spöttischen Lächeln bemerkte, »damit Sie die Menschen kennenlernen!«, nur um ihr zu zeigen, was für seltsame, dunkle Seiten die Menschen haben können, besonders solche, von denen man es nicht annehmen würde, und daß die meisten in der Liebe und in der Ehe ihr Leben vermasseln. Sie sagte immer nur: »Ja?« oder: »Ach, wirklich?« Nie vorher hatte jemand so mit ihr gesprochen.

Sie sah seine großen Hände, die im Abendlicht bleich schimmerten, und fragte sich flüchtig, wenn auch nur eine Sekunde lang und dann nie wieder, ob es gescheit sei, mit ihm allein auszugehen. Sie setzten sich, und er sprach jetzt von Italien, während der Himmel über den fernen Dächern sich langsam hinter einem silbernen Grau versteckte und das Gras verdämmerte und die Bäume schwer und düster wurden und das Wasser eindunkelte, bis dann hinter dem Park die Laternen in den Straßen aufflammten und der brausende Verkehr dumpfer wurde.

»Eigentlich haben Sie Italien sehr geliebt, nicht wahr, Tom?«

»Aber nicht die Italiener! Ich traue ihnen nicht! Und ich rate Ihnen, falls Sie jemals hier auf einen stoßen, trauen Sie ihm auch nicht! Beim Militär haben wir ihnen nie getraut. Die Männer denken an nichts als ihr Äußeres. Kämmen sich den ganzen Tag die Haare. Pffft! Und die Mädchen denken an nichts andres als an Männer. Ich kenne eine Unmenge Männer außer mir, die sich in Italienerinnen verliebten, und es klappte bei keinem von denen, die ich kannte.«

Beinahe hätte sie Rucellai erwähnt.

»Tom, erzählen Sie mir von Ihrer Frau!«

»Sie war hübsch. Ich habe sie eines Abends im Jahre 1943 im Dörfchen San Vittore kennengelernt. Es liegt unterhalb vom Monte Cassino. Vielleicht war sie auch nicht außergewöhnlich hübsch – vielleicht ging's mir nur wie den vielen andern Burschen, die sich in Italienerinnen verliebten: vielleicht waren wir weniger in die Mädchen verliebt, als daß wir uns nach einer Art Geborgenheit sehnten. Außerdem war ich erst zweiundzwanzig, als ich zum Militär ging, und ich kam direkt von Irland, wo zweiundzwanzig soviel bedeutet wie hier in England siebzehn oder achtzehn. Ich hatte vier Kriegsjahre hinter mir und sah sie bloß zweimal; dann stießen wir weiter vor, um uns mit den Amerikanern in Anzio zu vereinen. Es dauerte Monate, ehe wir in Rom einmarschierten. Sie wissen wohl, was das bedeutete: die lange Trennung. Ich bekam drei Tage Urlaub, um sie in Neapel zu besuchen. Ein Mädchen wie Sie kann sich nicht vorstellen, wie das damals in Neapel war. Mein Gott, was für ein Dreck! Sie war jung und lieb und reizend und, lieber Himmel, so unschuldig wie der Mond, und ich bat sie, mich zu heiraten. Ich mußte bis 1946 warten. Ich war dreißig, und das war das erstemal, daß ich mit einer Frau schlief, ob Sie's glauben oder nicht. Sie hat mir zweierlei geschenkt: ein Kind und die Syphilis.«

Barbaras weiße Kehle war das einzige, was er deutlich sehen konnte. Ihre Stimme war wie das Flüstern in den Blättern. Sie mußte Brüste wie kleine weiße Äpfel haben. Plötzlich sprang er auf.

»Ich bringe Sie nach Hause«, sagte er, führte sie – Arm in Arm – durch den Park und sprach dabei unaufhörlich, als hätte er seit Monaten mit keinem Menschen mehr gesprochen. Zu Fuß gingen sie die ganze Strecke bis zu ihrer Haustür. Sie lud ihn höflich zu einer Tasse Kaffee ein. Er schien es nicht zu hören. Auf dem Türpfosten waren fünf Klingeln angebracht, und er studierte sie. Er stieß mit dem Finger auf eins von den Schildern und fragte mit dunkler, schwerer Stimme: »Antonelli – wer ist denn das?«

»Ich glaube, er ist Musiker.« Sie öffnete die Tür. »Er spielt Oboe. Mein Hauswirt sagt, er wäre ein netter Mann.«

»Wie können Sie wissen, ob er nett ist?« fragte er ärgerlich. »Sie glauben von jedem Mann, den Sie kennenlernen, er wäre nett. Ist er jung?«

»Ach nein! Etwa so alt wie Sie, glaube ich. Ein älterer Herr.«

Er stieß ein scharfes Gelächter aus, blickte hastig auf seine Uhr und sagte:

»Ich werde mal anrufen.«

»Vielen Dank für den schönen Abend! Ich habe es riesig genossen. Es war furchtbar nett von Ihnen, mich einzuladen. Niemand hat jemals so mit mir gesprochen. Nicht mal Daddy! Und dabei waren wir die besten Freunde!«

Er lachte wieder so heftig und lief die Treppe hinunter, wobei er zurückwinkte. Sie beobachtete ihn, wie er über die Straße stürmte. Er schien etwas verstimmt. Vielleicht hätte sie ihm noch mehr zureden sollen, zu einer Tasse Kaffee hinaufzukommen. Sie schloß die Tür. Der Flur roch muffig. Kein Brief. Die Oboe im Stock darüber war verstummt. Sie bedauerte, daß der Tag vorbei war. Die Iren sind so nett.

Etwa eine Woche später läutete er tatsächlich an, und sie trafen sich wieder in der Bar *Cat and Cage*, jedoch nicht zum Abendessen, weil er (so sagte er wenigstens) Nachtschicht hatte. Sie hoffte, daß er nicht knapp bei Kasse wäre; sie bemerkte auch, daß er nicht rauchte. Zufällig erwähnte sie, daß sie am liebsten über das lange August-Wochenende nach Haus gefahren wäre: es war noch einen Monat hin.

»Fahren Sie nur!« sagte er. »Ich besorge Ihnen die Fahrkarte. Dann kostet es fast nichts für Sie.«

Er besorgte ihr die P-Fahrkarte, traf sie, über das ganze Gesicht strahlend, auf dem Euston-Bahnhof und brachte sie in einem Erster-Klasse-Abteil unter, wogegen sie sich nicht sträubte, weil sie ihn schon als guten alten Freund betrachtete.

»Haben Sie das auch gedeichselt, Tom?«

»Für die ganze Reise«, bestätigte er grinsend. »Dadurch haben Sie eher eine Möglichkeit, ein bißchen zu schlafen, bevor Sie in Holyhead um zwei Uhr morgens an die Luft gesetzt werden.«

Unfreundliche Menschen waren ihr bisher noch nicht begegnet, höchstens gleichgültige – doch seine Aufmerksamkeit brachte sie, als sie dann zu Hause war, auf den Gedanken, er müsse einer der gütigsten Menschen von der Welt sein. Sie hatte nichts für ihn getan, um diese Güte zu verdienen: sie hatte ihn nur zweimal in einer Bar getroffen, hatte ihn zweimal zu einer Tasse Kaffee und einem Plauderstündchen in ihr Zimmer eingeladen und ihm zwei Postkarten geschickt, um ihn aufzuheitern. Daher wurde sie wütend, als ihre Mama sich über den Gepäckträger, der ihrer Tochter freie Fahrt auf den britischen Eisenbahnen verschafft hatte, lustigmachte und jubelnd ausrief: »Da haben wir's! Man sieht mal wieder, wohin die Sozialisten das arme alte England gebracht haben! Bestechlichkeit von oben bis unten!«

Barbara ärgerte sich so sehr über diese niedrige Gesinnung, seine Güte zu beurteilen, daß sie auf weitere Erklärungen verzichtete. Auch zu ihren Schwestern sagte sie nur, sie habe einen heimlichen Freund. Sie faßten es jedoch nicht als Scherz auf, sondern bohrten so lange, bis sie herausbrachten, daß sie einen Gepäckträger meinte. Daraufhin riefen sie:

»Du mit deinen dummen Witzen! Hättest du wenigstens gesagt, ein Parlamentsmitglied oder einen Filmschauspieler oder einen Börsenmakler...«

Gelangweilt hörte sie zu, wie sie stundenlang am Telefon mit ihren Freunden schwatzten. Sie schämte sich ihretwegen, als sie ihre Ausreden hörte, die sie der Mama erzählten, wenn sie sich mit ihren Freunden in der Stadt treffen wollten. Wie sie hinterher zu Tom sagte: »Ich fand sie so babyhaft. Und furchtbar hochnäsig.«

Niemals sprach sie von Rucellai, mit dem sie jetzt wiederholt zusammengewesen war – im Restaurant des Museums, in der Elf-Uhr-Pause und zum Tee – und der sie zweimal zum Mittagessen in die Stadt eingeladen hatte. Sie hörte ihm gern zu, wenn er von Italien und seinen Erlebnissen während des Krieges sprach; er hatte alle berühmten Partisanenführer gekannt und für sie gearbeitet – Ada Gobetti in Turin, Dante Livio Bianco in Piemont, Filippo Beltraine im Val d'Ossola, Bisagno in Ligurien –, anfangs bloße Namen für sie, die allmählich, als er mehr über sie erzählte, zu Menschen von Fleisch und Blut wurden. Am liebsten aber hörte sie Rucellai von seiner Knaben- und Jugendzeit in der Umgebung von Turin erzählen, von den Bergdörfern, den Weinbergen, den kleinen Feldern, dem Schilfdickicht am Fluß in seinem tiefen Tal, dem winzigen, in der Ferne vorbeifahrenden Zug – lauter kleine Dinge, die in seiner Erinnerung wie Kostbarkeiten einer verlorenen Welt funkelten und ihm entglitten und zu einem Märchen wurden, das einst sein Leben gewesen war.

»Es ist mein Traum«, seufzte er lächelnd.

Während sie auf dem ungepflegten Rasen zwischen blühendem Löwenzahn auf dem Bauch lag, vor den Ellbogen ein beim italienischen Feldzug 1944 aufgeschlagenes Geschichtsbuch ihres Vaters, schaute sie über Dublin hinweg den Wolken nach, die wie eine einzige weiße Masse langsam gen England zogen. Sie schickte Signor Rucellai in der National Gallery eine Postkarte, und eine andre an Mr. Thomas Dalton in der Harrow Road. Seit ihrer ersten Begegnung im Museum, damals vor dem Rossetti-Bild, hatte sie Tom nie wieder vor Rucellai erwähnt. Doch er hatte von Tom gesprochen:

»Merkwürdig, daß Sie Dalton kennen! Oh, ich glaube schon, daß er ein anständiger Mensch ist, wie man hierzulande sagt, aber von Italien und den Italienern versteht er überhaupt nichts, weil er sie nie kennengelernt hat. Er erlebte den Krieg nur mit den Augen des Unteroffiziers. Jetzt ist alles vorbei, und ich bin ein Beamter, sozusagen, und er ist Gepäckträger, aber *was* wir sind, verdanken wir unsern Erlebnissen. Vor zweiundzwanzig Jahren, als ich nach England kam, um Don Sturzo zu helfen, wie er den dummen Engländern all das erklären mußte, war es noch hohe Politik. Was wir tun, vergeht, aber die Lehre, die wir daraus ziehen – das ist das Wichtige, das sind die wahren Erlebnisse.«

Vor zweiundzwanzig Jahren? Mit seinem dunklen Haar und der aufrechten Haltung und dem klaren Blick sah er so jung aus! Wenn es morgen zu einem Kriege käme, wäre er wieder mitten drin. Jedoch nicht der arme, liebe alte Tom!

Als sie am frühen Morgen aus dem irischen Postzug stieg, sah sie ihn in seiner Gepäckträger-Jacke und -Mütze auf dem Bahnsteig. Er hinkte. Er sah sie und winkte ihr zu. Sie sah wie ein Kind aus, mit zerzaustem Haar, und müde nach der schlaflosen Nacht. Die Reisenden in den Nachtzügen erinnerten ihn immer an Soldaten oder Kinder, wie Puppen, die zum Leben erwachen.

»Ich wußte, daß Sie in diesem Zug sein würden«, rief er fröhlich. »Ich habe Ihre Postkarte bekommen.«

»Tom, Sie hinken ja?«

»Pffft! Bloß ein bißchen Ischias.«

»O Tom, Sie haben nicht genug auf sich achtgegeben!«

»Jetzt, wo Sie wieder hier sind, werd' ich's tun!« Er griff nach ihrem Koffer. »Hatten Sie schöne Ferientage?«

»Eigentlich nicht. Es war eine Pleite. Wirklich und wahrhaftig! Mir scheint, ich werde alt. Oder ich verliere den Kontakt. Ich freue mich so, wieder hier zu sein. Das ist die reine Wahrheit!«

Er stieß ein glückliches Lachen aus. »Komm heim nach England, mavourneen, mavourneen![1] Ich will Ihnen mal was verraten, Barbara! Ich freue mich mächtig, daß Sie wieder hier sind.«

Es rührte sie, daß ein Mensch mehr oder weniger in London einen solchen Unterschied für einen einsamen Mann ausmachen konnte. Er hinkte stark, als er sie zum Taxi brachte (sie mußte noch am gleichen Morgen auf ihrem Posten im Museum sein). Als er die Wagentür schloß, sagte er: »Heute abend wollen wir uns nur für ein Gläschen in der Bar treffen, dann müssen Sie mir erzählen, doch bald danach müssen Sie zu Bett gehen, liebes Kind, und den fehlenden Schlaf nachholen. Morgen abend zeige ich Ihnen ein neues Restaurant, das ich entdeckt habe. Spanisch. Erstklassig. Lassen Sie sich Ihr Frühstück gut schmekken!«

Sie winkte ihm mit zappelnden Fingern, als sie vom Bahnhofsplatz in die Morgensonne hinausfuhr. Einen roten Milchwagen am Prellstein der Euston Road empfand sie als Willkommensgruß.

Während Tom ihr nachschaute, sagte ein Kamerad zu ihm: »Ui je, Paddy! Du suchst sie dir aber jung aus!«

[1] Angelehnt an das irische Lied: ›Komm heim nach Irland, mein Liebling, mein Liebling!‹

Würdevoll entgegnete er: »Das ist meine kleine Barbara.«

»Entschuldige nur! Habe nicht gewußt, daß du 'n Töchterchen hast! Sind noch mehr so Hübsche vorhanden?«

»'s ist meine einzige«, entgegnete er und humpelte davon.

Aus Sparsamkeitsgründen wartete sie mit dem Frühstück bis zur Elf-Uhr-Pause im Museum. Rucellai war da.

»Freut mich, daß Sie wieder hier sind!« hieß er sie willkommen.

»Im Ernst?« fragte sie.

»Ich sage nie etwas, das ich nicht auch so meine! London hatte Feiertage, so daß ich mich als Fremder empfand. Bin den ganzen Sonntag zu Hause geblieben und habe gelesen. Ich war ein bißchen neidisch auf Sie, weil Sie nach Hause gehen und glücklich sein konnten. Aber ich bin ja mein ganzes Leben lang unglücklich gewesen.«

»Ich bin doch gar nicht glücklich gewesen, Rucellai!« (Weder damals noch irgendwann sonst nannte sie ihn Guido. Er ließ sich lieber Rucellai nennen, weil es nicht sein Taufname, sondern sein Partisanenname war. Er habe, wie er sagte, von der Realität seiner Jugend Abschied genommen; einmal erschreckte er sie sogar mit der Bemerkung, sie würde auch bald von der ihren Abschied nehmen.) »Ich war unglücklich! Ist das schlimm von mir? So sollte ich in meinem Elternhaus nicht empfinden.«

Sofort strahlte er – teils aufgeregt, teils erfreut. »Genau das gleiche passierte mir nach dem Krieg, als ich nach Turin zurückkehrte. Jahrelang hatte ich davon geträumt, nach Hause zu gehen. Aber es war nicht länger mein Turin. Meine Freunde waren entweder in alle Winde zerstreut, oder sie waren verheiratet, oder sie interessierten sich nur noch fürs Geldverdienen. Aus den Helden waren Menschen geworden. Ich war ein Außenseiter – in meinem eigenen Vaterland! Auch hier bin ich ein Außenseiter. Und Sie erleben jetzt das gleiche. Auch Sie sind ein Außenseiter – hier in dieser angelsächsischen Stadt mit ihrer Königin und ihrem Hof und ihren reichen Klubs. Was kann man dabei tun? Wir müssen uns darüber unterhalten«, drängte er. »Wollen Sie heute abend mit mir essen?«

Ach, sie war erschöpft von der Reise und schlief schon beinah im Stehen ein. Er brauchte sich nicht zu wundern, wenn man sie zusammengerollt schnarchend unter der Theke entdeckte.

»Also gut«, bestimmte er, »dann essen wir morgen abend zusammen! Wir gehen ins Speranza. Es ist eins von den besten italienischen Restaurants in London.«

Er stand auf, verbeugte sich und ging. Sie würde Tom erzählen müssen, sie hätte ganz vergessen, daß sie morgen abend Tante Edie in Hampton Court besuchen müsse, um ihr die Grüße von Mama auszurichten. Sie tat es auch und machte gleich mit ihm ab, zwei Abende darauf mit ihm zu essen. Später, als sie sich im Waschraum im Spiegel ansah, fielen ihr Lulu und Donna ein, die ihre Mama wegen ihrer Verabredungen mit Freunden belogen, weil sie sich einbildeten, sie wären verliebt.

»Bin ich verliebt?« fragte sie den Spiegel und ließ den Kamm nicht sinken.

Sie wies es lachend von sich. Wie alt war er? Vierzig? Oder älter? Er war eben einfach ein interessanter Unterhalter, was sie auch am nächsten Abend bestätigt fand, als sie neben ihm in dem teuren, ganz in Sahnegelb und Blaßgrün gehaltenen Restaurant saß, wo alle Kellner wie Herren auf einem Ball gekleidet waren und wo alle Gäste offensichtlich nach Geld stanken. Sie fragte ihn: »Hoffentlich ist das kein zu teures Restaurant, Rucellai? Einer Dame ist es nämlich unangenehm, wenn das Abendessen die Mittel ihres Begleiters zu sehr beansprucht!«

Hierzu könne er ein paar tiefe Gedanken (seine eigenen Worte!) beitragen.

»Geld«, sagte er, »macht die Menschen nicht unbedingt glücklich. Glück kommt aus dem Herzen. Glück ist Freiheit. Freiheit bedeutet für mich, keine Bindungen zu haben. Sie sind nicht gebunden. Ich bin nicht gebunden. Das ist einer der großen Vorteile, wenn man ein Außenseiter ist. Keine verwandtschaftlichen Fesseln. Hier bin ich nur ich. Sie sind nur Sie. Es ist großartig, man selbst zu sein. Engländerinnen haben mich nie interessiert, weil ich nie spürte, daß ich sie voll und ganz besaß. Die Geliebte sollte nur für den Liebenden da sein. Das Land, das Sie und ich bewohnen, ist gut für uns, weil es das Land der Einsamkeit ist.«

Sie versuchte, seine seltsame und interessante Philosophie zu verstehen, und fragte:

»Fühlen Sie sich einsam, Rucellai?«

»Ich bin immer einsam«, erwiderte er stolz. »Ich bin ein Träumer und hänge meinen Traumgespinsten nach. Ich bin ein trauriger, schlechter Mensch. *Tristuccio!*«

»Aber Sie sind auch ein Mensch gewesen, der große Taten verrichtet hat – ein Mann der Tat! Die Tage bei den Partisanen waren keine Traumgespinste!«

»Meine Träume waren damals Wirklichkeit geworden – vorübergehend. In jener großen Zeit war ich in mein Vaterland verliebt. Das Land der Einsamkeit – und das ist auch ein tiefer Gedanke – ist das Land der unerwiderten Liebe!«

»Armer Rucellai!«

Er fragte sie ernst: »Spüren Sie niemals diese Einsamkeit?«

»O doch«, gab sie zu. »Sonntag nachmittags fühle ich mich oft einsam.«

»Heute abend werde ich nicht einsam sein«, lächelte er. »Und Sie auch nicht! Heute abend wird unser Traumland ein Land der Zweisamkeit sein.«

»Möchten Sie nie nach Italien zurückgehen?« fragte sie hastig, weil sie fürchtete, ihn zu gut verstanden zu haben.

»Was soll ich in meinem Alter noch in Turin? Eines Tages werde ich wohl zurückkehren, wie es alle Italiener tun, doch nur, wenn sie *far figura* können, Eindruck machen, wie man bei Ihnen sagt, mit einem zitronengelben Wagen und einer hübschen Frau imponieren können. Wenn ich jetzt zurückkehrte, müßte ich mich mit Männern messen, die zwanzig Jahre jünger sind als ich, mit Männern, die stets den zukünftigen Posten im Auge hatten, seit sie die Universität besuchten, ihren Professoren schmeichelten, seine Aktentasche trugen, ihm die Tür seines Wagens aufhielten, taktvoll mit seiner Tochter ausgingen und ihm in all seinen morschen politischen Ideen recht gaben. Nein! *Sto bene qui.*«

»Was heißt das?«

»Mir geht's hier gut.«

»Sie müssen mir helfen, Italienisch zu lernen. Einerlei, was Sie verloren haben, das wenigstens besitzen Sie noch!«

»Ich möchte es auch nicht verlieren. Ich liebe

Italien, es gibt kein schöneres Land als Italien, aber ich bewundere es nicht mehr so wie einst. Ich habe meine Heimat nackt und beschämt gesehen. Für die Sprachstunden müssen Sie in meine Wohnung kommen. Ich kann Ihnen jeden Abend eine Stunde geben. Und jetzt müssen wir uns beeilen!«

»Jeden Abend?«

Er hatte Karten für ein Konzert mit italienischer Musik, meistens aus dem siebzehnten und achtzehnten Jahrhundert, Cimarosa, Lully und Tartini. Beim Largo des Cimarosa-Konzerts in G-dur legte er seine Hand über die ihre, und bei den verträumten Flötenklängen und den gedämpften, bienenartig summenden Saiteninstrumenten lächelten sie einander zu. »Alle Tränen und alle Lieblichkeit des Südens!« flüsterte er. Beim Lully legte er ihr seine Hand sachte aufs Knie. In der Pause deutete sie vorsichtig auf seine Schläfe und wagte ihm zu sagen, sie sähe ein graues Haar.

»Macht es Ihnen etwas aus?« fragte er. »Ich kann es färben, wenn Sie wollen?«

»Nein. Ich ziehe ältere Männer vor, scheint mir. Wirklich und wahrhaftig. Sie sind interessanter. Meistens!«

Als er sie fragte, ob sie große Erfahrungen mit älteren Männern habe, wurde sie rot. Beim Tartini hielt sie seine Hand fest umklammert. Nach dem Konzert forderte sie ihn auf, zu einer Tasse Kaffee in ihr Zimmer hinaufzukommen. Als er ihr half, den Mantel abzulegen, küßte er sie und fragte, ob sie katholisch sei. Als sie antwortete: »Nein, Daddy gehörte zur Presbyterianischen Kirche«, sagte er, daß er sie unterweisen wolle, und begann dabei ihre Bluse aufzuknöpfen, so daß ihr Herz wie rasend klopfte.

»Da sind sie – die abfallenden Botticelli-Schultern! Und der Blick – mit großen Augen Himmel und Meer und Erde widerspiegelnd.«

»Rucellai«, flüsterte sie, während er ihr die Bluse abstreifte, »das hat noch nie jemand tun dürfen.«

Er lachte. »Möchten Sie es lieber selbst tun?« Seine Arme umschlangen sie und tasteten nach dem Verschluß ihres Brusthalters.

»Rucellai, wirklich, ich bin nicht so eine! Wirklich und wahrhaftig nicht!«

»Sie haben noch keinen Geliebten gehabt?« rief er und starrte sie an.

»Haufenweise!« rief sie erschrocken. »Dutzendweise!«

»Sagen Sie mir die Wahrheit!« drohte er.

»Nein!« piepste sie. »Nie!« Sie wurde blaß. »Ich meine, wirklich nicht!«

»Was stimmt also, in Dreiteufelsnamen?« schrie er sie an.

Sie verschränkte die Arme über dem Bauch und brach vor Kummer und Beschämung in Tränen aus.

»Keinen!«

»*Donna e madonna!*« schrie er und fiel auf die Knie, umschlang ihre Hüften und blickte selig zu ihr auf. »Eine Jungfrau!« Dann erhob er sich, streifte zart den einen Träger herunter, küßte andächtig ihren Brustansatz und zog die Bluse wieder darüber. »Im neuen Jahr sind wir verheiratet! Und wir werden in einer Wohnung in der Wigmore Street leben. Und in einem gelben MG fahren. Mein Traum seit Jahren!«

Er starrte sie gierig an, warf die Hände hoch und stöhnte: »Da sehen Sie, was England aus mir gemacht hat! Ich benehme mich wie ein Lord! Italienisch und Religion kommen morgen abend an die Reihe!« und stürzte zur Tür.

O je! Tom!

»Nicht morgen abend! Ich muß meiner lieben Tante Edie in Hampton Court Palace zwei Hühnchen von Mama bringen.«

Er blieb an der Tür stehen. Mit der kühlen, hochmütigen Stimme eines alten Wykeham-Schülers fragte er: »Nach Hampton Court Palace? Wirklich? Eine Tante von Ihnen wohnt im Palace? Finden Sie allein zum Palace? Kommen Sie spät zurück vom Palace? Nach Anbruch der Dunkelheit? Tante Edie würde bestimmt nicht einverstanden sein! Und ich auch nicht!«

»Ich hab's schon ein dutzendmal getan! Und es wird auch nicht spät, und nicht nach dem Dunkelwerden.«

Er schüttelte mißmutig den Kopf.

»Sie wissen nicht, wie schön Sie sind, und wie unschuldig Sie sind! Bei all den Farbigen! Ich habe oft gedacht, in London sollten alle jungen Damen Polizeipfeifen bei sich haben. Ich werde Ihnen eine kaufen!«

Er sah aus, als wollte er sich auf sie stürzen. Statt dessen stürzte er polternd die Treppe hinunter. Gerade als es ihrem Verstand zu dämmern begann (denn der glich noch einem Blumengarten, in dem sich ein Neufundländer gesühlt hatte), daß von Heiraten gesprochen wurde, läutete die Haustürglocke. Mit flatternder weißer Bluse lief sie ans Fenster, stieß es auf und sah auf den Bürgersteig hinunter. Er winkte ihr zu, benutzte beide Hände als Schalltrichter und rief zu ihr hinauf:

»Zumachen! Kein Brusthalter! Zuknöpfen!«

»Was ist?« rief sie hinunter und zog krampfhaft den Halsausschnitt zusammen.

»Die Hühner!« schrie er. »Sie verderben ja! In der Hitze!«

»Wer? Ich kann nichts verstehen!«

»Die Hühner!« brüllte er.

»Was für Hühner?« schrie sie nun auch.

»Für Tante Edie!«

Auf der andern Straßenseite wurde ein Fenster geöffnet, und ein Mann rief:

»Wollen Sie bitte still sein, Sie alberner Laffe!«

»Sie liegen bei Fortnum and Mason für mich

bereit«, rief sie und wunderte sich über ihre Erfindungsgabe.

Er winkte und zuckte in hoffnungslosem Nichtverstehen die Achseln, deutete mit dem Arm auf den Mann jenseits der Straße und äußerte dabei ein italienisches Wort, das vielleicht sinnlos war, aber beleidigend klang, worauf der Mann mit zwei ausgestreckten Fingern und einem englischen Wort entgegnete, das ihres Wissens ebenfalls sinnlos war und ebenso grob klang, und damit ging Rucellai fort: er dem Mann erwidernd, der Mann ihm entgegnend, er dem Mann, der Mann hinter ihm drein. Dann winkte der Mann, der, wie sie jetzt erst bemerkte, jung und splitternackt war, zu ihr hinüber, woraufhin sie das Fenster zuschlug und die Vorhänge heftig zusammenzog, sich aufs Bett warf und zur fleckigen Decke aufblickte.

›Aber das kann ich doch nicht‹, sagte sie, und ihre Finger begannen nachzurechnen.

›Wenn er jetzt zwanzig Jahre älter als seine Rivalen wäre, die, mal angenommen, einundzwanzig wären, dann wäre er einundvierzig, und in dem Falle (1962 minus einundvierzig, eins von zwei, vier von sechs, bleibt 1921, und das bedeutet: als der Krieg ausbrach, 1939, eins von neun macht acht, zwei von drei macht eins) war er damals erst achtzehn und konnte nicht mit Don Sturzo an der hohen Politik beteiligt gewesen sein und ist *ein Lügner!* Nein! Er sagte, er wäre vor zweiundzwanzig Jahren hergekommen, also 1940, und war erst neunzehn, und ist immer noch *ein Lügner!* Oder sonst ist er eben viel älter. Mein Gott! Wie alt mag er sein? Er könnte fünfundvierzig sein! Siebenundzwanzig Jahre älter als ich! Oh! Wenn ich bloß jemand hätte, mit dem ich drüber reden könnte! Und er könnte sogar auch eine Frau in Italien haben! Wenn der alte Tom bloß nicht alle Italiener so verabscheuen würde! Ich könnte Tom trauen, wenn er wirklich über etwas Bescheid weiß, aber in meinem Fall würde er bestimmt nur sagen, daß Rucellai ein heimtückischer Italiener ist. O je!‹

Und dabei dachte sie, wie furchtbar peinlich es wäre, wenn die beiden sich je begegneten, und stand auf und betrachtete im Spiegel mit großen Augen ihre Botticelli-Schultern.

Tom brachte sie in sein spanisches Restaurant und sprach über Sozialismus und einen amerikanischen Philosophen namens George Henry; er lieh ihr ein etwas abgegriffenes Taschenbuch von Shaw ›Führer der intelligenten Frau zu Sozialismus und Kapitalismus‹, das auf dem Umschlag den Ring von einer Teetasse aufwies. Hinterher lud sie ihn in die Oakley Street zu einer Tasse Kaffee ein. Dort auf dem Flur erwarteten sie ein Koffer-Grammophon und eine Platte mit dem Cimarosa-Konzert in G-dur. Geschickt versteckte sie die angeheftete

Karte (mit der Widmung ›Musik, Religion und Liebe, die sind unser Einsames Land!‹) und sagte zu Tom: »Oh, sehen Sie mal, das hab' ich in der Mittagspause gekauft! Ich wollte Ihnen gern eine Platte vorspielen, die Sie vielleicht an glücklichere Tage erinnert! Aller Kummer und alle Heiterkeit des Südens liegen darin!«

Als sie ihm das Konzert vorspielte, saß sie zusammengekauert auf dem Fußboden und dachte (während er mit der Fußspitze das Tempo des Rondo und des Allegro mitmachte), daß er sehr viel Ähnlichkeit mit dem alten Sullivan hätte, der ihrem Daddy immer im Garten geholfen und dem sie so oft ihre Sorgen anvertraut hatte; und das wiederum erinnerte sie an Griesgram, ihre weiße Perserkatze, in deren Fell sie sich sattzuweinen pflegte, wenn sie traurig war. Als die Platte zu Ende lief, fragte sie:

»Sind Sie noch Katholik, Tom?«

»Ja.«

»Sind die Katholiken alle sehr streng?«

»Manche von ihnen schon. In Irland sind's die meisten. In Italien nehmen sie's nicht so tragisch.«

»Sind *Sie* ein strenger Katholik?«

Wie sie jetzt dasaß… Er sah aus dem Fenster. »Nicht so sehr, wie ich sollte.«

»Tom, was tun die katholischen Mädchen in Irland in punkto Männer?«

Er stieß ein tiefes Lachen aus.

»Sie tun ihr möglichstes. Warum fragen Sie?«

»Was bedeutet das ... ihr möglichstes?«

Er rutschte auf seinem Sessel umher, hüstelte, fuhr sich übers Herz und sagte: »Sie tragen ihre Röcke dieses Jahr sehr kurz!« Sie zog ihren Rock übers Knie. »Sagen Sie mal – haben Sie nie Freunde gehabt? Sie wissen doch, was ich meine, nicht?«

Er stand auf und setzte sich auf die Bettkante. Sie drehte sich zu ihm herum. Er sah wieder aus dem Fenster.

»Och ja«, antwortete sie verächtlich. »Freunde habe ich natürlich haufenweise gehabt. Ich bin restlos aufgeklärt, falls Sie *das* meinen. Ich weiß alles über Babies und über das, was man Zusammen-Schlafen nennt. Mich interessiert es viel mehr, was die Katholiken, wenn sie wirklich alle so streng sind, eigentlich tun, wenn sie sich verlieben.«

»Sie heiraten. Warum stellen Sie mir solche Fragen?« Er stand auf und kehrte zu seinem Sessel zurück. »Setzen Sie sich aufs Bett, auf dem Fußboden erkälten Sie sich bloß! Was wollen Sie eigentlich?«

»Es ist wegen Lorna Alleyn. Sie arbeitet auch am Kiosk. Sie ist in einen Katholiken verliebt und weiß nicht genau, ob er verheiratet ist. Sie weiß nicht, was sie tun soll. Sie würden sie verurteilen, wenn sie sich weiter mit ihm einließe, nicht wahr?«

»Ich verurteile niemand«, antwortete er finster. »Jeden muß man von Fall zu Fall beurteilen. Wir sind alle menschlich.«

Sie seufzte. Sie schwiegen so lange, daß sie schließlich aufstand und sagte: »Ich will das herrliche Largo nochmal auflegen!«

Die Musik schwebte sanft über sie hin, halb Tanz, halb Traum, halb Totenklage. Sie stand am Fenster und blickte zum aschgrauen und rötlichen Himmel auf. Plötzlich merkte sie, daß er sich neben sie stellte und den Arm um ihre Schulter legte.

»Barbara, ich möchte aufrichtig zu Ihnen sein. Sie sollen wissen, weshalb ich das Museum aufgegeben habe! Ich war an eine liederliche Frau geraten. Sie stieg mir immer nach, zu jeder erdenklichen Tagesstunde, und folgte mir auch ins Museum. Sie kennen doch Rucellai, den Italiener im Museum? Sie müssen ihn schon gesehen haben. Er kam während des Krieges nach England. Er war völlig mittellos, wie all diese Flüchtlinge. Er bekam einen Posten als Angestellter an der Bahn, dann als Beamter beim Museum. Er war uns Aufsehern übergeordnet. Eines Tages ertappte er sie dabei, wie sie mich belästigte, und warf sie raus. Und ich mußte gehen. Sie steigt mir noch immer nach. Ich habe die größte Angst, sie könnte entdecken, daß ich auf dem Euston-Bahnhof bin, und mir auch dorthin nachlaufen. Jeden Abend, wenn ich heimgehe, wage ich's nicht, den Bus vor meiner Haustür zu verlassen, aus Angst, sie könnte dort auf mich warten und Geld verlangen.«

Der Rhythmus des Largo schwoll zur Raserei des Rondo an und jubelte von Tänzern, blauer See und strahlender Sonne. Sie standen nicht mehr so nahe beieinander.

»Armer Tom! Sie haben eigentlich nie Glück mit den Frauen gehabt, was?«

»Nicht, bevor ich Sie kennenlernte!«

»Ach, mich? Ich bin doch bloß ein Mädchen. Das reinste Kind! Warum lassen Sie sich so belästigen, Tom? Warum ziehen Sie nicht einfach weg? Fort aus London? Und suchen sich irgendwo anders eine Stelle?«

Er sah sie an. Er sah auf die Straße hinunter. Er klopfte mit dem Zeigefinger gegen die Fensterscheibe. So reizend, so gut, so unschuldig und schön!

»Das würden Sie mir also raten, ja?«

»Sie wären viel glücklicher! Es wäre besser als hierzubleiben und sich quälen zu lassen!«

Er sah sie an. Und so grausam.

»Das würden Sie mir raten?«

»Ja, ganz entschieden!« antwortete sie mit praktischem, festem Tonfall. »Damit Sie Ihre Ruhe haben, Tom! Ihre Ruhe!«

»In Birmingham? Oder Liverpool?« Er stieß sein tiefes, herbes Lachen aus. »Kann ja drüber nachdenken!«

»Armer Tom!«

»Bemitleiden Sie mich nicht!« rief er wütend.

Die Musik brach ab. Er riß seinen Hut vom Tisch und ging so schnell hinaus, daß sie ihm nur übers Geländer nachwinken und (bemüht, die Leute im Haus nicht zu stören) nachflüstern konnte: »Läuten Sie mich an, Tom, ja? Irgendwann mal!«

Sie kehrte in ihr Zimmer und ans Fenster zurück. Der junge Mann vom Abend vorher stützte sich mit dem Ellbogen aufs Fensterbrett und rauchte Pfeife, eine große, krumme Pfeife, und schaute faul auf die leere Straße. Er hatte wieder kein Hemd an, vielleicht überhaupt nichts.

Sie lehnte ihre linke Schläfe gegen die Fensterscheibe und starrte in den dunkler werdenden Himmel über den Schornsteinkappen. Wenn Rucellai jetzt hier wäre, würde sie die Wahrheit aus ihm herausholen. Doch zuerst würde sie ihn loben, weil er Tom Daltons Geheimnis nicht preisgegeben hatte. Sie würde ihn bestimmt fragen, bitte, sagen Sie mir ehrlich und aufrichtig, wie alt Sie sind. Aber von Tom konnte sie nicht sprechen – das würde er nie verstehen. Es war so lieb von ihm, ihr das Grammophon zu schenken. Sie legte wieder das Largo auf, hüllte aber vorher den schwarzen Koffer in ihr Badetuch ein, damit die Musik nicht so laut zu hören war. Sie zog sich aus und legte sich schlafen und ließ die Platte von selbst zu Ende laufen. War das nun der wahre Rucellai? Der von Italien und einem gelben MG träumte? Er würde nie zurückkehren. Er würde nie eine Wohnung in der Wigmore Street nehmen. Und ich will ihm nie, nein, niemals irgendwelche Fragen über irgendwas stellen!

Im Oktober schenkte er ihr einen Verlobungsring (riet ihr aber, ihn nicht im Museum zu tragen: ein Weilchen sollte es noch ihr Geheimnis bleiben) und mietete ihr eine kleine Wohnung über einem Laden in der Wigmore Street, zwei winzige Zimmer, mit einem Bett in dem einen und Tisch und Stuhl im andern Zimmer. Weiter nichts. Ihr Herz hämmerte, und sie riß die Augen weit auf, als er so groß vor ihr stand: sie glaubte, daß jetzt ihr Stündlein geschlagen hätte.

»Es gehört alles dir«, sagte er. »Ich werde dich nicht stören. Nicht sehr.«

›Bin ich eine ausgehaltene Frau?‹ dachte sie und sah sich in dem fast leeren Zimmer um.

»Jetzt kannst du Mama schreiben«, sagte er glücklich, »daß wir uns verlobt haben und heiraten wollen.«

»Das wird sie nie erlauben. Ich bin erst zwanzig!«

»Findest du, daß ich zu alt bin?« fragte er ärgerlich. »Oder zu arm? Ich bin immer arm gewesen. Weil ich für meine Heimat gekämpft habe. Weißt du, daß ich nach Kriegsende einen Posten als

Eisenbahner annehmen mußte? Ich! Ein Rucellai! Schämst du dich meiner?«

»Ich werd's ihr erzählen, wenn ich Weihnachten nach Hause gehe. Wirklich und wahrhaftig!«

Von da an gingen sie jede Woche Möbel besorgen, einmal einen Sessel, ein andermal einen Teppich, dann ein Bild; dann fand er einen Satz antiker silberner Dessertlöffel unwiderstehlich, danach machte er ihr klar, daß sie ein kleines silbernes Tablett brauchten: »Für Visitenkarten, wenn unsre Freunde uns besuchen.« Sie mußte darum kämpfen, bis sie einen Spiegel bekam. »Ich bin dein Spiegel«, gurrte er wie eine Waldtaube. »Und wir haben nur so wenig Geld.« Sie trafen sich jeden Abend, mal zum Essen, mal für einen Film oder ein Konzert, und hinterher kam eine kleine Italienisch-Stunde an die Reihe, und ein wenig Religion und ein wenig Liebe, bei der er aber nie gewisse Grenzen überschritt, sondern kurz davor haltmachte: ein beiseite geschobener Achselträger, ein Kuß auf die Brust, worauf meistens ein Gebrüll wie das eines Löwen folgte, dem eine Rinderkeule entrissen wurde: dann stürzte er fort und schlug die Tür zu.

Eines Abends fragte sie ihn klagend: »Aber Rucellai, warum willst du dich durchaus quälen?«

»Ich bin ein Mensch mit sehr starken Gefühlen!«

»Ich aber auch!«

»Bin ich denn ein brutales Vieh?«

»Ich möchte dich ruhig machen«, flüsterte sie. »Außerdem bringst du mich ganz durcheinander. Ich weiß nicht, was du von mir willst.«

»Unschuld ist ein kostbares Juwel«, erklärte er und richtete sich auf. Dann, bevor er die Tür zuschmetterte, ächzte er: »Ich wußte nicht, daß sie so teuer zu stehen kommt!«

Er floh, und seufzend zog sie den Reißverschluß ihres Rocks auf und schlüpfte aus der Bluse. Die Tür flog auf, und mit hervorquellenden Augen stierte er sie an.

»Ich versteh' dich nicht«, jammerte sie. »Willst du nicht mit mir schlafen?«

Sein ganzer Körper schien zusammenzusinken, wie wenn ein Eisbär sich niederläßt.

»Ich habe zu lange nach einem Mädchen wie dir gesucht«, sagte er matt, »um dich jetzt zu verlieren.« Und sehr langsam und ruhig schloß er die Tür – und schleuderte sie wieder auf, um ihr barsch zuzurufen: »Schließ zu! Sperr dich ein!«

Sie erhielt eine Postkarte von Tom Dalton, die ihr von der Oakley Street nachgeschickt worden war. Es war eine bunte Ansichtskarte von Rossettis Verkündigung in der Tate Gallery. Sie kam aus Cardiff. »Ich bin jetzt bei den dunklen Kelten. Das tue ich für Sie. Ein Schritt näher zur Heimat? Tom.« Sie verbrannte sie. Dann erhielt sie noch eine Postkarte, eine bunte, mit einer Lokomotive.

»Warum antworten Sie nicht? Wo sind Sie? Ich brauche Sie. Beten Sie für mich!« Sie verbrannte sie in ihrem kleinen Kamin, kniete nieder und betete auf italienisch ein Ave Maria für ihn. Das war im November. In der ersten Dezemberwoche erhielt sie ein Telegramm aus Neapel, ans Museum adressiert. *Bitte treffen Sie mich heute abend um acht im Grünen Löwen in Euston ich brauche Sie dringend Gruß Tom.*

Sie hatte mit Rucellai abgemacht, am Abend mit ihm in ein Konzert zu gehen, und suchte ihn in seinem Büro auf, um ihm wegen Tom abzusagen. Sie stotterte und wurde über und über rot: »Ein alter Freund von Mama ist plötzlich in die Stadt gekommen. Ich muß ihn unbedingt heute abend sehen. Macht es dir etwas aus, wenn ich nicht ins Konzert komme?«

»Wer ist der Mann?« fragte er gereizt.

»Ein Freund von Mama. Der alte General Butterly.«

»Weshalb hat sie's nicht schon geschrieben?»

» Sie glaubt, ich wäre abends frei – jeden Abend.«

»Wenn du ihr vor ein paar Monaten von uns berichtet hättest, wäre es nie zu dieser Irreführung gekommen!«

»Was für eine Irreführung? Wessen Irreführung?«

»Ihre! Unsre! Meine! Jedermanns! Wegen allem, wegen mir! Wie alt ist der Mann?«

»So alt wie ein General eben ist.«

»Ich mag's nicht, daß alte Männer mit dir ausgehen. Ich kenne mich aus mit alten Männern!«

»Ich bin nach dem Konzert wieder da. Gegen zehn Uhr bin ich wieder da. Und ich werd's Mama zu Weihnachten erzählen. Wirklich und wahrhaftig!«

»Ich wünschte, wir hätten im Sommer geheiratet. Du bist zu naiv, zu unschuldig, zu schön, zu anziehend, zu lieb, zu gut! Worüber willst du dich mit diesem General unterhalten?«

»Ich weiß es nicht. Vielleicht über den Krieg. Er erzählt immer von den Dardanellen.«

»Aber das war ja im Ersten Weltkrieg! Er muß an die neunzig sein!«

»Er ist furchtbar alt, sehr, sehr alt«, erwiderte sie. »Viel älter als du!«

»Ich erwarte dich also um zehn Uhr dreißig«, sagte er streng. »Wir müssen die Bindewörter durchnehmen und das Zehnte Gebot! Dann bist du so weit, daß du für die letzte Unterweisung zu unserm lieben Freund, Father De La Poer in der Farm Street gehen kannst. Und keine Minute zu früh. Weder für dich noch für mich!«

Er griff nach seinem Füllfederhalter. Sie hätte beinah gesagt: »Ja, Daddy!«

Es war ein regnerischer Abend. Tom stand neben dem Eingang zum Grünen Löwen und sah sie durch das dunstige Licht einer Straßenlaterne näher kommen. Er erkannte sie schon von weitem an ihrem schlanken Hals und den kräftigen Beinen. Sie trug eine kleine rote Baskenmütze auf dem Hinterkopf, und den Gürtel ihres weißen Regenmantels hatte sie eng zusammengeschnallt; die Hände waren in den großen, aufgesetzten Taschen vergraben, und den Kopf hielt sie gesenkt, wegen des Regens. Er trug einen alten Militär-Umhang und eine Mütze. Als er ihre beiden Hände ergriff, sah sie, daß sein Gesicht grau und erschöpft, müde und zerfurcht war.

»Noch ganz die alte Barbara!« sagte er warmherzig.

»Noch ganz der alte Tom!« Und sie lachte, damit es echter klingen sollte.

»Ich habe eine Überraschung für Sie«, sagte er hastig. »Ich komme soeben aus Neapel zurück. Meine Frau...«

»Ihre Frau...«

Er sprudelte alles hervor. »Meine Frau ist vorige Woche ums Leben gekommen, als ein Haus einstürzte. Ich bin nicht mehr verheiratet! Ich bin frei! Im Sommer hole ich meine kleine Gemma. Sie ist ungefähr so alt wie Sie. Sie werden sich großartig mit ihr verstehen. Ich habe viele Pläne. Hab' mir schon alles im Kopf zurechtgelegt. Ihretwegen und auch sonst alles.«

Er führte sie in die Bar – sie unterschied sich

sehr von *The Cat and Cage*, denn sie war überfüllt und laut und feucht und muffig. Kaum hatte er sie auf einer Bank hinter einem Tisch mit Plastikfläche untergebracht, als er auch schon wieder aufsprang und an die Theke humpelte, um etwas zu trinken zu holen. Ein bedrückendes Gefühl beschlich sie, als wäre er froh, sich noch einmal von ihr zu entfernen. Sie hoffte, daß er nicht nach London zurückkehrte, um hier zu wohnen. Als er langsam an den Tisch kam, die Mütze noch auf dem Schädel, noch immer im Regenmantel, den Kopf gesenkt, den Blick auf die beiden Gläser in seinen zitternden Händen geheftet, wurde ihr klar, daß er Whisky trank und schon vor ihrer Begegnung getrunken hatte. Als er sich hinsetzte, griff er nach ihrer Hand. An der Art, wie seine Augen von ihr abglitten, während er sprach, spürte sie voller Angst, daß er Angst hatte, ihr etwas zu sagen.

»Es ist nämlich so, Barbara! Ich habe über die Sicherheit nachgedacht. Sicherheit brauchen wir alle. Ich hab' mir alles überlegt, die ganze Strecke von Neapel rauf. Gemma braucht ein Heim. Ich fahre heute abend nach Dublin rüber und suche uns eine...«

Er brach ab und starrte sie an.

»Sie sehen schrecklich müde aus, Tom! Erzählen Sie mir alles!«

»Ich bin abgespannt. Die ganze Woche in Neapel nichts als Gerede und Streit und Hader Tag und Nacht mit dem Priester und dem Anwalt, ihrem Vater und ihrer Mutter, den Brüdern und Schwestern und Großmüttern und Großvätern, Onkeln und Kusinen und Tanten, allesamt zanken sie sich in diesem Kohlenkeller in der Mauer einer Gasse – ›Haus‹ nennen sie so was! – und drängeln sich um mich wie eine Schar verdammter Hunde und schnappen nach mir: und da, als ich sie da alle zusammen sah, eine riesige Familie, alle auf einem Haufen, da wußte ich, wie dringend ich ein Heim und eine Frau brauche.«

Sie lachte auf. »Eine Frau? Bravo, Tom! 's ist nie zu spät, was?«

Mit einer schroffen Bewegung wehrte er ihr Lachen ab.

»Ich wußte nicht, was sie redeten, und ich konnte nichts weiter sagen – und sagte es die ganze Zeit – als das eine: ich will eine *molljer*, das ist das italienische Wort für ›Frau‹, und ich will eine *casa*. Können Sie sich vorstellen, daß die Italiener kein Wort für ›Heim‹ haben? Bloß *Casa!* Wie eine blöde Kiste, und das ist auch ungefähr alles, was sie haben. Aber ich kann heiraten! Ich bin frei! Und ich will meine kleine Tochter bei mir haben und erziehen, damit sie so wird wie Sie! Das würden Sie so wunderbar können, Barbara! Sie sollten sich sehen! Genauso, wie ich Sie vor mir sah, als ich mitten unter den andern von Ihnen träumte, und die ganze Heimreise im Zug und auf dem

Schiff. Gut und schön und rein und unschuldig. Kein stinkendes italienisches Parfum ist an Ihnen, keine Schminke, kein Puder, keine Kinkerlitzchen! Sie wollen, Barbara, nicht wahr? Sie wollen immer meine kleine Barbara sein, nicht wahr? Sagen Sie ja, Barbara, sagen Sie ja!«

Sie fühlte, wie sich ihr die Kehle zuschnürte, so daß sie nicht atmen konnte. Sie hörte ihre Mama und Donna und Lulu rufen: »Aber Liebling! Wie furchtbar erniedrigend!« Und zu ihrem Entsetzen hörte sie, daß aufgeblasene Worte aus ihrem Munde kamen, genau solche, wie ihre Mama sie äußern würde: »Ich fürchte, Tom, wir haben beide ein wenig zu viel getrunken, nicht wahr? Wäre es nicht ratsamer, wenn wir unser Gespräch zu einer passenderen Zeit fortsetzten?«

»Lassen Sie das! Reden Sie nicht so hochnäsig mit mir! Ich hab's verdammt schwer gehabt. All diese Mistkerle waren gegen mich! Aber ich bestehe auf meinem Recht. Ich verschaffe mir, was ich haben will – alles! Alles, wovon ich seit Monaten geträumt habe. Allen zum Trotz!«

»Pst! Tom!«

Seine Stimme war lauter geworden. Zwei Männer von der nahen Bartheke blickten zu ihnen hinüber. Er umklammerte ihre Hand noch fester.

»Die verdammten Italiener – würden ihre Seele verhökern, wenn sie mich übers Ohr hauen könnten. Aber nicht mich! Nicht mich, Barbara, wo ich doch immer an Sie gedacht habe! Heute abend geht's nach Dublin! Ich hab' die P-Fahrkarten! Erster Klasse! Wenn wir erst in Dublin sind und ein hübsches kleines Haus finden...«

Sie zog ihre Hand fort und erhob sich halb, er haschte nach ihr und stieß sein Glas um, so daß es sich über den Tisch und seine Knie ergoß und auf dem Fußboden zerschellte. Sie sah sich hilfesuchend um. Jetzt schauten schon mehr Leute zu ihnen herüber. Ein Barmann in weißer Schürze trat auf sie zu.

»Ich muß telefonieren«, sagte sie.

Sie schlüpfte in die Kabine, stellte die ersten Buchstaben von Rucellais Wohnung ein und hörte dann auf. Er wäre ja gar nicht zu Hause. Und wenn sie es Rucellai erzählte, würde Tom ihr nie wieder trauen. Durch das beschlagene Glas sah sie, wie er mit beiden Händen hilflos den Tisch abwischte und seine Knie säuberte, und wie der Barmann ihm Vorwürfe machte. Sie stellte die Buchstaben und die Nummer ein. Eine ausländische Frauenstimme antwortete: »Nein, Signor Rucellai ist ausgegangen.« Sie kam an den Tisch zurück und setzte sich ratlos hin.

»Er ist nicht da.«

»Wer?«

»Ich hab' versucht, Rucellai anzurufen.«

Er schrie den Namen fast heraus: »Rucellai?«

»Ich hab' gedacht, er könnte helfen.«

»Wem helfen?«

»Ihnen. Mir. Uns allen!«

Jetzt schrie er wirklich: »Warum wollten Sie den verdammten Schürzenjäger rufen? Was hat der damit zu tun? Will er sich schon wieder in meine Angelegenheiten einmischen? Wenn der Schweinehund sich wieder einmischt...«

»Unterstehen Sie sich, so über Rucellai zu sprechen!«

»Warum darf ich nicht so über ihn sprechen, zum Teufel?«

»Rucellai ist ein Gentleman.«

»Ach so? Der verdammte Rucellai ist ein beschissener Gentleman? Wie lange verkehren Sie schon mit dem verdammten Gentleman Rucellai?«

»Das geht Sie gar nichts an.«

(Ich streite mich mit einem Betrunkenen. In einer gewöhnlichen Kneipe!)

»Es geht mich sehr viel an. Ich habe Sie zuerst entdeckt!« Er stieß es schluchzend hervor. Dann schrie er nochmals: »Wenn er sich wieder einmischt wie...« Sein graues Gesicht wurde weiß, völlig weiß. »Was ist zwischen Ihnen und ihm?«

Wie eine Frau, die eine Trumpfkarte ausspielt, klatschte sie ihre flache Hand auf den nassen Tisch, blickte ihn an und wartete. Er blickte sie an. Dann senkte er den Blick und sah den Ring.

Langsam blickte er auf und flüsterte giftig: »Du billiges kleines Weibsstück!«

»Und was sind Sie denn?« rief sie und sprang auf, am ganzen Leibe zitternd. »Sie gemeiner alter Bock!«

Er torkelte hoch. Sein Stuhl kippte hintenüber, und jetzt fiel ihr Glas um. Der Barmann erschien wieder und packte ihn beim Arm. »Jetzt also raus mit euch! Alle beide raus!« Er schlug den Barmann. Alle Gäste schauten zu, die Gläser unbeweglich in der Hand. Der zweite Barmann eilte herbei, und beide machten sich daran, den Schimpfenden hinauszuschleppen, wobei seine Absätze über die Fliesen schurrten, bis sie ihn durch die Glastür geschafft hatten. Der eine kehrte um und holte seinen alten Koffer und ein Paket in braunem Packpapier. Er warf beides hinter ihm her auf den nassen Bürgersteig.

Einen Augenblick stand sie da, die Hände an die Wangen gepreßt, und sah auf die gleichgültige Menschenmenge. Dann lief sie. Zwischen den beiden Türen blieb sie stehen, neben den Barmännern, und sah auf die Straße hinaus, wo er im diesigen Regen von einem Lichtkreis zum nächsten taumelte und den Koffer mitschleifte. Der eine Barmann musterte sie und sagte kalt: »Hau ab!« Sie ging ins Freie, stellte sich mit dem Rücken ans Schaufenster eines geschlossenen Geschäfts und beobachtete ihn, wie er langsam zum Bahnhof zog. Dort wäre er dann gut aufgehoben. Sein alter Bahnhof. Die freundliche Atmosphäre.

Sie folgte ihm in vorsichtigem Abstand und zögerte unter den Eingängen, in denen sich jetzt die Reisenden drängten. Sie beobachtete ihn, wie er durch die Sperre ging, hinter der eine Lokomotive in einer Wolke zischenden Dampfes stand, und wie er dahinter verschwand, außer Sicht geriet, um zum Anschlußzug nach Irland zu gehen. Sie besorgte sich am Automaten eine Bahnsteigkarte und ging bis an den Anfang des Zuges, beobachtete, wie er langsam daran entlangschlich, wie ihm die Mütze hinfiel und das Paket, und wie er schließlich in einen Wagen kletterte. Sie wartete, an eine Backsteinmauer gelehnt, abseits von den Reisenden, die lärmend in den Zug stiegen. Sie heftete die Blicke unentwegt an den einen Wagen, bis die Träger endlich auch die letzte Tür zugeschlagen hatten, der Beamte seine Lampe hob und schwenkte und all die erhellten Fenster fortzurollen begannen und gleich niederfallenden Karten ins Dunkel hinausflatterten. Dann sank ihr der Kopf, und sie weinte um ihn. Sie legte die ganze Strecke bis zum Strand zu Fuß zurück, und dann nach Westen bis Charing Cross. Ihr Haar war wirr, ihre Schuhe und Strümpfe waren aufgeweicht. Sie nahm einen Bus zum Oxford Circus und ging nach Haus. Als sie ihre kleine Wohnung betrat, lehnte sie sich mit dem Rücken gegen die Tür, und dann erst schien sie nach all dem aufgestauten Entsetzen wieder atmen zu können. Sie fühlte sich geborgen und wußte, daß sie grausam und gemein war. Eine unendliche Sehnsucht nach Liebe überfiel sie.

Sie zitterte noch, als sie das Feuer im Kamin anzündete und ein heißes Bad einlaufen ließ. Sie goß ihr Badeöl ›Femme Fatale‹ in die Wanne. In ihrem alten blauen Morgenrock, den sie seit ihrem Wegzug aus Dublin hatte, kochte sie Kaffee und strich Brote und kauerte sich vors Kaminfeuer. Unter dem am Hals verknoteten Morgenrock war sie gänzlich unbekleidet. Voller Schuldgefühl hörte sie die Stimme ihrer Mama: »Ich warne dich, meine liebe Babs! London ist kein Ort für kleine Mädchen!« Entschlossen warf sie den Kopf auf: »Ich bin kein kleines Mädchen!« Als die Wärme des Feuers und des Kaffees sie allmählich durchdrangen, begann sie ihre Zehennägel zu lackieren. Sie zog die Lippen mit einem blaßen Lippenstift nach, probierte ein paar Korallen-Ohrringe aus, die Rucellai ihr geschenkt hatte, drehte ihren Kopf bald nach rechts, bald nach links, reckte ihren Rossetti-Hals und nahm die Schultern zurück.

Vielleicht hatte er nichts weiter gewollt, als daß sie die Überfahrt mit ihm machen sollte, um ihm in Dublin den Weg zu ebnen? Wie er es für sie getan hatte? Aber was hatte er gemeint, wie lange...? Er mußte verrückt sein, wenn er geglaubt hatte... Der Regen auf den Fenstern glitzerte im Laternenlicht. Sie schaute auf ihre Uhr, die sie auf den Kaminsims gelegt hatte. Er würde eine stürmische

Überfahrt haben. Sie legte die Cimarosa-Platte auf und kauerte wieder vor dem Feuer, und mit dem kleinen goldenen Parfumzerstäuber, den Rucellai ihr geschenkt hatte, betaute sie ihr Haar und die Schultern und tat auch etwas über die Knie, denn Lorna Alleyn hatte ihr mit einem unangenehmen, verstohlenen Lächeln gesagt, so müsse man es machen. Der Wind fegte durch die Wigmore Street und ratterte an den Fenstern. In Gedanken sah sie die alte *Hibernia*, all ihre Lichter von Nebelringen umgeben, wie sie in Holyhead Harbour am Pier wartete. Nachher zog sie sich ihre italienischen Pantöffelchen an und kauerte sich in einen Sessel, um ihre Fingernägel zu pflegen. Eine Stunde drauf weckte sie ein inständiges Klopfen an ihrer Wohnungstür.

Sein schwarzer Regenmantel glänzte, sein schwarzer Regenschirm tropfte, von seinem steifen schwarzen Filzhut rann das Wasser auf die Fußmatte. Er sah groß und ernst aus und – sein Lieblingswort, sobald er melancholisch war – *tristuccio*. Sie nahm seine Sachen, und während sie seinen Regenschirm aufrecht in den Küchenausguß stellte und den Hut darüberstülpte, rief sie: »Rucellai? Du bist mir hoffentlich nicht böse? Dir zuliebe bin ich extra früh zurückgekommen!«

Er stand am Kamin, die eine Hand auf dem Sims, und starrte ins Feuer: von dem einen Hosenbein stieg bereits der Dampf auf.

»Ach, mein armer Rucellai! Deine Schuhe sind auch naß! Ich möchte sie dir ausziehen! Setz dich, mein Lieber!« Als sie die Bänder aufknotete, fragte sie wieder: »Du bist mir hoffentlich nicht böse? Du hältst mich doch nicht für ein schlimmes Ding? Hast du den Abend genossen? Bist du mir auch bestimmt nicht böse?«

»Ich habe überhaupt nicht an dich gedacht«, sagte er düster und zum Fenster gewandt.

»Deine Socken sind auch feucht! Ich möchte sie dir ausziehen!«

Sie holte ein Kissen, legte es nahe ans Feuer, breitete ein Handtuch darüber und stellte seine bloßen Füße zärtlich auf das Handtuch in die Wärme. Sie sank, noch kauernd, zurück und streichelte den Spann seiner Füße.

»Ich hab' mich so verlassen gefühlt«, sagte sie zu ihm und schaute zu ihm auf, während er auf sie niederblickte.

»Noch nie habe ich dich so schön und so unschuldig gesehen!«

Sie lachte: »Das hast du gestern abend auch gesagt!«

»Aber du weißt gar nicht, wie schön und wie gut du bist!«

»Ich möchte dir eine Tasse Kaffee kochen!«

»Spiel mir etwas Musik vor. Es würde meine Seele beruhigen!«

Sie legte eine Ballett-Suite von Lully auf, die er

öfters verlangt hatte, und saß, den Arm über seine Schenkel gelegt, und blickte ins Feuer.

»Nymphen und Schäferinnen«, murmelte er und strich ihr übers Haar. »Zauberin! Auf einer Muschel hergesandt, als ein Geschenk des Frühlings!«

»Auch das hast du gestern abend gesagt!«

Er riß sie an sich.

»Barbara! Versprich mir, daß du immer meine kleine Barbara bleiben willst! Versprich mir, daß du dich niemals ändern wirst! Sag's!«

»Ich bleibe immer ich selbst. Und du, Rucellai? Versprich mir, daß du dich nie ändern wirst!«

»Ich werde mich nie ändern!«

Sie spürte, wie seine Finger sanft den seidenen Knoten am Halsausschnitt ihres Morgenrocks lösten, um sich feierlich den gewohnten Kuß zu holen. Sie bog den Kopf etwas zurück, um ihn besser beobachten zu können, und wartete auf den Ausdruck in seinen Augen. Der Morgenrock sank auf ihre Knie herunter. Sie sah, wie er die Augen aufriß und dann schloß – mit einem Ausdruck, den sie hinterher nur als Verzweiflung deuten konnte. Nach drei wilden und überstürzten Minuten, in denen er Socken und Schuhe anzog und hastig Mantel, Schirm und Hut holte, war sie allein und starrte besiegt, verwirrt und beschämt ins Feuer.

Am nächsten Tag erschien er nicht im Museum, auch nicht am übernächsten Tag. Am dritten Tag läutete sie in seiner Wohnung an und erfuhr, er sei abgereist. Am vierten Tag ging sie in sein Büro im Museum, wo sie einen fremden jungen Mann vorfand. »Ich wollte Mr. Rucellai sprechen«, sagte sie verstört.

»Ich glaube, er ist nach Italien gefahren. Vielleicht kann ich Ihnen behilflich sein?« fragte er, liebenswürdig lächelnd. Sie sagte: »Oh!« Ohne seine Frage richtig erfaßt zu haben, fügte sie hinzu: »Besten Dank!« Er erwiderte: »Gern geschehn! Kommen Sie mal wieder vorbei!« Sie ging. Zwei Tage darauf fand sie einen Brief von ihm in ihrem Briefkasten. Der Poststempel lautete *Torino*.

Liebe, schöne und gute Barbara,

ich bin Dir entflohen, weil ich Deiner nicht wert bin. Ich habe Dich zu oft auf die schändlichste Weise betrogen. Die Hunde der Artemis zerreißen mich, weil ich ihre Schönheit erblickte. Mein Herkules ist zu stark für mich gewesen. (Pollaiuolo. Früher in den Uffizien. Florenz.) Unternimm nichts, um mir nachzuspüren! Ich bin ein Ungeheuer. Die Wohnung gehört Dir, mit allem, was drin ist. Die Miete ist bis zum 31.12. bezahlt. Nie werde ich in der Wigmore Street leben! Nie werde ich einen MG besitzen. Nie werde ich Dich in Deiner Schönheit wiedersehen!

Dein verzweifelnder Rucellai.

POSCRITTO. So verdorben ich sein mag, Deine Unschuld hat mich erst recht verdorben. Wie der große

Lord Acton sagte: alle Unschuld wirkt verderblich, aber die völlige Unschuld wirkt völlig verderblich. Du bist wie Eva. Du wirst Verderben säen, wo immer Du gehst.

Wieder und immer wieder sagte sie laut: »Phantastisch!« Tagelang sagte sie es dauernd. Manchmal sagte sie: »Es ist phantastisch, wirklich und wahrhaftig!« Einmal überraschte sie sich dabei, wie sie es auf dem Trafalgar Square vor sich hin sagte, und ermahnte sich: »Ich muß aufhören damit, ich rede schon wie die alte Tante Edie!« Eine Stunde später reichte sie einem Museumsbesucher eine Postkarte hin, blickte aber dabei aus dem Fenster und dachte, daß es wirklich und wahrhaftig das phantastischste Ereignis ihres ganzen Lebens war. Erst als der Käufer lächelnd sagte: »Bitte, darf ich jetzt meine Karte haben?«, erinnerte sie sich, wo sie war.

Schließlich mußte sie mit jemand über alles sprechen, deshalb zog sie Lorna Alleyn ins Vertrauen. Sie zeigte ihr sogar Rucellais Brief. Lorna war eine dunkelhaarige Person mit Pferdezähnen, und es wäre liebenswürdig gewesen, von ihr zu sagen, daß sie in jeder Hinsicht gut ausstaffiert war, ehrlicher aber, wenn man sie furchtbar dick genannt hätte. Beim Lesen des Briefes riß sie schadenfroh die Augen auf. Als sie ihn gelesen hatte, grölte sie boshaft lachend:

»Ach herrje! Lieb, schön, gut, süß und unschuldig – das ist aber allerhand! Schön sein ist recht, Babs. Gut sein ist wahrscheinlich auch recht. Aber schön und gut sein? Das ist verheerend! Du wirst immer die verkehrte Art Männer anziehen!« Dann kniff sie ihre schwarzen Augen zusammen und sagte gekränkt: »Das hast du aber alles sehr schlau für dich behalten! Hast mir nie ein Wort von Rucellai erzählt. Bist wirklich ein freches Balg! Und ein verdammt blödes kleines Schaf! Ich hätt's dir gleich sagen können!«

»Ich wollte es nicht wissen«, entgegnete sie stolz. »Wenn man liebt, hat der Geliebte keine Fehler!«

Lorna warf entsetzt ihre fetten Pfoten hoch.

»Schön! Gut! Unschuldig!«

»Aber«, jammerte Barbara und kam endlich zum springenden Punkt: »Ich bin doch genau wie jedes andere Mädchen?«

»Daran zweifle ich keinen Augenblick, liebes Kind, nur siehst du nicht so aus!«

»Was ist denn nicht recht an mir?«

Lorna kehrte zu ihren Postkarten zurück und stieß und boxte sie hin und her, von Antonio da Messina bis zu Zurbaran.

»Männer!« sagte sie wütend.

Menschlich gehandelt

Es ist nicht immer kalt in den Basses-Alpes – aber als ich eines Abends gegen Ende September (liegt es wirklich schon zehn Jahre zurück?) an seinem Pfarrhaus die Glocke läutete, war es bitter kalt. Die einzige Antwort auf mein Läuten gab mir der Wind, der durch jene kleine, gepflasterte Gasse blies, die so schmal wie eine Bettdecke und so übelriechend wie eine Bettschüssel war. Er glich einer himmlischen Kanonade, die über dreißig Meilen Wälder und Schluchten hinwegzielte, um das Meer zu treffen – jedoch noch fünf Meilen über die warmen Buchten von Nizza hinaus, wo ich am selben Morgen in der Riviera-Sonne geschmort hatte. Sollte ich die Nacht allein hier oben in Argons verbringen? Und wenn ja – gab es auch nur *ein* halbwegs ordentliches Hotel in Argons? Innerhalb einer Stunde würde die Dämmerung anbrechen. Ich läutete wieder und drückte mich schutzsuchend gegen die eisenbeschlagene Tür. Plötzlich ging sie auf, und eine Frau trat hastig in die schmale Gasse hinaus. Ich erhaschte nichts weiter als einen flüchtigen Blick auf einen grell geschminkten Mund in einem dunklen Gesicht und auf eine untersetzte Gestalt, die gut gekleidet war, wenn auch ein bißchen übertrieben, auf die italienische Art nämlich, der man hier an der Grenze so oft begegnet. Hinterher fragte ich mich, ob sie etwa einen langen schwarzen Schleier getragen hatte – wie eine Kriegerwitwe. Die alte Haushälterin hätte fast die Tür hinter ihr geschlossen, funkelte mich unter ihrem Dutt hervor wie die Pik-Königin mit zwei kohlschwarzen Augen an, nahm meine Karte und meinen Einführungsbrief entgegen, schloß die Tür bis auf einen zollbreiten Spalt und zog sich zurück. Das bedeutete wenigstens, daß er zu Hause war, und ich vergaß im Nu alles um mich her, ausgenommen das, was mir der Abbé de Saint Laurent vor ein paar Tagen in seinem sonnendurchfluteten kleinen Studierzimmer in Nizza über den Pfarrer erzählt hatte.

»Argons?« hatte er gesagt. »Da kenne ich den richtigen Mann für Sie! Sie müssen meinen lieben Bruder im Herrn, den Abbé Morfé aufsuchen! Er wird Ihnen alles sagen, was Sie über Sitten und Bräuche der Basses-Alpes wissen wollen.«

Und sofort setzte er sich an seinen Schreibtisch und begann auf ein kleines Blatt Papier zu schreiben, wobei er, immer weiterschreibend, über seine sonnenbeschienene Schulter hinweg zu mir sprach.

»Er ist natürlich kein Franzose. Obwohl man es nicht vermuten würde – er ist schon so lange bei uns, seit mindestens zwanzig Jahren! Er ist Ire. Einer von mehreren, die sich der französischen Mission freiwillig zur Verfügung stellten, als es uns nach dem Krieg so sehr an Priestern fehlte. Übrigens immer noch. Sie können freiheraus reden mit ihm. Nicht etwa«, er warf mir vom Außenwinkel seiner Brille hervor einen lächelnden Blick zu, »nicht etwa, daß Sie reden *müßten!* Er hat stets das Wort. Wie wird Ihr Name buchstabiert? Besten Dank! Ein sehr freimütiger Mann. Manchmal ein wenig zu freimütig, finde ich. Aber«, und er drehte sich ganz zu mir herum, »voller Eifer! Mit Worten nicht zu beschreiben! Ein aufrichtiger Mann! Und durchaus unerschrocken!« Er wandte sich wieder seinem Schreibtisch zu, um die Adresse auf den kleinen Umschlag zu schreiben. »Der ideale Bergpriester! Irland war, wie Sie vielleicht wissen, nie römisch eingestellt. Deshalb werden Sie als Engländer...« (er bemerkte meinen Seufzer nicht: ich werde immer irrtümlicherweise für einen Engländer gehalten) »... sicher verstehen, was ich meine, wenn ich Ihnen erkläre, daß er der beste, der allerbeste Repräsentant der *église des barbares* ist.«

Er faltete das Briefchen und steckte es in den Umschlag, überreichte es mir höflich und sandte mich weiter und hinauf, in die Basses-Alpes.

Die Haustür wurde aufgerissen – wie von einem neuen ungestümen Windstoß. Ich erblickte einen kräftigen Mann vom Lande. Sein Gesicht, von Sonne und Wind gegerbt, hatte die Farbe geräucherten Specks. In der Linken hielt er meine Karte, in der Rechten einen dicken Splitthammer, den er unter derartigem Getöse hinter die Tür schleuderte, daß die Heftigkeit der Bewegung mich erschreckte, um so mehr, weil er gleichzeitig nach rückwärts brüllte: »*Mais, je vous ai dit que je ne la connais pas!*« Er drehte sich mit herzlichem Willkommen zu mir um, rief: »Bitte herein, Sean, bitte herein!«, und ich fühlte mich sofort in die Grafschaft Mayo versetzt, obwohl in Irland nur ein protestantischer Geistlicher so arm ausgesehen hätte. Seine Soutane war alt und staubig, seine Stiefel waren nicht zugeschnürt, er trug einen alten, zerfransten Strohhut auf dem Hinterkopf, und er rauchte eine mit Draht ausgebesserte Pfeife.

»Ich war dabei, einen Verschlag für die Hühner zu zimmern«, entschuldigte er sich.

»Störe ich Sie?«

»Die angenehmste Störung von der Welt!« lachte er, zog mich, die eine große Pranke auf meiner Schulter, ins Haus und forderte mich auf, nicht nur die eine Nacht zu bleiben, sondern solange es mir gefiele: worauf ich vorsichtig erwiderte, daß es leider nur für eine Nacht sein könne. Als wir in seinem Wohnzimmer waren – ach, wie genoß ich das prasselnde Holzfeuer! –, holte er sofort eine volle Flasche Tullamore Dew, die, wie ich bemerkte, nicht nur verstaubt, sondern noch nie geöffnet worden war. Langsam wie ein Elefant sank er in seinen Ledersessel und fing an, ohne Punkt und Komma über Irland zu sprechen.

Alles im Zimmer stammte aus der Gegend, und alles war so düster unpersönlich wie in einem Kloster: die handgeschmiedeten Feuerböcke, die schweren Möbel, die offensichtlich vor langer Zeit hier im Ort angefertigt worden waren, die vergilbenden frommen Drucke, die braunen Fliesen, die mit dem Breitbeil bearbeiteten Balken an einer Decke, die einst weiß verputzt gewesen und jetzt, nach langjährigem Holz- und Tabakrauch, teefarben geworden war. Mit dem Auftauen meiner Füße wurde mir leichter ums Herz: es war alles genau das, was ich für meine Arbeit benötigte. Doch mehr als eine Stunde lang gab er mir keine Gelegenheit, ihm auch nur eine von den Fragen zu stellen, die mich in sein Haus geführt hatten: *er* stellte die Fragen, und selten wartete er meine Antwort ab. Ich konnte nur drei Anzeichen unsrer gemeinsamen Heimat gewahren: die bis jetzt ungeoffnete Flasche Whisky, einen Zipfel des *Sunday Independent*, der noch in seinem Streifband steckte, noch seine grüne irische Marke trug und unter den Zeitungen des *Midi* hervorlugte: und als drittes ein kleines, mit grünen und roten Hutzelmännchen besticktes Kissen, das unter seinem dicken Ellbogen hervorquoll. Ich konnte mir vorstellen, wie es den Weg hierher gefunden hatte: mit einem ›Fröhliche Weihnachten!‹ von einer fernen Deirdre oder Mary. Endlich, endlich ließ er das Thema Irland fallen. Er griff (ein bißchen kühl, wie mir schien) nach dem Briefchen des Abbé und sagte dann:

»So, so, Sie wollen also über uns schreiben! Und was haben Sie bisher entdeckt, bitte schön?«

»Mehr oder weniger, was man so erwartet.«

»Und«, fragte er ein bißchen zurückhaltend, »was erwartet man denn?«

»Was jeder Reisende von einem fremden Land erwartet: daß das wahre Gesicht einer Gegend die Summe aller sich widersprechenden Äußerungen darüber ist.«

»Wie etwa?«

»Ach, zum Beispiel erzählt mir jeder, den ich östlich des Var treffe, das alte, traditionsgebundene Leben gäbe es jetzt nur noch westlich des Var, und jedermann westlich des Var behauptet, daß ich hierher in die Berge gehen müsse, wenn ich die alten Sitten und Bräuche kennenlernen wolle. Wie denken *Sie* darüber?«

Er schnaufte spöttisch und schlug sofort einen Ton an, der das ganze folgende Gespräch beherrschte.

»Wissen Sie was?« sagte er mit dem breitesten Dialekt und dem breitesten Lächeln. »Ich bin gar nicht ganz sicher, ob ich überhaupt der rechte

Mann bin, um über das Land hier zu sprechen. 's ist ein seltsames Land! Um Ihnen die Wahrheit zu gestehen, Sean: ich hab' die Frenchies allmählich ein bißchen satt! Ich muß ja mit ihnen leben, verstehn Sie?«

Wollte er andeuten, daß ich nur ein Tourist wäre? Der kleine Hieb und der Dialekt begeisterten mich und mahnten mich zur Vorsicht. Ein nachgemachter Dialekt ist, wie jeder Ire weiß, ein untrügliches Zeichen dafür, daß der Sprecher im Begriff ist, eine unangenehme Wahrheit zu äußern, und um ihr die Schärfe zu nehmen, muß er sie als eine Art Witz verkleiden. Ich bediente mich der gleichen ›Dolch-in-der-samtenen-Scheide‹-Methode und erwiderte:

»Aber hören Sie, ist es nicht ein bißchen reichlich spät, Father, wenn Sie jetzt erst auf solche Gedanken kommen? Nachdem Sie Ihre Schäfchen über dreißig Jahre lang gehütet haben?«

Er blickte mich unfreundlich an. Ein Punkt für jeden. Wir spielten das uralte irische Spiel, das als Diskussions-Poker bekannt ist, ein Spiel, das keiner gewinnen und keiner verlieren kann, weil keiner die offene Wahrheit sagen darf, sondern jeder muß ein paar scharfe kleine Hiebe geben oder einstecken, sonst macht das Spiel nämlich keinen Spaß.

»Besser spät als nie«, erwiderte er verdrießlich. »Wie es wohl den meisten von uns geht!«

Er fing nun an, langsam zu sprechen. Wollte er sich in mein Denken vortasten? Oder in sein eigenes? Geistesabwesend schenkte er mir immer wieder ein. Doch je weiter wir kamen, desto mehr glaubte ich zu bemerken, daß er das Spiel anders spielte (falls wir wirklich *das* Spiel spielten). Schließlich war er ein Priester, und ein französischer Priester in den Bergen – ein Mann also, der in jedem Spiel unendlich viel Aussichten hat.

»Die Basses-Alpes? Ach, wissen Sie, Sean, die Basses-Alpes sind gar kein so übles Land. Natürlich nicht reich. Jedenfalls nicht so reich, wie es der Küstenstreifen ist. Doch wir haben hier manches, was der Küstenstreifen nicht hat und nie haben wird. Es gibt Leute, die sich gern an der Riviera in der Sonne bräunen, die gern sonnige Nizzaer Wohnungen und sonnige Nizzaer Kongregationen haben wollen. Aber natürlich ist man an der Riviera überhaupt nicht ›auf dem Lande‹. Was ist denn die Riviera anderes als eine einzige, vierzig Meilen lange verrückte Promenade? Eine Kette von internationalen Kurorten, die nicht im Landescharakter verwurzelt sind? Die ohne jeden Charakter sind! Ohne jeden Wert – bis auf kalte, geschäftliche, zahlenmäßige Werte? Doch wir hier sind auch nicht arm. Das Land da unten haben Sie ja gesehen: lauter Schluchten und Klüfte! Hartes, steiniges Hochland! Mit verlassenen Olivenhainen, deren Dörfer zugrunde gehen, oder sie sind zu

Touristen-Fallen ausgebaut worden, und ihre Bauernhäuser können von Ausländern erworben werden. Und alle jungen Leute gehen weg! Sind weg! Weggelockt von den strahlenden Lichtern längs der Küste. Alle wollen sie Croupiers werden oder Verkehrspolizisten mit weißem Helm oder Fabrikarbeiter in weißem Overall. Wenn ich an Orte wie St. Paul denke! Eine Lasterhöhle! So nenne ich es. Aber was weiß ich: vielleicht ist's ein Ort, den Sie gerne aufsuchen? Und mit Recht: da gibt's gute Hotels und gutes Essen. Doch vor fünfzig Jahren war es ein anständiges, nettes Bergdörfchen. Und was ist es heute? Bis zum letzten Winkel vollgestopft – womit und mit wem? Mit der *haute monde!* Mit den Parisern! In Bikinis und Strandpyjamas! Wissen Sie, wer heute in der kleinen Kirche Organist ist? Ein Protestant! Und da sind sie noch froh drüber! Fangen Sie jetzt nicht an, mir von künstlerischen Kapellen wie der von Matisse oben in Vence zu erzählen! Eine Kapelle? 's ist ein Badezimmer, von einem Freidenker entworfen!«

»War Matisse ein Freidenker?«

»Von mir aus! Wissen Sie, was ich nicht ausstehen kann? Das sind die Magermilch-Katholiken!«

Seine Augen funkelten. Wenn das etwa ein Stich gegen mich sein sollte, dann spielten wir vielleicht doch noch das Spielchen? Er fuhr fort:

»Hier oben ist es anders. Hier oben bedeuten die Wälder – sagen wir mal, für manche eine Art Wohlstand und für alle ein gutes Auskommen. Deshalb sind unsre Leute hiergeblieben. Die strahlenden Lichter sind weiter weg.« Seine Stimme wurde langsamer. »Ja, unsre Leute sind hiergeblieben.«

»Und haben sie die alte Lebensart beibehalten?« fragte ich interessiert und beugte mich vor.

Langsam und sorgfältig klopfte er seine Pfeife auf dem Kopf des einen Feuerbocks aus. Mir schien, das Spiel war ausgespielt.

»Ich möchte Ihnen erklären, was ich unter Magermilch-Katholiken verstehe. Ich könnte Ihnen Beispiele von Frauen aus der hiesigen Gegend aufzählen, Frauen, die sich absichtlich auf Liebeshändel einließen – und ich denke da an geachtete, verheiratete Frauen mit Kindern –, und aus keinem andern Grund, als weil es Mode ist! Frauen, die hierzulande geboren wurden und aufwuchsen und die Mode (weiter ist es ja nichts) von Orten nachmachen, die sie besser als ihre eigenen zu kennen glauben. Um so schick wie die Feinsten zu sein! Um modern zu sein! Ich finde das völlig verwerflich!«

Er ließ sich so leidenschaftlich darüber aus, daß ich Einspruch erhob, wenn auch behutsam, weil es ihn so sehr bewegte.

»Aber muß man das nicht von Fall zu Fall beurteilen?« fragte ich sanft. »Ich meine, eine Frau kann zum Beispiel furchtbar unglücklich sein. Ihr Mann kann ein Grobian oder ein Langweiler oder sogar ein Trunkenbold sein. Sie kann vielleicht einen Mann kennengelernt haben, mit dem sie lieber verheiratet wäre, einen, den sie liebt oder zu lieben glaubt...«

»Das hat überhaupt nichts damit zu tun! Ich könnte es noch verstehen, wenn ein wenig echte Leidenschaft dabei wäre. Ich könnte Nachsicht üben. Ich könnte es sogar verzeihen. Verzeihen gehört zu meinem Amt. Aber sie tun es aus dem gemeinsten aller Gründe: einzig und allein, um modern zu sein. Um *à la page* zu sein! Sie tun es einfach, um am Teetisch damit prahlen zu können.«

»Und die Männer?«

»Sind ebenso! Solche Leute haben keine Religion und keinen Charakter. Sie haben gar nichts. Das meinte ich mit Magermilch-Religion.«

»Und der guten Gesellschaft geben Sie die Schuld daran?«

»Ich habe nie von der guten Gesellschaft gesprochen!«

»Sie sagten, sie wollten so schick sein wie die Feinsten! Modern sein. Wer sind diese Feinsten? Wessen Mode ist es? Die der Vornehmen?«

»Sie finden dergleichen nie in der guten Gesellschaft, und bestimmt nicht beim echten Adel. Ach, natürlich kann man auch dort Sünder antreffen, wie überall. Fleisch ist Fleisch, ob bei hoch oder niedrig. Wir alle sind Geschöpfe, dem Fleisch unterworfen. Doch die Sache, die ich meine, hat nichts mit Fleisch zu tun. Es ist nicht einmal unverfälschte Sinnlichkeit. Es kommt vom verdorbenen Denken. Es kommt von einer niedrigen Gesinnung. Es ist nichts als eine verdammte, ordinäre Torheit. Es ist Gleichgültigkeit. Es ist der geistige Tod. Es ist Abtrünnigkeit.«

Er klatschte auf die Lehne seines Sessels. Ein ungemütliches Schweigen senkte sich auf uns. Ob er immer so reizbar war?

»Vielleicht bin ich in pessimistischer Stimmung«, murrte er. »Geben Sie mir Ihr Glas! Ich bin ein schlechter Gastgeber! Vielleicht würde mir eine Woche Birkhuhnjagd in der Grafschaft Mayo guttun.«

»*Aye*«, erwiderte ich und war gern bereit, das Spiel wieder aufzunehmen. »Ein gutes Birkhuhn soll das beste für einen schlechten Theologen sein.«

»Warum denn schlechte Theologie, bitte?«

»Nun, es heißt doch ›*But the greatest of these is charity*‹?«[1]

»Pah! Nächstenliebe hat's immer schon gegeben!«

[1] 1. Korinther 13, V. 13: Aber die Liebe ist die größte unter ihnen. Im Englischen heißt es *charity* = Nächstenliebe.

(Es klang so, als wäre er der Nächstenliebe ein bißchen überdrüssig.)

»Mir fiel auf, daß Ihre kleine Gasse Rue Carnot heißt. Sollten wir es mit einem Überbleibsel aus der Französischen Revolution zu tun haben?«

»Es gibt auch eine Rue Saint Roch«, parierte er meinen Hieb. »Das bedeutet San Rocco. Also guter italienischer Einfluß! Die Verbindung mit Rom!«

»Ja«, sagte ich trocken. »Ich bemerkte den italienischen Einfluß. Auf der Place Garibaldi!«

Er stieß es fauchend hervor: »Diese Bande!«

Dann lachten wir beide. (Der veredelnde Einfluß des Spiels hat wirklich sehr viel für sich.) Im selben Augenblick trat die alte Pik-Königin ins Zimmer und sagte mit ihrer mürrischen Stimme:

»Das Essen ist angerichtet, Father! Und die Dame hat angerufen und gesagt, die Beerdigung wär' morgen um neun.«

Er blickte sie forschend an.

»Anastasia, kennst du die Madame Bailly?«

»Sie wohnt seit fünf Jahren in Alberon.«

»Komisch, daß ich mich nicht an sie erinnern kann! Muß Father Benoit anrufen.« Er drehte sich zu mir um. »Father Benoit ist einer meiner Hilfspfarrer. Wir haben ein großes Kirchspiel und teilen uns zu dritt in die Arbeit.«

Bei der Herfahrt war ich durch Alberon gekommen. Es war ein kleiner Ort mit ein paar Sägemühlen und mit mehr Garagen als Hotels, und das bedeutet, daß Ende Oktober alles in Winterschlaf sinkt, weil die großen Pässe wegen des Schnees dann nicht mehr befahrbar sind.

»Woll'n essen gehn!«

Wir gingen ins Eßzimmer. Als er seine Serviette auseinanderschleuderte und unters Kinn stopfte und Wein einzuschenken begann, sagte er:

»Der Mann der armen Frau kam heute nachmittag durch einen Unfall ums Leben. Ein Baum fiel ihm quer über den Rücken. Er besitzt in Alberon ein Hotel, eine Garage und eine Sägemühle. Sie kam wegen der Beerdigung her.« Er hielt inne, während er sich sein Glas einschenkte. »Bailly? In der Gegend von Grasse kenne ich ein paar Leute, die Bailly heißen. Nicht viel Gutes an ihnen dran, an keinem«, grollte er.

»Sind's Liberale?« neckte ich ihn.

»Pfffft! Sie erwähnten Garibaldi. Und Carnot. Es wäre eine interessante Arbeit für Sie, herauszufinden, wann ungefähr diese Namen auftauchten... und zu welchem Zeitpunkt sehr viel andere Dinge aufzutauchen begannen.«

Wir sprachen über dies und das. Dann sagte er:

»Ich möchte nicht, daß Sie mich wegen des Adels falsch verstehen. Bei Lichte besehen, sind es immer noch die Besten in Frankreich. Natürlich sind sie auf dem absteigenden Ast. Sie haben keine politische Initiative. Und kein Geld. Und keinen Einfluß. Die Liberalen, wie Sie sie zu nennen belieben, stoßen sie über den äußersten Rand des Abgrunds. Die Übriggebliebenen.« Er trank ein Schlückchen von seinem Wein und zog die Brauen zusammen. »Bailly? Irgendwie erinnert mich der Name an irgendwas und geht mir durch meinen armen alten Schädel.«

»Besitzen Sie nicht das Liber Animarum?« fragte ich und meinte damit das dicke schwarze Notizbuch, das mir früher einmal von einem alten Priester, der ein lieber Freund von mir war, in einem irischen Pfarrhaus gezeigt wurde.

In diesen klobigen Notizbüchern hat jedes Pfarrkind seine Seite: Name, Beruf, Adresse, verheiratet oder unverheiratet, seine Religion ausübend oder nicht, und manchmal, wenn auch selten, eine vertraulichere Anmerkung, falls der Priester es für notwendig erachtet, tiefer nachzuforschen. – Er schnaufte verächtlich:

»Ha! Liber Animarum, grüß dich Gott! Da merkt man doch gleich, daß Sie aus dem heiligen Irland kommen! So was nenne ich I. B. M.-Katholizismus! Meine beiden Hilfspfarrer und ich können nicht viel mehr schaffen, als jedes Pfarrkind alle zwei Jahre einmal besuchen. Falls überhaupt! Und manchmal nicht allzu willkommen! Haben Sie überhaupt eine Vorstellung von der Größe unsrer Kirchspiele? Wenn wir nicht unsre Haushälterinnen hätten...« Er brach ab. Er seufzte. »Ich glaube, ich werde alt. Ich verliere den Überblick.«

Er läutete die kleine Messingglocke auf dem Tisch und wartete, bis sie in der Tür erschien.

»Sagen Sie mal, kennen Sie diese Madame Bailly wirklich?«

»Jeder in Alberon kennt sie.«

»Ja, ja. Sie sagten bereits, daß sie aus Alberon ist.«

»Ich hab' gesagt, sie wohnt in Alberon.«

Er stieß seinen Stuhl zurück und blickte sie streng an.

»Anastasia! Was wollen Sie eigentlich andeuten? Woher stammt sie?«

»Aus Cannes!«

»Und Bailly hat sie geheiratet und vor fünf Jahren nach Alberon geholt?«

»Monsieur Baillys Frau und seine vier Kinder leben bei seiner Mutter in Grasse.«

Eine lange Pause entstand. Dann fragte er: »Hat Bailly sie weggeschickt?«

Ihre kohlschwarzen Augen starrten ihn an. Ihre Schultern zuckten kaum wahrnehmbar. Er dankte ihr mit einem Kopfnicken und entließ sie. Er stieß seinen Teller fort, und um die fest zusammengekniffenen Lippen herum war sein Gesicht ganz blaß: es war die einzige Stelle in dem rötlichen Gesicht, die blaß werden konnte.

»Fünf Jahre! Was für ein Pfarrer bin ich nur? Was für einem Kirchspiel steh' ich vor? Direkt unter meiner Nase! Und jetzt hat diese Person die

Unverschämtheit, hierherzukommen und mich zu bitten, ihm ein christliches Begräbnis zu geben! Dem werde ich aber rasch einen Riegel vorschieben!«

»Mein Gott, Sie können sich doch nicht weigern, den Mann zu beerdigen? Sie können ihn doch nicht wie ein Tier in der Erde verscharren lassen?«

»Glauben Sie denn, daß ich ihm jetzt, nachdem er fünf Jahre lang dreist und unverhohlen so ein Leben geführt und öffentliches Ärgernis erregt hat – daß ich ihm da wie einem guten Katholiken ein christliches Begräbnis geben werde? Was würden meine Pfarrkinder sagen? Was würden sie denken? Glauben Sie, daß ich deswegen vor dreiunddreißig Jahren herkam, um Anstoß erregenden Menschen wie diesen beiden Abtrünnigen meinen Segen zu geben?«

»Ist das nicht ein bißchen übertrieben? Sünder, ja... Nennen Sie sie so, wenn Sie wollen. Aber aus reiner Nächstenliebe...«

»Nächstenliebe! Alle erzählen mir immer was von Nächstenliebe! Was ist Nächstenliebe?«

»Liebe vermutlich! Ich nehme an, daß die beiden unseligen Menschen einander liebten.«

»Und seine Frau? Und seine vier Kinder? Hat er *die* geliebt?«

»Aber er hat vielleicht auf Vergebung gehofft, vielleicht sogar in seiner letzten Minute. Wenn Sie dagewesen wären, als der Baum auf ihn fiel, hätten Sie ihm da nicht die Letzte Ölung gegeben? Hätten Sie ihm nicht Augen und Hände und Mund gesalbt und gebetet, daß ihm vergeben werde?«

Prasselnde Blätter, von einem Windstoß hochgejagt, ratterten wie mit unzähligen Fingern aufbegehrend an der Fensterscheibe.

»Ich war eben *nicht* da«, sagte er dumpf. »Er starb, wie er gelebt hat – von Gottes Hand gefällt. Ich muß Father Benoit anrufen.«

Als ich allein im Zimmer saß, versuchte ich mir die untersetzte, italienisch wirkende Frau vorzustellen, die auf seiner Schwelle an mir vorbeigehastet war. Ich versuchte sie mir mit ihrem toten Geliebten in ihrem Hotel in Alberon vorzustellen und begriff, daß es die Geschichte eines Lebens war, in die ich nie Einblick erhalten würde. Alles, was ich mir vorstellen konnte, waren hundert Köpfe wie die der schwarzen Pik-Königin Anastasia, die sie in dem kleinen Bergnest mit grausamem Schweigen und bitterbösen Blicken bekämpften. – Er kam zurück und ließ sich in seinen Sessel fallen.

»Father Benoit ist nicht zu Hause.«

Ich saß ihm gegenüber und dachte: ›Und das hier ist auch noch ein Leben, in das ich nie Einblick erhalten werde!‹ Nach ein paar Augenblicken sagte er ruhig:

»Nächstenliebe ist eine Tugend, Sean. Es ist Liebe, wie Sie sagten – die Liebe in Gott zu allen Dingen, die Liebe Gottes in allen Dingen. Was aber Ihre Liebe betrifft, die irdische Liebe? Ja, sie ist auch das. Wie St. Bonaventura sagt: das Leben ist es, das den Liebenden an die Geliebte bindet. *Vita copulans amantem cum amato*. Aber das ist es im Namen Gottes, für Gott und in Gott. Eine Liebestat innerhalb eines Menschenlebens ist ungeheuer viel. Doch eine Todsünde kann aus sich heraus alle Liebe und alles Leben zerstören, wie dieser Mann wieder und immer wieder vor den Augen der Welt zwei Leben zerstört hat.« Er brach ab und stand auf. »Diese Sache muß vor der Öffentlichkeit beendet werden, wie sie vor der Öffentlichkeit begonnen hat! Ich muß sofort hingehen.«

»Heute abend noch?«

»Ja. Sofort.«

Wir blickten beide aus dem Fenster. Der Mistral blies mit aller Gewalt. Ein wilder Blätterschwall wirbelte horizontal am Fenster vorbei.

»Darf ich Sie hinfahren?« erbot ich mich niedergeschlagen.

»Ich wäre froh. Ich bin nicht in bester Form, um selbst zu fahren.«

Wir knöpften unsre Mäntel bis obenhin zu, zogen uns die Bérets über den Kopf und quetschten uns in meine kleine Dauphine. Er gab mir seine Anweisungen für die lange, kurvenreiche Strecke einer Straße, wo auf beiden Seiten der Wald gleich einer wild bewegten See wie ein fester Block wogte. Ich war zu sehr damit beschäftigt, auf die Straße zu achten, und konnte nicht sprechen. Die ganze Fahrt über sagte er nichts, außer: »Die linke Abzweigung!« oder: »Hier rechts!« Mir war zumute wie einem Mann, der einen Henker zum Richtplatz bringt, und ich weiß nicht, wer von uns beiden mir im Augenblick stärker mißfiel. Als wir nach Alberon hineinfuhren, waren die Straßen leer und dunkel. Zwei Cafés waren erhellt, die Scheiben waren feucht beschlagen und undurchsichtig. Plötzlich sagte er (und bewies damit, daß er französisch gedacht hatte):

»*C'est dans la Place. Il s'appelle Le Chamois.*«

Es war ein dreistöckiges Haus mit dem üblichen alpinen Dach, das steil zum First ansteigt und unten sanft abfällt, damit die große Schneelast besser niedergleiten und im Rinnstein schmelzen kann. Im Erdgeschoß befand sich ein Café; alles war dunkel und versperrt. Zwei Fenster im Stockwerk darüber waren hell. Als er ausstieg und an der Tür läutete, fuhr ich, um zu parken, auf die Mitte des kleinen Platzes und wartete dort. Er mußte ein paarmal läuten, bis jemand kam. Als sich die Tür öffnete, sah ich gegen das Licht im Innern des Hauses die dunklen Umrisse der Frau, die sich Madame Bailly nannte. Er trat sofort ein. Die Tür wurde geschlossen. Ich war allein mit dem Mistral, mit der Dunkelheit und dem leeren Platz.

Der ideale Bergpriester! Habe die Frenchies ein bißchen satt! Nizzaer Leute und Nizzaer Wohnungen. Völlig unerschrocken. Aufrichtig. Ein Finger auf einem Lichtschalter ließ zwei weitere Fenster aufflammen. *Vita copulans amantem cum amato*. Ob er da oben auf seinem Liebesbett aufgebahrt lag? Voller Eifer, mit Worten nicht zu beschreiben! Der Mistral blies stöhnend in Kreisen immer um mich herum. Zwei Männer, ein älterer und ein jüngerer, kamen mit gesenktem Kopf von links auf den Platz. Ich sah, wie sie vor dem geschlossenen Café Le Chamois stehenblieben, auf die dunklen Fenster blickten und ein paar Gesten machten, die nur eins bedeuten konnten: »Ach ja! Ich habe gehört, daß...« Dann streckte der eine seinen Arm aus, und sie gingen wieder weiter, mit gesenktem Kopf – ich nahm an, zu einem der beiden andern Cafés, wo man jetzt bestimmt wie in jedem andern Haus des Dorfes... Ich ließ den Motor an und schaltete die Heizung ein.

Nach abermaligem langem Warten wurden die beiden Fenster oben dunkel. Er kam noch immer nicht. Eine menschliche Liebestat innerhalb eines Lebens ist ungeheuer viel. Eine Todsünde kann diese Liebe und dieses Leben auf ewig und gänzlich zerstören. Verdammt, warum macht er nicht kurzen Prozeß mit ihr? Das wäre dann wenigstens eine kleine Liebestat. Ein großer Lastwagen mit Anhänger, der mit langen Holzbalken beladen war, schwankte auf den Platz und zum andern Ende hinaus. Dann nur wieder der Wind und das Dunkel.

Als die Tür endlich aufging, erstrahlte der Bürgersteig in einer Lichtfülle, und ich sah die Umrisse seiner großen, wuchtigen Gestalt. Er reichte der schwarz gekleideten Frau die Hand. Als ich spähend nach vorn blickte, erkannte ich, daß es nicht die gleiche Frau war. Er verbeugte sich vor ihr und schaute sich suchend nach mir um. Ich fuhr hinüber. Sie schloß die Tür, er stieg ein und winkte mir stumm, abzufahren.

Im Dunkeln konnte ich sein Gesicht nicht erkennen, aber im Licht des Schaltbretts sah ich seine Hand, die locker auf seinem Schenkel lag und wie bei einem Schlagflüssigen zitterte.

»Wie ist's?« fragte ich.

Er sprach so leise, daß ich ihn kaum verstehen konnte.

»Ich hätte nie geglaubt, daß es auf Erden solche Liebe gibt.«

»Madame Bailly?«

»Sie kam von Grasse herauf. Mit ihren vier Kindern. Zum Begräbnis.«

»Es wird also ein Begräbnis stattfinden?«

»Konnte ich es seiner Frau abschlagen?«

»Und die andre?«

»Die beiden sitzen da oben zusammen. Sie trösten sich gegenseitig.«

Es wurde nichts weiter gesagt, bis wir wieder in seinem Wohnzimmer waren, in seinem dunklen Pfarrhaus in der kleinen, übelriechenden Gasse. Als er, noch in Mantel und Béret, dort vor der grauen Asche seines erloschenen Feuers stand, wandte er mir ein Gesicht zu, das von Seelenqualen verzerrt war, und rief:

»Habe ich recht gehandelt?«

»Sie haben menschlich gehandelt, Father!«

»So? Menschlich?« Er schüttelte den Kopf – ungetröstet. Freundschaftlich legte er mir die Hand auf die Schulter: »Sie sollen gut schlafen!« – wie jemand, der selber nicht schlafen würde. »Und dabei hab' ich Ihnen rein gar nichts über die verdammten alten Basses-Alpes erzählt!«

Ich schlief so gut wie gar nicht. Die ganze Nacht stöhnte der Wind durch die enge Gasse und talab über Wald und Dorf und schwarze Schluchten. Ob die beiden Frauen wachten? Sich gegenseitig trösteten? Über einander triumphierten? Ich wünschte von Herzen, unten zu sein, wo die hellen Lichter der leeren Promenaden jetzt übers Meer blinkten, über das stille, kalte, flüsternde, großartig teilnahmslose Meer.

Charlies Griechin

Es dauerte über zwanzig Jahre, ehe ich Rika Prevelakis wiedersah, zu diesem Besuch angeregt von (ausgerechnet!) Charlie, und komischerweise in (ausgerechnet!) Athen. »Kleinigkeit, sie ausfindig zu machen«, versicherte er. »In der Universität kennt sie einfach jeder!«

Man sah ihr die fünfundvierzig Jahre nicht an, obwohl sie jetzt mollig, mütterlich und spottlustig war. Ihr Haar war noch schwarz, aber nicht mehr so seidig schimmernd. Ihre Gesichtshaut sah so weich und rosig aus, daß mir sofort unser alter Dubliner Witz einfiel: »Charlie, schmeckt ihr Puder nach Türkischem Honig?« – und auch seine Antwort, ein vergnügtes Zwinkern. Nichts verriet eigentlich ihr Alter, ausgenommen die Schweizer Ringe, die sie trug und die viel zu fest auf ihren pummeligen Fingern steckten, und dann an der Kehle die schwach angedeutete Venus-Wamme und an den Waden die harten Muskeln. Ihr Mann, den ich nicht kennenlernte, war offenbar ein Früchte-Exporteur, und zwar (ihrem reizenden Haus mit den modernen Gemälden und Skulpturen nach zu urteilen) ein sehr erfolgreicher. Sie erzählte mir, daß ihr ältester Sohn (sie hatte drei) neunzehn Jahre alt sei: eine Zahl, die mich zusammenzucken ließ, weil sie mich ohne weiteres in das Jahr nach ihrem berühmten Dubliner Aufenthalt zurückversetzte. Da hatte sie ja Charlie nicht mehr lange nachgetrauert!

Sie freute sich riesig, so aus erster Quelle von ihm zu hören, und stellte mir viele Fragen, und obwohl sie jetzt anscheinend mit einer gewissen gutmütigen Selbstverspottung an ihn dachte, war es doch klar, daß sie sich seiner auch mit einer warmen und dankbaren Zuneigung erinnerte.

»Er hat mich zur Besinnung gebracht«, sagte sie so schlicht, daß die abgedroschenen Worte wie eine taufrische Wahrheit klangen.

Wir plauderten fast eine Stunde lang; gegen den Schluß hin, und als ich schon aufbrechen wollte, fragte ich:

»Es würde mich interessieren, wie Sie Charlie nach alledem beurteilen?«

Sie lachte und imitierte den englisch-griechischen Bühnen-Akzent:

»Meine Mann mir sagen, und meine Mann ist särr kluges Mann, daß er nickt Meinung sagt, wenn jemand will wissen seine Meinung, sondern daß er gibt kleines Porträt.«

Ein kluger Mann, weiß Gott, dachte ich, als ich ihr entzückendes Haus verließ, dessen Garten über das funkelnde Blau des Piräus blickte. Meinungen! Wenn ich ein Dutzend Männer befragen wollte, die Charlie in seiner Glanzzeit gekannt hatten, könnte ich die Blütenlese erraten, die sie mir wie zwölf Schöffen geben würden:

1. Charlie Carton? Dem würde ich meine Frau anvertrauen – fünf Minuten lang!

2. Also ich glaube wirklich und wahrhaftig, daß er der teilnahmsvollste, warmherzigste und menschenfreundlichste junge Mann war, der mir je begegnet ist!

3. Ein kalter, hemmungsloser, egoistischer, unzuverlässiger Genußmensch!

4. Ein echter Menschenfreund, ein geborener Reformer und ein waschechter Revolutionär! Heutzutage gibt's nur noch verdammt wenig Männer wie ihn in Irland!

5. Was für ein Redner! Glänzend! Und so witzig! Ein furchtbar amüsanter Kerl! Ein Träumer und Rebell! Besitzt alles, was gut ist am irischen Volkscharakter!

6. Charlie Carton? Das Großmaul!

7. Müssen Sie nicht zugeben, daß er eine tolle Kreuzung zwischen einem Don Juan und dem heiligen Franziskus war? Ich meine, es stand immer auf der Kippe, welche Seite schließlich bei ihm die Oberhand gewinnen würde. Übrigens – welche war's dann zu guter Letzt?

8. *Hatte* er überhaupt Prinzipien? Ich hab's mit

angesehen, wie ihm wegen eines kranken Kindes in den Slums in der einen Minute die Tränen in den Augen standen und wie er in der nächsten Minute ohne jedes Erbarmen eine Frau hinterging.

9. Nein, ich glaube nicht, daß ich von Charlie behaupten würde, er hätte viele Prinzipien gehabt. Ein paar? Na ja, vielleicht. Jedenfalls haben sie ihn nie sonderlich gedrückt. Erinnern Sie sich, was Aristide Briand mal über Prinzipien gesagt hat? »*Il faut toujours s'appuyer sur les principes; ils finissent par en céder.*« Man muß sich recht fest auf seine Prinzipien stützen, dann geben sie eines Tages nach. Aber eins muß man Charlie lassen: er war nie ein Spielverderber. Ein echt männlicher Mann! Mochte ihn gut leiden...

10. Wenn Sie meine ungeschminkte Meinung über ihn hören wollen: er war ein himmelschreiend saumäßiger Aufschneider!

11. Hab' ihn bloß von der Studentenzeit her gekannt. Er konnte einem das Hemd vom Leibe weg schenken. So einem Burschen muß man 'ne Menge nachsehen.

12. Schlapp! Morsch bis auf die Knochen! Gefühlsduselig! Zu echter Zärtlichkeit genauso unfähig wie zur Leidenschaft. Da können Sie jede Frau fragen! Das einzige Gute, das sie ihm alle nachsagten: wenn er sie hinterging, schenkte er ihnen auch verflucht rasch reinen Wein ein!

Ich denke an die Nacht in London, als er mir sein Wohnschlafzimmer überließ. Von Mitternacht an läutete das Telefon jede halbe Stunde. Immer die gleiche Frau, das gleiche Mädchen.

»Nein«, hab' ich stets gesagt, »Mr. Carton ist nicht hier. Ich bin nur sein Gast und benutze heute nacht sein Zimmer.« Oder: »Charlie ist nicht hier, ich schwör's Ihnen! Wissen Sie denn nicht, daß es ein Uhr nachts ist, um Gottes willen? Ich möchte jetzt endlich schlafen!« Jedesmal sagte das gleiche traurige Stimmchen: »Bitte sagen Sie ihm doch bloß, ich hätte bloß angerufen, um mich bloß zu verabschieden!« Nach einer halben Stunde war sie wieder da, wieder und immer wieder, bis ich mich, halb wütend und halb mitleidig, zu fragen begann, ob er nicht genau das vorausgesehen hatte, als er mir so freigebig sein Zimmer zum Übernachten anbot. Schließlich wandte ich mich an das Fräulein vom Amt. Mit einer müden, englisch-höflichen Drei-Uhr-morgens-Stimme sagte sie: »Ich habe der Dame schon erklärt, daß Mr. Carton nicht da ist. Es hilft ihr nicht weiter, der armen Kleinen! Außerdem bin ich verpflichtet, *jeden* Anruf durchzugeben. Und bedenken Sie nur, es kostet sie 'ne Stange Geld! 's ist jedesmal ein Fernruf aus Straßburg!«

Wie ihn ein Salvador Dali gemalt hätte? Mit zwei Augen, aus denen je eine Frau schaut. Sein hübsches, knabenhaftes Gesicht hätte jeden Maler der Hoch-Renaissance entzückt, der ein Modell für die Verkörperung von Kraft und Jugendfrische suchte; doch es hätte eher ein Florentiner als ein Venezianer sein müssen, wegen Charlies blasser Haut, seiner buttergelben Haare, der kleinen, makellosen Zähne und der schweren Augenlider – und weil man trotz seiner Größe eher seine äußeren Merkmale beachtete und weniger an die Körperfülle oder den Umfang und das Gewicht dachte. Weder sein Gesicht noch sein Körper riefen jemals den Eindruck von etwas Knochigem hervor. Wenn er sich für den Boxerring ausgezogen hatte, sah sein Körper sehr weich, fast feminin aus, so daß niemand, der ihn nicht schon boxen gesehen hatte, ihn für einen Steher gehalten hätte. Doch er war ein Steher, und er war häufig Sieger, halsstarrig, behende wie ein Knabe, eher für Abwehr als für den Angriff, und stets siegte er dank seiner Geschicklichkeit. Er besiegte die Männer beim Boxen und die Frauen beim Flirt. Seine Jungenhaftigkeit war unecht. Mit einundvierzig war er noch immer lebhaft, lachlustig, schwatzhaft, völlig unbekümmert um sein Äußeres, ungekämmt, beinahe ungepflegt und von Natur sorglos: er machte sich nichts aus Geld oder Besitz, und meistens war er pleite. Was vielleicht der Hauptgrund war, weshalb die Frauen ihn (sogar schon während der Schulzeit) ständig bemuttern und verwöhnen wollten. Es muß jedesmal ein Schock für sie gewesen sein, wenn sie entdeckten, daß seine Sorglosigkeit allumfassend war – im weitesten Sinne des Wortes. Ihr hübsches Bübchen war so hart wie Stein. Ich mußte an ihn denken, als ich zum erstenmal das bekannte Bildnis des Lodovico Capponi von Bronzino im Frick-Museum sah: ein eleganter junger Ephebe, könnte man meinen, bis man in seine kühlen grauen Röntgenstrahl-Augen blickt, die einen zusammenzucken lassen, wie wenn einem ein Tropfen kochendes Wasser auf die Hand spritzt. Einer unsrer zwölf Schöffen erinnerte sich an ihn als einen waschechten Revolutionär, der andre als einen Rebellen. Aber um entweder das eine oder das andre in vollem Maße zu sein, war er am falschen Ort und zur unrechten Zeit geboren worden, nämlich im Irland nach der Revolution. Wie glücklich wäre er gewesen, so richtig mitten drin zu stecken! Wäre er damals erschossen worden (obwohl ich insgeheim glaube, daß er sie alle zu Boden geboxt hätte), wäre er heute einer unsrer heißgeliebten jungen Helden. Für den Krieg gegen die Nazis war er zu früh auf die Welt gekommen, und der Spanische Bürgerkrieg war fast beendet, als er von der Schule abging – zusammen mit der nicht mehr gar so jungen Lehrerin, die ihn jenen ganzen Sommer über zu einer Camping-Tour (in einem winzigen Zelt) durch das gesamte England mitnahm.

»Sie hat meiner Erziehung den letzten Schliff

gegeben«, pflegte er zu sagen – mit dem üblichen strahlenden Grinsen. »Was aus ihr geworden ist? Keine Ahnung! Sie wurde natürlich an die Luft gesetzt. Doch, ja, geschrieben hat sie mir. Aber« (mit einer anmutigen Bewegung seiner schlanken, kräftigen Hand) »der Kranz unsrer Liebe hatte sich geschlossen.«

So redete er immer: so romantisch, und benahm sich so: skrupellos! Oft sagte er:

»Ich bin nämlich gar nicht so durch und durch irisch. Die Cartons sind zu Cromwells Zeiten als Siedler herübergekommen. Und ihr wißt ja, wie es den Pionieren nun mal geht: sie ziehen weiter...«

»Würden Sie ihn skrupellos nennen?« hatte ich Rika Prevelakis gefragt.

An Stelle von einer Antwort gab sie ihr letztes Zusammentreffen mit ihm wieder. Etwas hatte ich (hatten wir alle) schon darüber gewußt. Freimütig lieferte sie jetzt die fehlenden Einzelheiten.

Es ereignete sich zur Zeit seiner berühmten Riesen-Protestkundgebung im Jahre 1941. Damals war er einer von Irlands aktiven Kommunisten (hatten wir deren zwölf?) und nannte sich öffentlich ein Mitglied der irischen Arbeiter-Partei, die, wie jedermann weiß, so links wie mein rechter Fuß war (und ist); im Privatleben nannte er sich Sozialist, und im Bett oder Bad bezeichnete er sich laut als Marxist (wie er selbst gestand). Das Datum ist bedeutsam. Wer 1941 Kommunist war, hatte nirgends auf den britischen Inseln ein leichtes Leben. Die Russen hielten sich noch an ihren Nichtangriffspakt mit Hitler. Die vielen Tausende von Iren im britischen Heer glaubten, sie wären ausgezogen, um sowohl die Kommunisten wie die Nazis zu bekämpfen. Dünkirchen lag hinter uns. Ebenso die Schlacht um Britannien. Doch als Spanien in Tanger einfiel (was uns alle an die Existenz General Francos erinnerte), und als die Deutschen in Athen einzogen (was Charlie an Lord Byron erinnerte), schien es der gegebene Augenblick, um sich wegen der Rechte der kleinen Nationen an Irland zu wenden. Folglich verkündeten Charlie und seine Freunde kurzerhand eine Riesen-Protestkundgebung ›zu Ehren Griechenlands‹, anberaumt auf den vierten Mai abends. Der gewählte Zeitpunkt hätte für alle Beteiligten nicht fataler sein können. Hätten sie bis zum Juni gewartet, wäre Rußland inzwischen Deutschlands Gegner geworden. Und vier Tage vor der Versammlung tauchte in Dublin Charlies alte Flamme auf: Rika!

Sie war damals etwa fünfundzwanzig, klein, dunkel, recht niedlich und so begeistert, Charlie kampfbereit zur Verteidigung ihres Vaterlandes zu sehen, daß ihre Niedlichkeit zu einer Art feuriger Schönheit erblühte. Sie war in jeder Hinsicht (bis auf einen einzigen Zug) eine sehr sympathische junge Dame, worüber sich alle einig waren, die sie kennenlernten, und die meisten von uns lernten sie kennen, weil Charlie sich vom Moment ihrer Ankunft in Dublin an wie verrückt bemühte, sie an seine Freunde abzuwimmeln. (Anscheinend hatte sich auch bei ihnen ›der Kranz ihrer Liebe geschlossen‹... jedenfalls seiner Liebe.) Obwohl sie hochgebildet war – sie unterrichtete damals die jungen Männer vom Auswärtigen Amt in London in Griechisch und griechischer Geschichte –, und obwohl sie auf fast allen Gebieten Bescheid wußte und kritisch und nüchtern und scharfsichtig war, blieb doch dieser eine unsympathische Zug an ihr bestehen: sie war kläglich unfähig zu merken, daß Charlie sie verabscheute, sie im gleichen Maß verabscheute, wie ihre Jagd auf ihn und seine Flucht vor ihr sie beide lächerlich machten.

»Es ist furchtbar!« Er schäumte vor Wut. »Als hätten wir blödsinnige Flitterwochen. Sie läßt keine Minute locker. Können wir zusammen frühstücken? Wo ich zu Mittag esse. Wohin ich abends zum Dinner gehe. Was ich heute abend mache, morgen abend mache, übermorgen abend mache. – Hör mal, tu mir um Gottes willen einen Gefallen, geh mit ihr mittagessen und laß sie irgendwo sitzen, in den Bergen meinetwegen.«

Die Tage kurz vor der Versammlung zeitigten das eine Ergebnis, daß sie uns alle mit Anrufen verfolgte:

»Könnte ich bitte mit Mr. Carton sprechen?«

»Rika, sind Sie's? Charlie ist leider nicht hier! Er wohnt nämlich nicht hier.«

»Aber er muß doch dort sein? Er hat mir gesagt, ich soll diese Nummer anrufen, wenn er nicht pünktlich da ist.«

»Wenn er nicht *wo* ist?«

»In Stephen's Green. Um drei. Neben dem Denkmal von James Clarence Mangan.«

Im sanften Frühlingsregen? Und jetzt war es vier! Und an James Clarence Mangans grüner Nasenspitze hing ein Tropfen! Was für ein schlauer Einfall, wenn man mit einem Mädchen Schluß machen will! Aber für Rika – lange nicht schlau genug.

»Also jedenfalls ist er nicht hier.«

»Dann rufe ich später nochmal an.«

»Das nützt gar nichts. Er ist nie hier.«

»Ich rufe wieder an. Er hat mir gesagt, ich soll's dauernd probieren. Wenn er kommt, sagen Sie ihm bitte, er möchte warten, bis ich wieder anrufe.«

Wir fragten uns und fragten einander, weshalb er so unaufrichtig zu ihr war. Warum gab er ihr nicht den Laufpaß, einfach aus reiner Menschenfreundlichkeit? War das die schwache Seite in seinem Charakter? Sie verriet uns, daß er (falls er ihr nicht aus dem Wege gehen konnte) neben ihr zu sitzen pflegte, ihre Hand hielt, ihr in die Augen blickte und ihr mit seiner warmen irischen Stimme Gedichte vortrug, möglichst von Byron.

»Ewige Flamme ungebund'nen Geistes,
du strahlst am hellsten, Freiheit, in Verliesen!
Dort ist das Menschenherz dein Aufenthalt,
das Herz, das einzig Lieb' zu dir kann binden.«

Wenn sie empört über ihn war, sagte er weich und besänftigend: »Laß die Tauben kommen, Rika! Daß sie sich niederlassen auf deinem schönen Köpfchen!« Einmal, als sie so tobte wie (*sein* bewundernswertes Bild!) die stürmische Ägäis, spürte sie, daß er ihre Hand ergriff und fragte: »Halte ich die Hand der Königin Maeve?« Worauf sie törichterweise erwiderte: »Wer ist Königin Maeve?« Denn nun sah sie sich auf einmal erstaunt, entzückt, aufgebracht und unwiderruflich in einen rotgoldenen Teppich keltischer Sagen und Legenden verstrickt.

»Unsre Vergangenheit, Rika, ist so alt und so reich wie eure große Vergangenheit, aus der du zu uns gekommen bist – so voller Wunder und Geheimnis, daß sie uns umgibt wie das raunende nächtliche Meer, übersät von den verblaßten Gesichtern und den matten Stimmen unsrer Toten, deren flüsternde Worte wir nie genug hören können und die zu verstehen wir nie hoffen dürfen. In jener dunklen Nacht irischer Vergangenheit erscheint stets unsre große Göttin, Königin Maeve, umgeben von den aufgeworfenen Häuptern der ewigen See, ihrer Herde weißer Stiere, bis zu den Bäuchen im grünen Weideland des Ozeans, ihren

Speer hoch erhoben, die großen Augen wild funkelnd...«

Sie sollte nie hören, wie die Geschichte endete. Betäubt und hypnotisiert sah sie ihn gerade beim herrlichsten, leidenschaftlichsten Höhepunkt aufspringen und hörte ihn rufen: »Meine Kameraden erwarten mich! Bald beginnt der Kampf! Kannst mich in einer Stunde in Davy Byrnes Bar finden!«

Und schon polterte er die Treppe hinunter, und sie rief ihm übers Geländer nach: »Und wenn du nicht da bist?«, und er schrie, vom Fuß der Treppe nach oben: »Rufe 707070 an!« Sie hatte vier Whisky-Längen in Davy Byrnes Bar gewartet. Dann hatte sie entdeckt, daß eine Telefonnummer 707070 gar nicht existiert, und daher geglaubt, sie müsse sich verhört haben. Bis sie am folgenden Tag die Nummer in einer Buchhandlung sah: ICH WAR STRAFGEFANGENER. Ein lebenswahrer Bericht von 707070.

Am Morgen des Tages, an dem die Versammlung stattfinden sollte, war sie schließlich ganz verzweifelt. Bis dahin hatte sie es widerwillig gelten lassen, daß seine geheimen Vorbereitungen für die Versammlung eine begreifliche Erklärung für sein unerwartetes Verschwinden und Nichterscheinen wären. Aber wenn nun die Versammlung vorbei und fertig war? Das würde dann, wie sie sich sagte, entweder das Ende oder der Anfang von allem sein. Früh am Morgen, so früh, daß die Möwen noch kreischend auf die Abfallkübel niederstießen, wurde sie durch sein Klopfen an ihrer Hotelzimmertür geweckt. Da stand er auf dem Flur, in der Hand einen Koffer, den Kragen hochgeschlagen; das buttergelbe Haar hing ihm ins Gesicht, und mit großen Augen blickte er sie an. Er stellte ihr den Koffer vor die Füße und sagte mit furchtbarem Ernst:

»Rika, wenn die Versammlung heute abend zu Ende ist, ja vielleicht schon vorher, wird die ganze Stadt vor Erregung brodeln! Auf den Straßen kommt es möglicherweise zu Aufruhr und Blutvergießen! Falls ich nicht im Gefängnis sitze oder tot bin, fahre ich heut nacht um zwölf mit dem Auto zu deinem Hotel. Ich kenne den Nachtportier. Ein prächtiger junger Bursche aus Kerry. Einer von uns. Durchaus vertrauenswürdig. Er läßt mich durch die Hoftür ein. Dann fliehen wir beide in die Berge, wo einer meiner Freunde eine weißgetünchte Hütte mit einem goldenen Strohdach besitzt – sie steht neben einem dunklen See, und die Wellen flüstern seit ewigen Zeiten im Schilf, und die wilden Bergwasser rauschen seit ewigen Zeiten über die Felsblöcke, und dort sind wir endlich allein!«

»Aber«, hatte sie gefragt und ihren Morgenrock am Hals zusammengerafft, »woher soll ich wissen, daß ich dir trauen und mich wirklich auf dein Kommen verlassen kann?«

Er hatte sie angefunkelt.

»Du mir trauen? Wenn einer vertraut, dann bin ich es! Der Koffer hier« (er zeigte darauf) »enthält alles, was ich besitze: Papiere, Bücher, Briefe, Pläne und Landkarten. Genug, um mich lebenslänglich ins Unglück zu bringen! Ist die Hand, die ich jetzt ergreife, die Hand eines Schwächlings oder die Hand der Königin Maeve?«

(»Und ich Dumme«, seufzte sie, »antwortete ihm: ›Königin Maeve!‹«)

»Um Mitternacht! Sei bereit! Erwarte mich! Du meine griechische Braut!«

(»Und weg war er!« rief sie und warf wie ein Papst die Arme auf.)

Sie ging zu der Riesen-Protestkundgebung. (»Ich *nahm teil*«, sagte sie spöttisch.) Der Abend war ein wenig feucht. Charlie hatte behauptet, das College Green würde gepfropft voll sein. Rika fand eine Versammlung von dreihundert Menschen vor, von denen die meisten wie abendliche Spaziergänger aussahen: ein Lautsprecher hatte sie von der Hauptpromenade des College Greens fort und zu einem kleinen Platz, dem Foster Place, gelockt, wohin sie ein Oberwachtmeister und sechs Polizisten wie friedfertige Schäferhunde begleiteten. Diese breite und kurze Sackgasse, an der hauptsächlich Bankgebäude stehen, dient tagsüber als Parkplatz und wird nachts ganz allgemein für kleinere öffentliche Versammlungen benutzt. Rika sah bald, daß die Veranstalter der Versammlung (alte Kämpfer), die ihren Lockvogel am entgegengesetzten, unteren Ende der Sackgasse aufgestellt hatten, jetzt am Eingang zum Platz ein offenes Auto mit heruntergeklapptem Verdeck für die Hauptsprecher bereit machten, offenbar mit der Absicht, sich eine günstige Rückzugslinie zum College Green zu sichern, falls die Sache gefährlich wurde. Über die Rückenlehnen des Kabrioletts hatten sie eine flache Kiste gelegt, wie man sie zum Verpacken und zum Transport von zweidimensionalen Waren wie Glasscheiben, Holztäfelungen oder Bildern verwendet: es ergab ein Podium, das gerade breit genug war, um jeweils einen Sprecher zu tragen und zu zeigen.

Der Eröffnungsredner, ein junger Student vom Trinity College, namens Phil Clune, der später oberster Finanzberater für einen der neuen afrikanischen Staaten werden sollte, hütete sich wohlweislich (und es glückte ihm auch), seine Zuhörer zu Schlimmerem aufzustacheln als zu ein paar höhnischen Zwischenrufen wie etwa: »Lord Byron war ein Schweinehund!« oder: »Und was hat Griechenland für *uns* getan, als wir gegen die Schwarzgelben kämpften?«, oder (in lächerlicher Verkennung seines jugendlichen Alters) »Und wo warst *du* denn 1916?« Sie fand alles deprimierend und verworren, bis die Menge rechtsumkehrt machen mußte, um sich den Hauptsprechern zuzuwenden. Dann wurde es etwas lebhafter, auch wenn es immer noch verworren blieb, besonders als eine Frau, die sie als »vierschrötige Dicke mit kurzgeschnittenem grauen Haar, ähnlich Gertrude Stein« beschrieb, von der Griechischen Kirche als einer Zitadelle der Wahrheit, der Freiheit und ungewöhnlicher moralischer Tapferkeit zu sprechen begann. Das verursachte Zwischenrufe: »Welche Griechische Kirche?« und: »Für uns gibt's keine Griechische Kirche!« Daraufhin hielt sie es für ihre Pflicht, den ihr zunächst stehenden Leuten zu erklären, was die Griechische Kirche eigentlich sei, mit hauptsächlich der einen Wirkung, daß die Opposition in kleine, empörte Gruppen auseinanderfiel, die sich stritten, welche griechische Kirche sich zu Rom und welche sich zu Konstantinopel bekenne. Die Erörterungen legten sich, als die Vierschrötige über ›das bedauerliche Schweigen des Gefangenen im Vatikan‹ zu sprechen begann, den sie etwas allzu vertraulich ›Papa Pacelli‹ nannte. Das Ergebnis waren ärgerliche Rufe wie: »Für Sie, Ma'am, der Heilige Vater!« und: »Heh! Sie kommen wohl von Belfast?«

Hätte Rika ihr Dublin gut gekannt, dann hätte sie gewußt, daß es jetzt nur noch eine Sache von Minuten sein konnte, bis jemand ›Glaube unsrer Väter‹ anstimmte, und dann war es für alle klugen Männer und Frauen höchste Zeit, sich in den Schutz des nächsten Bank-Portals zu verziehen.

Statt dessen zwängte sie sich nach vorn, wo sie sah, wie Charlie die stämmige Gertrude Stein beharrlich am Rockzipfel zerrte und ihr zornig etwas zuflüsterte, so daß sie rasch Schluß machte mit dem, was sie über den ›roten Dean of St. Paul's Cathedral‹ hatte sagen wollen, und von der Podium-Kiste herunterkraxelte.

Charlie sprang sofort mit ausgebreiteten Armen auf die Rednerbühne; sein buttergelbes Haar wehte im feuchten Wind, und seine herrliche Stimme deklamierte schallend:

»Ewige Flamme ungebund'nen Geistes,
du strahlst am hellsten, Freiheit, in Verliesen!
Dort ist das Menschenherz dein Aufenthalt,
das Herz, das einzig Lieb' zu dir kann binden!«

»Meine Freunde! Ich rufe Sie mit Trompetengeschmetter, das, so glaube ich, niemand unerwidert lassen kann, der mir zuhört! Hoch die Republik!«

Die Menge beantwortete das ›Trompetengeschmetter‹ mit keiner Silbe – und vermutlich hatte er genau das bezweckt, denn sogleich verstummten sie, um ihm zuzuhören, wenn auch wahrscheinlich eher unter dem Einfluß seiner schönen Rednerstimme und seiner geschmeidigen Boxer-Gestalt als der eigentlichen Worte, die er äußerte.

(»Oh«, erinnerte sie sich, »er sah wunderbar aus! Ich verliebte mich wieder bis über die Ohren in ihn! Denn das muß man ihm lassen: er hatte Haltung! Er hatte Mut!«)

»Meine Freunde!« rief er schallend. »Wir gehören einer uralten Rasse an, deren Vergangenheit so alt und so reich ist, so durchtränkt von einem geheimnisvollen Zauber, daß sie uns einschließt wie das nächtliche Rauschen des Meeres, das unsre grünen Küsten beschützt, gleich der flüsternden Ägäis, deren uralte Erinnerungen ewig durch das Schilf des antiken Hellas raunen und über seine Felsblöcke murmeln. Jenes Dunkel der allerersten Anfänge Irlands ist heute abend angefüllt mit den undeutlichen Gesichtszügen und den murmelnden Stimmen unsrer geliebten und rebellischen Toten, deren Worte wir ewig hören und bis auf die letzte Silbe klar und deutlich verstehen – sei es nun Königin Maeve von Connaught inmitten ihrer Herde milchweißer Stiere, dem aufschäumenden Gischt der See, ihren großen Speer hoch erhoben, wie sie uns mit Donnerstimme zuruft, an unser angestammtes Recht zu denken – oder sei es die stille, traurige Gestalt Cathleens, der Tochter Houlihans, die gleich einer ungekrönten Königin durch die Schatten schweift.«

(Rika zuckte die Achseln. »Nun ja, an mir hatte er sich eben eingeübt. Doch gerade dadurch fand ich mich ihm als Gefährtin verbunden. Und ich war stolz darauf!«)

»Meine Freunde!« schrie Charlie. »Was haben

uns die Stimmen heute abend zu künden? Sie sagen uns: ›Gleich wie wir frei sind und frei bleiben wollen, so muß die ganze Menschheit frei sein und ewig frei bleiben!‹«

Im selben Augenblick riß Charlie eine irische Trikolore aus seiner linken Brusttasche und schwenkte sie über seinem Kopf – eine Geste, für die er tatsächlich ein paar beifällige Zurufe erntete.

»Aber, meine Freunde, ich sagte: die ganze Menschheit!«

Woraufhin er aus der rechten Brusttasche die blauweiße griechische Flagge riß.

»Das ist die Flagge des kämpfenden Griechenlands! Heute abend kämpfen wir im Namen der Freiheit unter diesen beiden Fahnen. Hoch die Freiheit!«

Er erntete noch ein paar Beifallsrufe. Nun zog er aus seiner linken Jackentasche das schwarze Hakenkreuz auf rotem Grund.

»Ist die Flagge hier ein Zeichen für die Freiheit? Für eure Freiheit oder für die Freiheit eurer Kinder? Was mögt ihr darüber sagen, was dabei denken und empfinden? Ich will euch sagen, was ihr darüber denkt!«

Und wie ein Zauberkünstler förderte er ein halbes Dutzend Streichhölzchen aus seiner Westentasche zutage, zündete sie an seinem Hosensitz an – und das Hoheitszeichen der Nazis ging in Flammen auf. (»Ich hatte es tüchtig mit Petroleum begossen«, erklärte er uns später.)

»Ein Symbol!« brüllte er, als die Nazifahne aufflammte und in sich zusammensank. »Ein Symbol, so schwarz wie der Verrat und so rot wie Blut. Und nur mit Blut kann all seine Grausamkeit gerächt werden.«

Daraufhin schlängelten sich der Oberwachtmeister und seine sechs Polizisten nach vorne. Irland war schließlich offiziell ein neutrales Land, auch wenn wir neutraler *gegen* als *für* Deutschland waren, und vor Beginn der Versammlung hatte er strenge Warnung ausgegeben, es dürfe kein Wort geäußert werden, das nicht im Einklang mit der irischen Neutralität stehe. Doch was Charlie dann sagte, ließ ihn wieder unentschlossen abwarten.

»Damit meine ich das Blut, Freunde, das in euren Adern rinnt und voller Mitleid für die Kinder in unserm Elendsviertel in euren Herzen pulst, und auch für unsre Arbeitslosen, die nach Brot jammern, für unsre Alten und Kranken, die vernachlässigt rings um uns her sterben, und für die Tausende unsrer jungen Männer, ja, und unsrer jungen Mädchen, die Tag für Tag das Fallreep hinaufsteigen, um nach fremden Ufern auszuwandern. Euer warmes irisches Blut kann euch nur an den dreifachen Ruf Freiheit, Gleichheit, Brüderlichkeit erinnern, der so viele unsrer jungen Leute jeder Generation anspornte, für die Republik zu sterben. Jenes Blut steht für die Menschenrechte! Jenes Blut ist die Farbe der Weltbruderschaft!«

Er griff hinter sich, um etwas in Empfang zu nehmen, und – im elektrischen Licht der Straßenlaternen auflodernd – schwenkte er die Rote Fahne!

Im gleichen Augenblick stieg ein allgemeines Wutgeheul aus der Menge auf; eine Frauenstimme begann ›Glaube unsrer Väter‹ zu singen, der Oberwachtmeister und die Polizisten gingen aufs Auto los, die Menge wogte vorwärts, der Wagen schwankte, und um nicht unter die Raubtiere zu fallen, griff Charlie nach dem nächsten Laternenpfahl und kletterte wie ein Affe daran hoch, wobei er noch immer die rote Fahne schwenkte und noch immer »Hoch die Freiheit!« rief.

(In Rikas Augen konnte ich alles wie zwei große bunte Fernsehbilder widergespiegelt sehen.)

»Die irischen Polizisten waren großartig, wissen Sie! Sie stellten sich im Kreis rings um den Wagen und den Laternenpfahl auf. Einer kletterte hinauf und zog Charlie an den Beinen herunter, und der Oberwachtmeister sagte: ›Lauf, du Mistvieh!‹ Und wie er lief, mein Gott! Ein paar Leute aus der Menge rannten ihm nach, aber er war zu fix für sie. Ich krallte mich an den Oberwachtmeister und schrie: ›Ich bin eine Griechin!‹ Er packte mich und stieß mich, den Kopf voran, die Beine in der Luft, in das offene Auto, gerade im

Augenblick, als der Wagen losfuhr und mit mir, der Vierschrötigen und vier oder fünf Männern fortsauste, während die rote Fahne hinter uns herflatterte. Sie hielten in einer langen, ruhigen Straße, stellten mich auf den Bürgersteig und fuhren weg, die lange Straße hinab und in den Nebel hinein.

Mein Gesicht blutete. Meine Strümpfe waren zerrissen. Ich sah gräßlich aus. Als ich mich aufrappelte, bemerkte ich, daß ich gegenüber vom Abbey-Theater war, und nie werde ich den Titel des Stückes vergessen, das an jenem Abend gespielt wurde. Es war Lennox Robinsons *Whiteheaded Boy*[1]. Als ich es las, mußte ich an Charlie denken. Mein Gott, sagte ich mir, vielleicht will er sich in meinem Hotel verstecken? Ich rannte die ganze Strecke. Ich säuberte mich, um mich von der besten Seite zu zeigen, wenn er gegen Mitternacht kommen würde. Ich packte meine Koffer, obwohl ich so zitterte, daß ich's kaum konnte, und dann warf ich mich aufs Bett und weinte um meinen ›Whiteheaded Boy‹. Ich weinte, weil er wußte, daß ich ihn hatte ausreißen sehen, als er, entehrt, ums liebe Leben laufen mußte, und weil er heimatlos und ein Verfemter war. Dann plötzlich erblickte ich seinen Koffer und dachte, mein Gott, die Polizisten kommen vielleicht hierher, auf der Suche nach ihm, und dann finden sie all seine Papiere und

[1] whiteheaded = blondhaarig und = verhätschelter Liebling.

Briefe und Pläne! Es gelang mir, den Koffer aufs Fensterbrett zu wuchten: er war sehr schwer. Ich stellte ihn draußen auf den Sims und zog die Vorhänge und die Gardine zu und legte mich wieder hin und weinte und wartete.

Um halb zwei wachte ich auf. Ich lief nach unten, um mich mit Charlies Freund, dem Nachtportier, zu beraten. Es war ein netter, lieber Junge, siebzehn oder achtzehn. Er sagte mir, daß er nie von einem Charlie Carton gehört habe. Da wußte ich, daß Charlie überhaupt nicht kommen würde. Aber was sollte ich mit dem Koffer anfangen? Ich beschloß, den jungen Mann in mein Vertrauen zu ziehen. Ich erzählte ihm, Charlie sei ein Patriot und ein Verfolgter. Nie werde ich vergessen, was er mir antwortete. ›Miss, wenn er für Irland ist, tue ich alles für ihn!‹ Ich weinte, als er es sagte, es klang so warmherzig, so griechisch. Als ich ihm von dem Koffer erzählte, den ich wie meinen Augapfel behüten sollte, holte er ein Schlüsselbund und einen Schraubenzieher, und zusammen gingen wir nach oben, um nachzusehen, was sich mit dem furchtbaren Koffer tun ließe. Gemeinsam zerrten wir ihn vom Fenstersims herein – er war inzwischen naß geworden – und stellten ihn auf den Fußboden und arbeiteten daran herum, und endlich gelang es uns, ihn zu öffnen.«

(Ich schüttelte den Kopf. Nicht etwa, weil ich nicht wußte, was darin war – Charlie hatte es mir erzählt –, sondern aus Mitleid mit ihr. Rika blickte aus dem Fenster – über die Wasserfläche des Hafens.)

»Wahrscheinlich«, sagte sie, »gibt es im Leben jedes Menschen einen Augenblick größter Beschämung, den er nie vergißt. Und ich durchlebte diesen Augenblick, als der Junge den Koffer öffnete – der nette Junge, der für Irland alles getan hätte. Der Koffer enthielt zwei Säcke mit Sand. Sonst nichts.« Sie lachte vergnügt. »Charlie war wirklich ein Halunke! Ich sagte zu dem Jungen: ›Vermutlich ist es Dynamit.‹ Er erwiderte nichts weiter als ›Ja, Miss‹. Ich blieb in meinem Zimmer, bis der Morgen anbrach. Dann fuhr ich mit dem Schiff nach London.«

Ich glaube, wenn Charlie bei uns gewesen wäre, hätte ich ihn geschlagen. Ich sagte:

»Manche Menschen würden weniger freundlich von ihm sprechen als Sie. Sie würden sagen, er sei ein Wichtigtuer, ein Schwindler, ein Schauspieler.«

»O nein! Er war viel mehr als nur das! Viel mehr! Er war gleichzeitig Dramatiker, Regisseur, Schauspieler und Schauspiel. Und wir waren sein Publikum. Er versuchte immer, ein Stück Leben zu spielen, das für ihn Wirklichkeit war, solange er davon träumte, obwohl es ja nur so wirklich war wie die Seifenblasen eines Kindes... Ein Traum voller wirbelnder Farben, der schließlich entschwebte und lautlos zerplatzte.«

»War das nicht ziemlich hart für die Menschen, die seine Mitspieler sein mußten?«

»Sie meinen, für Menschen wie mich? Sehr hart! Wenn wir nämlich so töricht waren, anzunehmen, daß auch nur eins seiner Spiele ewig weitergehen würde. Aber nicht hart, wenn wir wußten, daß er jeden Augenblick das Klingelzeichen für den Vorhang geben konnte, um ein anderes romantisches Spiel in einem andern Theater, einer andern Stadt, einem andern Land zu beginnen. Selbst dann war es natürlich hart für seine Mitspieler, die er stellungslos zurückließ. Er war unbeschreiblich selbstsüchtig, weil er ein so unverbesserlicher Romantiker war. Immer in Fahrt! Ein Künstler, dessen einzige Kunst sein eigenes Leben war.«

»Manche Leute würden sagen, er sei einfach ein Don Juan gewesen.«

»Hoffentlich nicht! Der unglücklichste Menschenschlag! Immer auf der Jagd nach Schemen. Immer voller Hoffnung. Nie fühlen sie sich sicher. Er ist verheiratet.«

War es eine Feststellung oder eine Frage?

»Woher wußten Sie es?«

Sie lächelte:

»Wir heiraten alle. Was das betrifft, sind von allen Menschen die Don Juans (und auch die Donna Juanitas) diejenigen, die unbedingt heiraten, damit sie sich wenigstens einmal sicher fühlen, ehe sie sterben oder impotent werden. Um überzeugt zu sein, daß ihre Suche... Ach, es ist zu kompliziert. Und es hat lange gedauert, bis ich's richtig begriffen hatte. Ehe es so weit war, habe ich ihn so gehaßt wie sonst niemand in meinem ganzen Leben. Und ich bin ein sehr guter Hasser«, lächelte sie. »Als ich begriff, daß er einfach sein muß, was er ist, wurde es mir gleichgültig.«

»Haben Sie ihm jemals geschrieben?«

Sie sah mich kalt an.

»Ich bin glücklich verheiratet und habe drei Söhne. Ich bin Professorin. Ich habe einen Mann, der mich anbetet. Ich habe ein schönes Heim. Warum sollte ich ihm schreiben?«

»Er hat Sie nicht vergessen.«

Sie lächelte befriedigt, und wir gaben uns die Hand.

»Grüßen Sie ihn sehr herzlich von mir. Und versichern Sie ihn meiner Anteilnahme!«

Ich zuckte zusammen und blickte sie an – bis ich sah, daß sie es nicht spöttisch gemeint hatte. Ihr Lächeln war traurig, noch während sie die Tür schloß.

Als ich die engen Gassen zum Hafen hinunterwanderte, dachte ich lange darüber nach, was ich sagen sollte, falls jemand meine Ansicht über sie hören wollte. War sie, wie alle Frauen mit Erfahrung, vernünftig, praktisch und völlig ohne Illusionen? Verachtete sie vor allem jene Träume, von denen sich selbst die ältesten Männer nie ganz frei machen können? Oder erinnerte sogar sie sich manchmal mit einem unmerklichen, verstohlenen, seligen Lächeln an gewisse vergangene Tage, in denen sie ein wenig anders gewesen war?

Es machte mir Spaß, daß sich Charlie, als ich ihm von der Begegnung in Athen erzählte, sofort eifrig erkundigte, ob sie sich noch an ihn erinnere.

»Ewig!«

»Und ist sie noch schön?«

»Schöner denn je!«

Ich beobachtete, wie er seine durchdringenden grauen Röntgenstrahl-Augen zusammenkniff, wie sie angesicht des schönen Bildes, das ihnen vorschwebte, immer größer wurden und dann sehr, sehr zögernd auch diesen Traum aufgaben. Er hatte kleine Säcke unter den Augen. Sein Haar war so schütter wie Staub. Dann sagte er – und seine Hand beschrieb einen zierlichen Kreis –: »Immerhin, der Kranz unsrer Liebe hatte sich geschlossen!«

Dividenden

Soweit es Mel Meldrum betraf, fing die *Affäre Anna*, wie er sie bald nennen sollte, eines feuchten und windigen Aprilmorgens im Jahre 1944 an, als sein Bürovorsteher Mooney an die Tür seines Allerheiligsten klopfte, ihm einen Brief, mit *Persönlich* und *Durch Überbringer* bezeichnet, aushändigte und dazu sagte, der Überbringer sei eine alte Dame in einem schwarzen Kapotthut, die draußen im Büro säße und »ihren blöden Schirm auf Ihren neuen türkischen Teppich tropfen läßt«. Ich sehe Mel vor mir, wie er auf meine Unterschrift blickt, sich lächelnd unsrer vor zwanzig Jahren gemeinsam verlebten Universitätsjahre erinnert, schnell den Kernpunkt des Briefes erfaßt und anordnet, daß Miss Whelan sofort zu ihm geführt werden solle. Er erhebt sich höflich, bittet sie, Platz zu nehmen, und schaut ihr belustigt zu, während sie in ihrem gewebten Einkaufsbeutel herumwühlt und bestimmt voller Stolz einen dikken, verknitterten Briefumschlag hervorzieht, der die 350 Pfund in fünfunddreißig weißen Geldscheinen der Bank von England enthält. Er nimmt ihn mit einer kleinen Verbeugung in Empfang. Deshalb hatte ich sie nämlich zu ihm geschickt: mit alten Damen war er immer liebenswürdig, beinah sentimental.

Meine Tante Anna Maria war die Schwester meiner Mutter. Bis sie die kleine Erbschaft von einer andern Schwester erhielt, die vor kurzem in einem Ort namens Toogong in Neusüdwales gestorben war, hatte sie nie eine so große Summe besessen. Einige dreißig Jahre lang hatte sie von dem bescheidenen Gehalt als Köchin und Haushälterin eines sehr erfolgreichen Zureiters in der Grafschaft Kildare gelebt, und danach von der kleinen Pension, die er ihr freundlicherweise ausgesetzt hatte und die gelegentlich ergänzt wurde durch unbedeutende Unterstützungen eines Neffen hier oder einer Nichte dort, wann immer wir soviel Anstand besaßen, uns daran zu erinnern, daß sie uns – während unsrer Sommerferien am Rande des Curragh, wo wir sie leidenschaftlich gern in der Dienerwohnung der Zureiter-Villa besuchten – mit Kuchen und Limonade vollgestopft hatte. Als mein Vater in Cork starb, zog sie im Alter von etwa fünfundfünfzig Jahren dorthin, um mit meiner Mutter zusammenzuleben, und als meine Mutter starb, blieb sie allein in Cork zurück, wohnte in einem einzigen Zimmer in einem morschen alten Bauwerk von Mietskaserne, die über einen der zahlreichen, nicht mehr benutzten Anlegeplätze blickte, auf dem es jetzt still war, abgesehen von den armen Kindern aus den Gassen ringsum, die am Ufer spielten und kreischten, abgesehen auch von den Möwen, die auf schwimmende Bröckchen Orangenschale oder auf Brotkrusten oder Kartoffelschalen niederstießen, welche mit der kommenden Flut langsam stromauf gedrückt wurden. Als Mel sie sah, ging sie auf die Siebzig. Zu meiner Schande hatte ich sie zwölf Jahre lang nicht mehr gesehen. Ich hatte Cork verlassen, bevor sie dort hinzog, und kehrte nur einmal zurück, als meine Mutter beerdigt wurde. Ich war jetzt verheiratet und lebte in Dublin.

Ich hatte wochenlang Briefe mit ihr wechseln müssen, um sie zu überreden, ihre Erbschaft in Papieren anzulegen, und ich war heilfroh, als sie einwilligte; denn ich wußte, daß sie das Geld, wenn sie es nicht so gemacht hätte, entweder tröpfchenweise verkleckern oder eines Tages auf der Straße verlieren oder in einem Winkel ihres Zimmers verstecken und sich nicht mehr erinnern würde, wo eigentlich, bis die Mäuse es zu Konfetti zerschnippelt hätten.

Mel beschrieb mir in einem langen, lustigen Brief, wie er den Briefumschlag »mit wohlabgewogener Feierlichkeit« in Empfang genommen hätte. Er hätte ihr »wie ein Hoherpriester« seine besten Ratschläge gegeben. Er hätte ihr erklärt, daß die Summe für eine Jahresrente zu klein sei und daß sie selbst für Wuchsaktien zu alt sei, so daß er ihr raten müsse, achtprozentige Vorzugsaktien von Sunbeam-Wolseley zu kaufen. Er lehnte es ab, sein übliches Makler-Honorar von ihr zu verlangen, und um seine Güte zu krönen, sagte er ihr, daß sie, anstatt von einer Halbjahrsperiode zur nächsten auf ihre bescheidenen Dividenden (achtundzwanzig Pfund im Jahr) zu warten, immer am Ersten jeden Monats in sein Büro kommen dürfe, falls sie es so wünsche, und sein Bürovorsteher würde ihr dann den Gegenwert ihrer achtundzwanzig Pfund pro annum in jeweils zwölf gleich großen Teilen auszahlen. Sie akzeptierte sein Angebot › wie eine Königin ‹. Und ich konnte von da an beruhigt an sie denken, wie sie am Ersten jeden Monats zu Meldrum, Guy and Meldrum trippelte, unter dem schwarzen, flitterbesetzten Kapotthut hervor nickte und lächelte und, begleitet vom amüsierten Lächeln aller Kontoristen, mit ihren sechs Schilling acht Pennies davonging, die sie in die beiden Pfundnoten gewickelt und in ihrer behandschuhten Linken versteckt hatte.

Ich bedankte mich herzlich bei ihm und dachte erst ein Jahr später wieder an sie, als er mir schrieb, sie habe ihn beauftragt, ihre Anteilscheine zu verkaufen. Anscheinend war sie von einem heftigen Verlangen gepackt worden, einen blauen Brokatsessel zu besitzen, den sie eines Morgens bei Cashs in der Patrick Street im Schaufenster gesehen hatte. Außerdem hatten anscheinend seit einigen Monaten »eine gewisse Mrs. Bastable und eine gewisse Mrs. Sealy«, zwei Busenfreundinnen, die ebenso tatterig wie sie selbst waren und auch in der Mietskaserne am Lavitt's Quay wohnten, ihr weisgemacht, daß »nur ein geborener Dummkopf all das schöne Geld« in Mr. Meldrums feinem Büro an der South Mall brachliegen ließe.

Man konnte sich die beiden Versucherinnen leicht vorstellen, wie sie meine Tante bearbeiteten:

»Aber Miss Whelan, Sie könnten sich für Ihr Geld alle Sessel von ganz Cork kaufen! Und sehen Sie mal Ihr armseliges altes Zimmer an, wo die Farbe schon wie Schnee von der Decke fällt! Und an den Fenstern die armseligen alten Vorhänge – in Fetzen! Warum kaufen Sie sich nicht ein elektrisches Öfchen, damit Sie's über Winter schön warm haben? Und zwei wunderbar weiche Blarney-Wolldecken fürs Bett? Und eine rosa Daunendecke? Denn mit den erbärmlichen, lumpigen zwei Pfund, die Meldrum Ihnen gibt, können Sie nicht mal 'ne tote Katze kaufen. Und wenn Sie sterben? Was wird dann mit dem Geld? Nein, Kind Gottes, nehmen Sie Ihr Geld und *geben Sie's aus!*«

Meldrum führte Gegenargumente an und erhob Einspruch. Auf meinen Wunsch hin erhob auch ihr Gemeindepfarrer Einspruch. Ich bot ihr sogar an, ihr den Brokatsessel zu kaufen und zu schenken.

Es nützte nichts. Meldrum verkaufte ihre Anteilscheine, gab ihr einen Scheck über dreihundertfünfzig Pfund und wünschte ihr alles Gute, und beide wollten wir nichts mehr mit ihr zu tun haben.

Als nächstes erhielt ich einen langen und leicht gereizten Brief von Mel, geschrieben am Ersten des folgenden Monats, im Mai. Er begann: »Dein gutes Tantchen Anna ist heute vormittag im Büro erschienen, strahlend wie der junge Maimorgen, und hat mit dem üblichen Verbeugen und Nicken meinen Bürovorsteher glattweg um *ihre* kleinen ›Dividendchen‹ gebeten (wie sie sie nennt)...«

Bestürzt war er zu ihr ins Büro gegangen.

»Aber Miss Whelan! Sie haben doch Ihre Anteilscheine verkauft! Erinnern Sie sich denn nicht?«

Tante Anna Maria lächelte ihn listig an:

»Doch, ja«, gab sie zu. »Aber meine kleinen Dividendchen hab' ich nicht verkauft.«

Mel lachte: »Ihre Dividenden erwuchsen doch aus dem Kapital, das Sie eingezahlt hatten. Wenn der Klient seine Anteilscheine verkauft, zieht er das Kapital zurück, und dann gibt's keine Dividenden mehr! Das müssen Sie doch sicher verstehen?«

Sofort verschwand Tantchens Lächeln. Trostloses Entsetzen malte sich zuerst auf ihrem Unterkiefer und kletterte langsam bis zu ihren Augen hinauf.

»Mr. Meldrum, Sie wissen ganz genau, daß ich

meine Dividendchen nicht verkauft habe! Ich möcht' meine Dividendchen haben! Sie haben sie mir immer gegeben. Sie gehören mir. Warum können Sie sie mir jetzt nicht geben, wenn Sie mir doch früher an jedem Monatsersten meine Dividendchen gegeben haben? Sie werden sie mir doch nicht vorenthalten wollen?«

»Miss Whelan, wenn ein Kunde seine Anteilscheine verkauft hat, sind sie weg. Und wenn sie weg sind, hören damit natürlich auch sofort die Dividenden auf. Sie haben mich mit dem Verkauf beauftragt. Ich habe es getan. Ich habe Ihnen Ihr Geld in Form von einer einzigen Summe übergeben. Wenn Sie mir diese Summe wiedergeben wollen, werde ich Ihnen sehr gern wieder Anteilscheine kaufen, und Sie werden wieder Ihre Dividenden erhalten. Sonst aber können wir Ihnen nichts auszahlen.«

Tantchen Anna war in eine Tränenflut ausgebrochen. Sie jammerte, daß das ganze Büro die beiden anstarrte.

»Was soll ich mit den Anteilscheinen? Ich will keine dummen alten Anteilscheine! Hab' Ihnen meine Anteilscheine wiedergegeben! Behalten Sie sie! Ich will sie nicht! Ich will weiter nichts als meine kleinen Dividendchen! Und überhaupt hab' ich das Geld nicht mehr, das Sie mir gegeben haben, hab' einen Sessel dafür gekauft und ein elektrisches Öfchen vom Elektrizitätswerk und ein Kostüm bei Dowden, und fünfzig Pfund hab' ich dem Domherrn gegeben, damit er für meine arme Seele die Messe lesen kann, wenn ich mal tot bin, und zehn Pfund hab' ich der Mrs. Bastable unter mir geliehen, und der Mrs. Sealy im Hofzimmer vom dritten Stock hab' ich auch zehn Pfund geliehen, und nach all den Ausgaben sind mir bloß ein paar Pfund übriggeblieben, und ich kann mich nicht besinnen, wo ich sie hingetan habe. Ich könnt's beschwören, daß ich sie in die braune Teekanne auf dem obersten Bord gesteckt habe, aber als ich sie gestern rausnehmen wollte, konnt' ich sie nicht mehr finden, hab' mich um und dumm gesucht. Mrs. Sealy sagt, ich hätte wahrscheinlich meinen Tee damit aufgebrüht, aber eins kann ich Ihnen sagen, Mr. Meldrum, der Frau da trau' ich nicht übern Weg! Und jetzt geben Sie mir meine kleinen Dividendchen, Mr. Meldrum! 's ist alles, was ich zu leben habe, bis auf die lausige, dumme Pension. Ich möcht' meine Dividendchen jetzt, sofort, oder ich geh' auf die Straße und hol' 'n Polizisten!«

Meldrum führte sie sanft in sein Allerheiligstes, sein Buchhalter kam auch mit, und zusammen verbrachten sie eine ganze Stunde, um ihr auf jede nur erdenkliche Art den Unterschied zwischen Anteilscheinen und Dividenden klarzumachen. Sie zeigten ihr die Quittung vom Kauf der Anteilscheine, die Quittungen für die Dividenden, die sie im

Laufe des Jahres bekommen hatte, die Anzeige über den Wiederverkauf der Anteilscheine und den roten Strich, der klar und deutlich unter ihr Konto gezogen war und bewies, daß es endgültig abgeschlossen war. Sie hätten ebensogut zur Wand reden können. Tantchen Anna konnte einfach nicht verstehen, daß derjenige, der nicht spekuliert, auch nicht anhäufen kann. Zu guter Letzt war sie so aufgeregt und Mel so wütend und dann auch aufgeregt, weil er sie so in Aufregung versetzt hatte, daß er, um sie zu beruhigen, zwei Pfund sechs Schilling und acht Pennies aus seiner eigenen Tasche nahm, den Gegenwert von dem, was sie bisher jeden Monat rechtmäßig erhalten hatte. Er sagte ihr, damit sei es nun aber Schluß, ein für allemal Schluß, und sie solle doch so freundlich sein und sich endgültig und ganz entschieden mit der einfachen Tatsache abfinden, daß sie nicht länger irgendwelche Papiere besitze. Und damit schob er sie hinaus, und sie nickte und lächelte und war glücklich und – wie er hoffte – überzeugt. Er war rührend nachsichtig. Drei Seiten hatte er mir darüber geschrieben. Ich konnte nichts weiter tun, als ihm den gebührenden und unendlich dankbaren Entschuldigungsbrief zu schicken und meinen Scheck über £ 2.6.8 beizulegen, den er sich, wie ich zu meiner Verwunderung bemerkte, auch auszahlen ließ.

Am Morgen des Ersten vom folgenden Monat,

dem Juni, rief er mich an. Seine Stimme klang seltsam gequetscht.

»Deine liebe Tante ist wieder in meinem Büro. Sie sitzt mir gerade gegenüber. Sie scheint bei bester Gesundheit zu sein. Und obendrein in bester Laune. Sie strahlt mich sogar an. Trotzdem verlangt sie schon wieder Dividenden auf Anteilscheine, die sie nicht mehr besitzt. Würdest du mir bitte sofort sagen, was ich mit ihr oder wegen ihr oder für sie tun soll?«

»Großer Gott, Mel! Das ist ja furchtbar! Es tut mir so leid! Es tut mir schrecklich leid! Hör mal, Mel, könntest du der alten Dame nicht ganz energisch erklären, daß...«

Seine Stimme ging in ein verzweifeltes Quietschen über.

»Miss Whelan ist seit einer Dreiviertelstunde in meinem Privatbüro, zusammen mit dem Buchhalter, dem Hilfsbuchhalter, dem Bürovorsteher und ...«

»Mel, weißt du was? Gib ihr die £ 2.6.8, und ich sende dir noch in dieser Minute den Scheck, und dann sage ihr, sie dürfe nie, aber wirklich nie wieder den Fuß über deine Schwelle setzen!«

Mels Stimme wurde so korrekt, schneidend, affektiert und formell, daß ich plötzlich an eine vertraute Seite seines Wesens erinnert wurde, die ich bis zu jenem Augenblick völlig vergessen hatte.

»Ich hege kei-nerlei Hoffnung mehr, den so über-aus wünschens-werten Sachverhalt herbeiführen zu können, den du so freundlich nahelegst. Leider hat für dich die Stunde geschlagen, in der du dich per-sönlich nach Cork begeben und persönlich mit deiner lieben Tante sprechen mußt! Außerdem muß ich dir sagen, daß dein Vorschlag mit dem Scheck durchaus meinen Grundsätzen als Mensch und als Makler widerspricht. Er widerspricht der ganzen Ethik, der ganzen Philosophie und der ganzen Moral des Maklerberufs. Er ist inkonsequent, unsachlich, laienhaft und absurd. Wie ich schon Miss Whelan erklärt habe, kann investieren, wer spart, und wer investiert, kann sein Geld vermehren, wer aber nicht spart, kann nicht...«

»Hör auf, Mel, um Gottes willen! Wie, zum Teufel, kann sie von ihrer schäbigen Pension noch etwas ersparen? Was glaubst du denn, wer sie ist? Bernard Baruch? Henry Ford? John D. Rockefeller? Gulbenkian?«

»In dem Falle«, erwiderte er, »ist es ebenso absurd, wenn sie Erträgnisse aus einem nicht vorhandenen Kapital erwartet, wie es wirklichkeitsfremd wäre, wenn ich vorgäbe, daß sie zu deren Empfang berechtigt ist. Bei allem, was recht und billig ist, und hauptsächlich im Namen der Realität: ich kann und will nicht vorgeben, einem Klienten Dividenden auszuzahlen, die schlechterdings nicht existieren... Entschuldige einen Augenblick!«

Ich konnte ein wirres Durcheinander von Stimmen hören, wie wenn vier oder fünf Menschen in einen leidenschaftlichen Wortstreit verwickelt wären – und *das* hundertundeinundsechzig Meilen von meinem Arbeitszimmer in Dublin entfernt!

»Hallo?« brüllte er. »Wie bald kannst du nach Cork kommen, bei Gott und allen Heiligen, und die Sache mit deiner Tante in Ordnung bringen?«

Ich begriff, daß es keinen andern Ausweg gab. Es war ein Freitag. Ich sagte ihm, daß ich den ersten Zug am Samstag nehmen würde.

»Ich hole dich am Bahnhof ab!«

»Ist das ein Befehl?« fragte ich spöttisch.

Seine Antwort klang verstümmelt. Er faßte sich soweit, um »bitte!« hinzuzufügen und sogar zu erwähnen, daß ich im Zug eine Art Picknick-Lunch bekommen könne. Als ich versprach, bestimmt da zu sein, beruhigte er sich. Er war liebenswürdig. Er wurde sogar herzlich. Als er zum Französischen überging, fiel mir ein, daß er in seiner Studentenzeit jeden Sommer und zu Ostern mit seiner verwitweten Mutter nach Frankreich gereist war.

»Bon! Nous causerons de beaucoup de choses! Et nous donnerons le coup-de-grâce à l'affaire Anna, et à ses actions imaginaires«, und hängte auf.

Actions? Mein Wörterbuch sagte mir, was das

Wort alles bedeuten könne: Taten, Handlungen, Vorführungen, Schlachten, Posituren, Aktien und Anteilscheine. Als ich den Band wieder aufs Regal zurückstellte, erinnerte ich mich, wie freigebig er immer beim sozialen Hilfswerk für die Armen Corks gewesen war. Ich wunderte mich auch ein wenig, wieso ein solcher Mann nichts Falsches darin erblickte, außerhalb seiner Kanzlei im Namen des heiligen Vincent de Paul Beträge zu spenden, es jedoch verkehrt fand, innerhalb seiner Kanzlei im Namen der Barmherzigkeit freigebig zu sein. Aber dann dachte ich auch daran, daß ich ihn seit zwanzig Jahren nicht mehr gesehen hatte.

Es war ein wunderbarer Junimorgen. Die ganze Strecke von Dublin bis hinunter nach Cork war die Gegend so sanft und frisch, so grün und jung, und ich bekam ein so gutes Essen, daß mein Herz sich allmählich für Tantchen Anna und Mel erwärmte, die die doppelte Ursache dieses schönen Ausflugs in meine alte Heimat waren. Während die Wiesen an uns vorbeiflogen und die Telegrafendrähte sich hoben und senkten, begann ich über den Mel nachzudenken, den ich damals gekannt hatte. Wenn mich in dem Augenblick jemand nach ihm gefragt hätte (vielleicht der alte, halb eingeschlummerte Priester auf dem Platz mir gegenüber), dann hätte ich ein Loblied von Stapel gelassen, das so lang wie eine Elegie geworden wäre.

Ein prächtiger Mensch. Das Salz der Erde! Ein so feiner Charakter, wie man ihn sich nur wünschen kann! Ehrlich, gütig und durchaus zuverlässig! Ein Mann von der Art, die einen niemals, wirklich niemals im Stich läßt! Ein würdiger Nachfolger im Geschäft seines Vaters und Großvaters. Hübsch, kräftig, groß, immer gut angezogen – damals hielten wir ihn alle für einen kleinen Stutzer. Und so angenehm im Umgang! So sanft und stetig wie der Heidebach da draußen! Oh, hin und wieder konnte er wohl schroff werden, wenn man ihn vor den Kopf stieß, und manchmal konnte er ein bißchen den großen Herrn spielen. Übrigens rühmte er sich auch, ein erstklassiger Schütze zu sein. Ein unverfälschter, sauberer, natürlicher Mann. Was sonst noch? In der Musik sehr beschlagen. In der Oper. Sprach gut Französisch: Auslandsreisen mit seiner Mutter. Ein stark entwickelter Bürgersinn, immer stolz auf seine Heimatstadt. Wer war das doch, der mir vor ein paar Jahren erzählt hatte, er stecke jetzt bis über den Hals in allen möglichen angesehenen Corker Gesellschaften? In der Altersfürsorge, der Gesellschaft für ›Sicherheit über alles‹, der Vereinigung des heiligen Vincent de Paul, der archäologischen Gesellschaft, der Gesellschaft zur Verhinderung von Grausamkeiten an Tieren, der afrikanischen Missions-Bruderschaft...

Ich blickte auf den alten Priester mir gegenüber.

Er sah mich an, als hätte ich laut mit mir selbst gesprochen. Ich wandte mich an die Wiesen.

Aber ... nicht gerade sehr gesellig, vermute ich. Falls man nicht eine Sitzung in einem Hotelzimmer als einen lustigen gesellschaftlichen Anlaß bezeichnen will.

Wenn man's recht überlegt, hat er sich tatsächlich immer etwas für sich gehalten. Nicht hochmütig – eher eine Frage der sozialen Stellung, da er so viel reicher als wir andern alle war. Oder war er ein wenig scheu? Und kürzlich hatte ich gehört, daß er nicht mehr auf die Vogeljagd gehe, sondern die Vögel beobachte: irgendwo im Tale des Lee, hinter Inniscarra, wo er ein Wochenendhaus besaß, nicht weit von Cork. Seine heimliche Zuflucht, wo er ›alles hinter sich lassen konnte‹.

Der alte Priester sah mich noch immer an. Ich wandte mich ab, um ein galoppierendes Pferd zu beobachten.

›Alles‹? Damit meint er vermutlich den Lärm und Verkehr in Cork: als ich ein Student war, bestand er hauptsächlich in Pferdedroschken, Ochsen, Zugpferden und Fahrrädern. Es ist eine ruhige Stadt. Eigentlich gar keine Großstadt. Und dann darf man natürlich Corks berühmte Geselligkeit nicht vergessen: jeden Abend Bridge, jeden Samstag Golf und – für die glückliche Minderheit – über Wochenende ein bißchen Segeln im Hafen. Und fässerweise heimliches Picheln der glücklichen Mehrheit in den Hotel-Bars, zu denen sie sich verstohlen durchs Hintertürchen schleicht. Oder war es die unglückliche Mehrheit? Cork kann im Winter eine ziemlich unbarmherzige Stadt sein. Als ob ich's nicht wüßte! Himmel nochmal, als ob ich's nicht selber wüßte!

Ein Sonnenregen besprenkelt die Fenster des Zuges. Wir wollen es ruhig eingestehen: Cork ist eine Stadt, in der es regnet, ewig unentwegt regnet, mit einer unerbittlichen und beharrlichen Langeweile. Wirklich eine schreckliche Stadt im Winter! Wenn man natürlich genug Moneten hat, kann man sich sogar in Cork amüsieren. Aber dafür braucht man Moneten. Und die hatte ich nie. Mel hatte sie. Haufenweise. Reich? Sehr. Wenigstens am Maßstab von Cork gemessen. Ein knauseriges, verdammtes Loch, bis zum Erbrechen voll mit alten Familien-Firmen, die, was sie haben, nicht aus ihren knickerigen Händen lassen.

Zieht der Priester da etwa meinetwegen die Augenbrauen in die Höhe?

Natürlich ist er Katholik. Ein äußerst frommer Katholik. Nein! Ein getaufter, überzeugter und unverheirateter Junggeselle. Das ist seltsam, denn für junge Mädchen hatte er stets einen Blick. Komisch, daß ich das früher nie bedacht habe! Aber in Irland kommt einem der Gedanke einfach nicht. Man ist so an die verwitwete Mutter im Hintergrund gewöhnt, oder an den Onkel, der Bischof ist, oder an die zwei Brüder, die Priester, oder an die drei Schwestern, die Nonnen sind. Ledig aus Tradition. Aber, mein Gott, er hatte bestimmt ein scharfes Auge auf junge Mädchen. Warum hat er nicht geheiratet? Sah doch recht gut aus. Auch wenn er ein bißchen vorstehende Zähne hatte und eine ziemlich alberne, affektierte Art, sich zu rasieren, bei der auf jedem Backenknochen ein Haarbüschel[1] stehenblieb.

Ich schloß die Augen, um ihn besser vor mir zu sehen. Ich fragte mich, warum zum Teufel ich die Reise eigentlich machte.

Er mußte jetzt sechsundvierzig oder siebenundvierzig sein. Wenn sein Geschmack in Kleiderfragen noch so ist wie früher, dann trägt er jetzt eine karierte Sportjacke mit zwei Schlitzen auf dem Rücken und eine karierte Mütze, die er ein bißchen schief übers fröhliche Auge zieht. Das Wochenend-Kostüm des Landedelmanns!

Ich fragte den alten Priester: »Gibt's heute abend noch einen Zug zurück nach Dublin?«

Er lächelte falsch.

»Ja. Einen Bummelzug. Sie wollen also nicht lange bei uns bleiben, scheint mir?«

»Ich muß heute abend zurück.«

Ich spürte, wie ich rot wurde. Meiner Frau geht's nicht gut. Meine jüngste Tochter hat Fieber.

[1] Nicht etwa vor den Ohren, sondern unterhalb der Augen (Anm. der Übers.).

Ich fühle mich nicht sehr wohl, Mel! Ich hab' sogar etwas Temperatur. Mein Bruder kommt am Sonntagmorgen aus London. Mein bester Freund liegt im Sterben. Mein Onkel ist gestern gestorben, und ich muß unbedingt zu seiner Beerdigung gehn.

»Sind Sie sicher, Father, daß noch heute abend ein Zug von Cork nach Dublin fährt?«

»Ja. Wie es heißt, sollen wir demnächst unsern eigenen Flugplatz bekommen. Mit Flugzeugen.«

Der Regen hörte auf, und die Sonne kam durch, aber ich traute ihr nicht. Ich erkannte vertraute Wiesen. Magere Felder. Regen. Kälte. Meine Kindheit in Cork im Zeichen der Armut. Wir kamen durch Blarney. Dann waren wir im Tunnel, und obwohl ich weiß, daß es vor Cork einen langen Tunnel gibt, hatte ich vergessen, *wie* lang er war. Und wie dunkel. Und wie er stank.

Mel war der erste, den ich auf dem Bahnsteig erblickte. In Tweedanzug und Sportmütze. Seine Schläfenhaare wurden weiß. Seine Zähne waren viel zu weiß, um seine eigenen zu sein. Er trug eine Brille. Wir begrüßten uns herzlich. Die Leute sprechen immer von Stimmen, ›die man noch im Ohr hat‹. Ich erkannte seinen leicht überlegenen Oxford-cum-Cork-Akzent erst wieder, als er sagte: »Haben wir also Eure Hoheit endlich nach Cork hinuntergelockt?« Ich lachte: »Warum sagen die Corkianer immer ›nach Dublin rauf‹ und ›nach

Cork hinunter‹? Hier bin ich, unten – wie Orpheus.« Anstatt zu antworten, lächelte er spöttisch, und wir verließen den Bahnhof, hänselten einander freundschaftlich wegen unsres vorrückenden Alters, stiegen in seinen weißen Sport-Jaguar und sausten wie aus der Pistole geschossen über den Bahnhofsplatz.

»Und wie hast du gestern mit meinem lieben alten Tantchen Anna Schluß gemacht?« fragte ich.

Er tat so, als müsse er auf den Verkehr achten: ein Dutzend wild dreinblickender Ochsen torkelte vor dem Geheul und den hochgeworfenen Armen ihrer ebenfalls wild dreinblickenden Treiber über die ganze Breite des Fahrdamms. Dann sagte er mit einem einfältigen Seitenblick und einem Grinsen, das mich offensichtlich in seine Inkonsequenz einbeziehen sollte:

»Ich hab' ihr die zwei Pfund und noch was doch gegeben. Sie wird bestimmt in einem Monat wiederkommen. Und jeden Monatsersten bis an ihr Lebensende. Falls wir nicht etwas drastische Maßnahmen treffen.«

»Aha! Und wollen wir sie jetzt in Angriff nehmen?«

»Nein! Sonntags arbeite ich nicht. Und werde auch nicht wegen der verdammten alten Kruke mit einer Lebensgewohnheit brechen. Ich fahre dich zu meiner ›Sabiner-Farm‹ hinaus. Wir haben das ganze Wochenende vor uns. Heute nach dem Abendessen können wir über sie sprechen. Aber keine Minute eher.«

Ich fühlte mich gekränkt. Schließlich hatte ich Tantchen Anna sehr gern, auch wenn ich sie während der letzten zwölf Jahre nicht mehr besucht hatte, und innerlich protestierte ich, weil er solchermaßen über mich verfügt hatte – ohne ein ›Wenn's dir paßt‹ oder ›Wenn du soviel Zeit erübrigen kannst‹ oder ›Wenn du nichts dagegen hast?‹ Spielte er sich jetzt wieder, wie früher, als die große Nummer auf? Als der autoritäre Geschäftsmann? Würde er sich so ganz aus der Nähe und während eines langen Wochenendes nicht als greulicher Langweiler erweisen? Immerhin, er war sehr gut zu Tante Anna gewesen, und ich hatte ihn in diese Klemme gebracht, und ich war ihm zu Dank verpflichtet, deshalb sagte ich nur so liebenswürdig ich konnte: »Sehr freundlich von dir, Mel! Ich kann meine Tante auch morgen früh sehen, und sicher gibt es einen Nachmittagszug nach Dublin?«

»Wenn du das tun willst...«, erwiderte er ziemlich beleidigt. Dann fuhr er etwas vergnügter fort: »Wenn es überhaupt am Sonntag einen Zug nach Dublin gibt, dann braucht er sicher zehn Stunden!« Dann sagte er so selbstgefällig, daß jeder, der ihn nicht kannte, sofort eine Abneigung gegen ihn gefaßt hätte: »Mein Cottage wird dir gefallen. Es ist ein Juwel. Niemand in Cork besitzt etwas so Schönes!«

Ich sprach nicht viel während der Fahrt in die Stadt hinein und wieder hinaus. Sie erinnerte mich zu sehr an meinen Vater und meine Mutter und meine verlorene Jugend. Er prahlte ewig weiter von Corks großer Zukunft, seiner wirtschaftlichen Entwicklung und vom Flugplatz, den sie eines Tages sicher bekommen würden – wie wenn er der Oberbürgermeister der verdammten Stadt wäre. Dann hatten wir sie hinter uns gebracht und waren auf dem Land, und bald danach – bei seinem verrückten Tempo können's nicht mehr als zwanzig Minuten gewesen sein – sagte er:

»Da ist sie, meine ›Sabiner-Farm‹!«

Auf den ersten Blick und unter den Bäumen sah sie wie jene Sorte Cottage aus, bei der jeder Häusermakler in Worte wie ›ländlich‹, ›malerisch‹, ›antik‹, ›ehrwürdig‹, ›stilvoll‹ und ›altertümlich‹ ausbricht – und noch in manchen anderen hohlköpfigen Euphemismus für feucht, schmutzig, morsch, gefälscht, halb zerfallen, verwohnt und ohne jeden Komfort. Als wir jedoch vor dem kleinen Holztor vorfuhren, entpuppte sich das Häuschen als das Traum-Cottage, dem man in den englischen Detektivgeschichten und auf den Reiseplakaten der britischen Bahnen begegnet. Es lag unter seinem schmucken Strohdach an einer sonnigen Seitenstraße in einem riesigen Obstgarten und

Küchengarten und hinter ausgedehnten Rasenflächen, gegenüber von einem alten Kirchlein aus Braunstein mit einem recht anmutigen Türmchen, hoch über dem Lee thronend, der tief unten im Tal rauschte, das vor Jahrmillionen aus den umgebenden Bergen herausgesägt wurde und jetzt mit jungen Kiefernwäldern bestanden war. Die Front war lang, niedrig und rosa getüncht, mit Rautenscheiben in den kleinen Fenstern, und überzogen mit einem dicken Teppich von Albertine-Rosen, die in ein oder zwei Wochen in sanfter Glut strahlen würden. Die in einem kräftigen William-Morris-Blau gestrichene Haustür wurde von einer braunäugigen Dame geöffnet, die er als »Sheila, meine Haushälterin! Eine Perle!« vorstellte. Das Wohnzimmer war lang und hatte eine niedrige Decke; es war elegant mit Adams- und Chippendale-Möbeln ausgestattet und mit einem blaßgrünen Spannteppich belegt; ein zwar nicht notwendiges, aber gastfreundliches Holzfeuer wisperte leise im alten Backsteinkamin. Später entdeckte ich, daß er Zentralheizung, elektrisches Licht und eine amerikanische Küche hatte einbauen lassen. Seine Sheila brachte uns schottischen Whisky und Eiswürfel, und wir sanken in die tiefen Sessel vor dem Feuer.

»Du scheinst recht angenehm zu leben, teurer Freund«, mußte ich neidisch anerkennen.

»Ich liebe das einfache Leben«, säuselte er.

»Aber ich bin kein sentimentaler Esel. Ich bin Realist.«

Innerlich machte ich ›Hm, hm!‹ Ich hörte aus seinen Worten die allgemein verbreitete Illusion der meisten Geschäftsleute heraus, daß Schriftsteller geistig unterentwickelte und verträumte Romantiker mit ungefähr ebensoviel gesundem Menschenverstand sind, wie er in ihren kleinen Zeh hineinpassen würde. Ach je, dachte ich wieder, es scheint tatsächlich furchtbar langweilig zu werden.

Ich merkte, daß die Haushälterin noch hinter uns stand. Ihre braunen Augen erinnerten mich an blanke Kastanien. Wenn ihr Kinn nicht eine Spur zu weit vorgeragt hätte, wäre sie eine Schönheit gewesen. Was mir aber am meisten an ihr auffiel, war nicht ihr Gesicht, ihre gute Figur oder ihr gerader Rücken, sondern ein Ausdruck ruhiger Selbstsicherheit. Er warf ihr einen raschen, allumfassenden Blick zu.

»Und was setzen Sie uns heute abend zum Essen vor, liebes Kind?«

»Zwei gebratene Hähnchen. Petersilienkartoffeln. Neue. Aus Ihrem Garten. Und junge Erbsen, auch eigene.«

»Und als Süßspeise – von Ihnen selbst abgesehen?« fragte er mit dem einfältigen Lächeln, mit dem ältliche Männer sich bei schmollenden Kindern einschmeicheln wollen und das die Junggesellen bei hübschen jungen Damen viel zu dick auftragen.

»Abgesehen von mir selbst«, erwiderte sie ruhig, »gibt es Apfelauflauf. Von den letzten Äpfeln, die ich auf dem Speicher fand.«

»Mit Sahne?«

»Natürlich.«

»Und der Wein?«

Sie deutete nur durch eine Kopfbewegung auf zwei Flaschen, die nicht zu nah vor den Backsteinen des Kamins standen. Gevrey-Chambertin, 1947.

»Ausgezeichnet! Wir werden um halb acht essen.« Er wandte sich von ihr ab. »Trink aus! Vorige Woche hab' ich zwei Eisvögel gesehen, die funkelnd über den Fluß huschten, und ich möchte mich überzeugen, ob sie noch da sind. Jungverheiratete«, fuhr er fort und griente mit hochgezogenen Augenbrauen zu Sheila hinüber, die den Kopf aufwarf und hinausging, ihre Pflichten zu erledigen.

»Und woher stammt diese Perle?« fragte ich und vermied in meinem Tonfall sorgfältig die leiseste Anspielung, vermerkte aber bei mir selbst, daß ich ihn vor zwanzig Jahren noch mit ihr aufgezogen hätte.

»Der reinste Glückszufall. Sie ist Typistin in meiner Kanzlei. Ich hatte früher eine gräßliche alte Eule, so alt und fast ebenso tatterig wie deine verrückte Tante. Dann entdeckte ich plötzlich, daß Sheila halbwegs zwischen meinem Häuschen und Cork wohnt, in einer Arbeiterhütte an der Landstraße. Als ich ihr vorschlug, mir zu helfen und sich etwas hinzuzuverdienen, ging sie begeistert darauf ein. Jeden Freitagabend nehme ich sie auf dem Weg vom Büro mit, setze sie vor ihrem Elternhaus ab, hole sie mir am Samstagmorgen – und alles klappt.«

Er raffte sein Fernglas, Notizbuch und den Fotoapparat zusammen, und wir gingen auf die Suche nach den Eisvögeln. Ich genoß jede Minute der drei Stunden, die wir im Flußgrund auf und ab strolchten. Er fand seine Eisvögel und einen nistenden Reiher und wurde ganz aufgeregt, als er mit seinem Fernglas (er ließ mich auch hindurchsehen) einen erdbraunen Vogel von der Größe einer Drossel aufspürte, jedoch mit einem langen Schnabel, einer Haube und schwarzweißen Streifen auf den Flügeln, der auf einem hohen Baum saß.

»Ob es etwa«, sagte er immer wieder und laut flüsternd, »nein, das kann doch nicht sein! Ob es tatsächlich ein Wiedehopf ist?«

Er trug jede Einzelheit in sein Wanderbuch ein, Tag, Stunde, Temperatur, Standort (mit dem Kompaß bestimmt) und weiß der Himmel was sonst noch! Und dabei war er so jungenhaft nett, daß mein anfänglicher Ärger völlig verschwand. Als ich ihn auf dem Rückweg nebenbei fragte, wie alt er sei und er siebenundvierzig antwortete, verschwand auch mein Argwohn. Er war mindestens doppelt so alt wie sie. Als wir dann wieder bei seinem Cottage anlangten, war ich nicht nur angenehm müde, sondern auch angenehm entspannt, so daß ich zu ihm sagte, ich hätte beschlossen, nicht vor Montagmorgen nach Hause zu fahren.

Das Holzfeuer war jetzt, in der abendlichen Kühle, sehr willkommen. Ich entdeckte, daß es zwei Badezimmer und jede Menge heißes Wasser gab. Ich räkelte mich zwanzig Minuten in meiner Badewanne. Als wir beide wieder erschienen, bereitete Sheila uns einen Shaker mit Martinis vor, und mit ihnen glitten wir gemächlich in ein tadelloses Abendessen hinüber. Sie hatte die Hähnchen nicht gebraten, sondern *en papillotes* gegrillt. Allein an den Apfelauflauf mußte sie eine volle Stunde verwandt haben; meine Frau, die eine erstklassige Köchin ist, hätte die zarte Kruste nicht besser machen können.

»Hast du ihr all ihre Kochkünste beigebracht, Mel?«

»Ich muß gestehen, daß ich versuchte, ihrem Pygmalion gegenüber den Professor Higgins zu spielen. Aber nur«, zwinkerte er mir zu, »was die Küche betrifft. Bisher.«

Als wir die zwei Flaschen Burgunder geleert und uns in unsre Sessel am Feuer verzogen hatten, waren wir wieder ganz die Alten, das heißt die

Jungen von einst, Mel und Sean. Sie schaltete zwei verschleierte Lampen ein, brachte uns italienischen Kaffee, eine Flasche Hine, zwei gewärmte Gläser, die Kiste mit Zigarren und unsre Pantoffeln.

»Prachtvolles Mädchen!« murmelte ich. »Hoffentlich behältst du sie recht lange!«

»Sie ist tüchtig«, gab er kurz zu, schenkte den Brandy ein und streckte gleich mir seine langen Beine ans Feuer.

Eine Zeitlang war kein andrer Laut zu hören als das Brutzeln der Scheiter und gelegentlich ein wenig Geschirrklappern von der Küche her. Das einsame, immer dunkler werdende Land umschloß uns mit einer so völligen Stille, daß ich, wenn ich das Ohr spitzte, tief unten im Tal den Fluß rauschen hörte. Und hörte ich einen Fasan husten? Schlaftrunken erinnerte ich mich, daß er gesagt hatte, wir wollten heute abend von Tantchen Anna sprechen. Ich hatte keine Lust, von Tantchen Anna zu sprechen, und hoffte, daß ihm ebenso zumute war, da er schläfrig durch sein Brandyglas ins Feuer starrte. Dann vernahm ich seine Stimme, und mit einem Gefühl, das noch stärker als bloßes Bedauern war, merkte ich, daß er über sich selbst zu sprechen begonnen hatte.

»Sean, ich bin sehr froh, daß du gekommen bist. Seit langem habe ich über einer bestimmten Idee gebrütet, etwas ziemlich Wichtigem, und ich möchte sie an dir ausprobieren, gewissermaßen wie eine Art Test.«

Ich war kaum fähig, mich eines seligen Hinüberdämmerns zu erwehren, und nickte bereitwillig.

»Ist es dir schon aufgefallen, daß jeder Mensch – jede Frau mit inbegriffen – sein eigener Töpfer ist? Ich meine damit, daß jeder Mensch früher oder später den Ton oder das Plastilin oder den Lehm, einerlei, wie man's nennt, seiner Lebenserfahrung in die Hand nimmt und auf die Töpferscheibe wirft und den Tritt in Bewegung setzt und den Klumpen zu einer Form aufbaut? Zu dem, was ich ›seine Vorstellung von der Form seines ganzen Lebens‹ nenne? Kannst du mir folgen?«

Ich nickte mich wach.

»Gut. Jetzt kommt der große Haken! Nämlich: warum tun wir das? Ich darf nicht sagen: wir tun es uns selbst zuliebe, denn wir können kein Selbst *haben*, nicht wahr? Wir können uns selbst nicht *sehen* – nicht wahr? – oder *kennen*, nicht wahr?, und deshalb können wir nicht wir selbst *sein* – nicht wahr? –, bis wir diese Form aufgebaut und betrachtet haben, wie man in einen Spiegel schaut, und uns selbst gesagt haben: ›Das bin ich! Das ist meine Berufung! Mein Streben! Meine Politik! Mein Glauben! Mein ganzes Leben!‹ Ich meine«, dröhnte er mit einer Energie weiter, die mich nur noch müder und schläfriger machte, »ich kann nicht sagen ›Das bin ich!‹, bis ich meine Form aufgebaut habe. Deshalb kann ich keine wahre Freude an allem haben, bis die Aufgabe wirklich geleistet ist. Das ist ein ziemlich beunruhigender Gedanke, wie? Wie?«

Ich riß mich wach. Wohin war ich da geraten? Zwei Abende von diesem Gewäsch? Es mußte unbedingt morgen nachmittag einen Zug geben!

»Und wenn die Aufgabe geleistet ist, Mel?«

Er klatschte mir wuchtig auf den Oberschenkel.

»Dann fange ich an zu leben! Wenn ich endlich genau weiß, was ich bin, weiß ich auch endlich genau, was ich tun will, denn die Form, das Bild von mir, sagt mir jetzt, was ich tun will.«

Ich seufzte und reckte mich.

»Und dann, Mel, kommt ein andrer Bursche einher und besieht sich dein ›Bildnis des Künstlers als junger Hund‹ und sagt ›Nein! Das mag eine Wahnvorstellung sein, die Mel von sich selbst hat, oder eine Wahnvorstellung, die er von der Welt hat, wie er sie gern haben möchte, aber es ist nicht unsre Welt und nicht unsre Vorstellung!‹«

»Haha, und ich könnte dasselbe von ihm und seiner Welt sagen?«

»Gewiß. Aber ich hoffe natürlich, du bist nicht so einfältig und leugnest, daß die ganze Zeit eine reale, objektive Welt um uns her vorhanden sein muß? Eine Welt, die aus Maklern und Steuerbeamten und Physikern und Isopren und Polymerisation...«

»Übrigens – Gummi zieht an!«

»... und Schwerkraft, Elektrizität, Atomgewicht, Blutdruck, Masern, kranken Kindern, sterbenden alten Leuten, verliebten Eisvögeln und so weiter besteht? Und aus einem wirklichen, objektiven Du und Ich und Tom, Dick und Harry in jedem von uns drin, und keine Hirngespinste und Phantastereien?« Ich lachte. »Mel, du bist kostbar! Ich freue mich, dir mitteilen zu können, daß du dich keine Spur verändert hast seit jenen fernen Tagen, als wir aus der Philosophie-Vorlesung des alten Father Abstractibus am University College in Cork kamen, lang, lang ist's her, und uns im Campus auf den Rasen warfen und stundenlang über Objekt und Subjekt sprachen, und ›Was ist Realität?‹ und ›Was sind die Sterne?‹ und nie einen Zollbreit weiterkamen, sondern nur immer unsern eigenen Schwänzen nachjagten. Und jetzt bist du immer noch dabei! Es ist eine sinnlose Jagd, und ich bin nicht in der Stimmung für so etwas! Wenn wir nach diesem wundervollen Essen und dem herrlichen Gevrey-Chambertin und dem großartigen Brandy überhaupt irgend etwas sagen müssen, dann laß uns über ein trauriges Thema aus der realen Welt sprechen! Laß uns über meine Tante Anna sprechen!«

»Darüber«, sagte er gelassen, »spreche ich ja gerade! Über Menschen, die in den Vorstellungen und Phantasien und Illusionen leben, die sie sich über sich selbst machen. Was, soweit ich's sehe, die ganze verdammte Welt immerfort tut. Einschließlich deiner lieben Tante Anna Maria Whelan!« Er streckte einen Fuß aus und berührte meinen Knöchel mit der Zehenspitze seines Pantoffels. »Weißt du, was dein liebes Tantchen mit den rund dreihundertfünfzig Pfund angefangen hat?«

»Du hast mir's geschrieben. Sie hat einen Sessel und einen elektrischen Radiator und eine Daunendecke und Vorhänge gekauft, und Messen für ihre Seele bezahlt, und Darlehen an...«

»Unsinn! Das hat sie mir *erzählt!* Sie hat sich mit den dreihundertfünfzig Pfund einen Pelzmantel gekauft.«

»Du lügst!«

»Sie ist die Lügnerin!«

»Dann machst du Witze!«

»Es ist kein Witz, teurer Freund! Der alte Teufelsbraten war so keck, den Pelz auf dem Buckel zu tragen, als sie gestern in mein Büro kam. Als sie ging, hatte ich einen Geistesblitz. Ich läutete bei einem Freund an, der in ihrem Stadtteil bei den Vincent de Pauls arbeitet, und bat ihn, sich mal in ihrer Wohnung umzuschauen. Kein Sessel, kein elektrischer Radiator, keine Daunendecke, keine neuen Vorhänge – rein gar nichts. Und was die Darlehen betrifft, die sie angeblich ausgezahlt hat: arme Leute geben niemandem Darlehen von zehn

Pfund auf einmal. Zehn Schilling, das könnte eher stimmen. Falls überhaupt! Du redest sehr gewandt von der wirklichen, objektiven Welt um uns her. Aber gar so gut scheinst du doch nicht darüber Bescheid zu wissen, wie?«

Sein herablassender Ton brachte mich auf.

»Wahrscheinlich war es ein billiger, gebrauchter Mantel.«

»Auch das habe ich nachprüfen lassen. Cork ist eine kleine Stadt, und es gibt nicht so viele Geschäfte, in denen man neue Pelzmäntel für eine so hohe Summe kaufen kann. Ich läutete bei Bob Rohu an und erzählte ihm die ganze Geschichte. Ich hatte sofort bei der richtigen Tür angefragt. Er hatte ihr den Pelz persönlich verkauft. Er erinnerte sich sehr gut an die Transaktion, was ja zu erwarten war. Eine arme alte Frau kommt nicht jeden Tag in sein Geschäft, um einen todschicken Pelzmantel zu kaufen. Sie hat ihm zweihundertfünfundsiebzig Pfund für den Pelzmantel bezahlt. In Banknoten.« Er machte eine Pause. Dann schloß er mit zynischer Höflichkeit: »Merkst du, worauf ich hinaus wollte?«

Ich war wütend, gedemütigt und voller Mitleid für mein Tantchen Anna. Ich sah auch, daß Mel, einerlei, was für ein Bild er sich von sich selbst gemacht hatte, nicht als Einfaltspinsel dargestellt war. Ich hätte ihn erwürgen können! Hier saß ich, ein Mann, der Tantchen Anna ein Leben lang gekannt hatte, ein Mann, von dem man annahm, daß er etwas über die menschliche Natur wußte, und dort saß der Mensch, der Tantchen Anna nur drei- oder viermal gesehen hatte, und stellte sie erbarmungslos vor mich hin: als die Frau, die dreißig Jahre lang auf der weiten, grasbewachsenen, leeren Hochebene des Curragh von Kildare gehaust und seit ihrem zwanzigsten Lebensjahr für einen wohlhabenden Zureiter gearbeitet hatte, seine reichen Pferdeliebhaber-Kunden in all ihrem Staat kommen und gehen sah und, als sie älter und älter wurde und kein Mann sie je bat, ihn zu heiraten (Warum zum Teufel hatte ich nie bedacht, daß sie so etwas erwartete?!), allmählich begriff, daß sie niemals etwas besitzen würde, das den Sachen, die jene besaßen, auch nur im entferntesten gliche. Bis sie im Alter von siebzig Jahren dank einem reinen Glücksfall plötzlich Dividenden abheben kann wie alle andern, und auf dem Effektenmarkt Käufe tätigt wie die reichsten Leute, und beim besten Makler in Cork wie eine große Dame empfangen wird – und dann sieht sie in einem Schaufenster den Pelzmantel schimmern!

Mel ließ langsam den Brandy in seinem Glas herumrinnen und warf mir einen listigen Blick zu.

»Interessant, wie?« fragte er.

»Sehr«, erwiderte ich bitter. Nach längerem Schweigen sagte ich: »Und deshalb soll sie nicht mehr die Summe bekommen, die sie ihre Dividendchen nennt? Selbst wenn ich bereit bin, sie dir zurückzuerstatten?«

Er antwortete ärgerlich, fast hitzig:

»Allerdings! Die Frau betrügt sich selbst, und ich weigere mich, sie darin zu bestärken. Sie versucht alles, woran ich glaube, in Unsinn zu verkehren! Und das lasse ich nicht zu! Würdest du als Schriftsteller etwas schreiben, das du nicht für die Wahrheit hieltest?«

»Frag nicht so dumm! Ich bin jedesmal froh und stolz, wenn ich glaube, daß ich auch nur ein Zehntel der Wahrheit habe sagen können.«

»Würdest du, wenn du Arzt wärst, deinen Patienten etwas vorlügen?«

»Das müssen die Ärzte dauernd tun: um die Patienten dadurch eher am Leben zu erhalten und um ihnen das Sterben leichter zu machen.«

»Aber ich will und werde nicht lügen! Tatsachen sind in meinem Beruf Tatsachen, und danach muß ich mich richten im Leben.«

»Du spekulierst!«

»Das tue ich nicht!«

»Du animierst deine Kunden dazu!«

»Das tue ich nicht!«

»Wovon lebst du dann?«

»Von der Hoffnung.«

Wir brachen beide in Lachen aus. Dann beruhigten wir uns wieder.

»Und wie steht's mit deiner Mildtätigkeit, Mel?«

»Ich habe nichts dagegen einzuwenden, deiner Tante gegenüber mildtätig zu sein. Ich mag die alte Frau richtig gern. Sie ist eine gute alte Seele. Und mein Freund bei den Vincent de Pauls versichert mir, daß sie's wert ist, Wohltaten zu empfangen. Ich würde der alten Kruke sogar mit der größten Freude...« (Hier stahl sich die kühle Vorsicht des erfahrenen Geschäftsmannes in seine Stimme) »...falls du mit mir halbpart machen willst, würde ich mich freuen, ihr alljährlich den Gegenwert ihrer verdammten Dividendchen zu geben. Aber nicht als Dividenden! Sondern eindeutig als ein Geschenk von uns beiden.«

»Das ist nett von dir, Mel! Damit ist unser ganzes Problem gelöst! Wir geben ihr die achtundzwanzig Pfund alljährlich als Geschenk! – Warum siehst du mich denn so an?«

»Sie wird's nicht annehmen!«

»Warum soll sie's denn nicht annehmen?«

»Weil's Wohltätigkeit ist. Und Wohltaten will sie nicht. Arme Leute wollen keine Wohltaten. Sie verabscheuen Wohltaten, weil sie sich dadurch ihrer Armut bewußt werden. Jeder Arme ist so, der noch ein bißchen Stolz in sich hat. Und die alte Dame ist steif vor Stolz. Du kannst ein Geschenk von mir annehmen, ich kann ein Geschenk von dir annehmen, Königin Victoria hätte ganz Indien angenommen und es sich an ihr Talisman-Armband gehängt, ohne auch nur ›danke schön‹ zu sagen.

Aber nicht die Armen! Versuchen kannst du's ja. Nimm den Jaguar, fahr in die Stadt und führe sie zum Mittagessen aus! Ich wette zehn zu eins, daß sie ablehnen wird.« Er stand auf. »Ach, da ist sie ja!«

Damit meinte er unsre Haushälterin, die auf ihn gewartet hatte und bereit war, heimgefahren zu werden. Sie trug einen kleinen Pelzhut und einen hübschen Tweedmantel mit Gürtel. Unter dem Hut hervor ringelte sich das dunkle Haar rechts und links über die Wange. Da sie jetzt Schuhe mit hohen Absätzen trug, fiel mir auf, wie lang und elegant ihre Beine waren.

»Das ist aber ein reizender kleiner Hut, den Sie da aufhaben«, sagte Mel und blickte sie prüfend an.

»Ich habe ihn schon heute früh getragen«, erwiderte sie ruhig. »Männer sehen eben nie etwas!«

»Wo haben Sie ihn her?«

»Gekauft natürlich. Es ist Wildnerz. Ich habe jahrelang dafür gespart. Hab' ihn bei Rohu gefunden.«

»Gut gemacht«, sagte er und zwinkerte mir in Anerkennung seiner Schülerin zu, während ich mich fragte, ob er wohl ahnte, wieviel sie dieser kleine Traum von einem Wildnerz-Hut gekostet hatte. Bestimmt hatte sie jahrelang dafür gespart. »Ich hole den Wagen«, sagte er zu mir. »Ich bleibe nicht lange weg. Mach ein bißchen Musik, während du allein bist. Ich habe ein paar gute Platten.«

Als er gegangen war, sagte ich zu ihr: »Wollen Sie sich nicht setzen, solange Sie warten müssen?« Sie setzte sich gelassen auf die Lehne des freigewordenen Sessels und schlug ihre hübschen Reiherbeine übereinander.

»Lieben Sie Musik, Sheila?«

»Früher mochte ich nur Jazz. Seit einiger Zeit ziehe ich klassische Musik vor. Mr. Meldrum hat mich darauf aufmerksam gemacht. Soll ich Ihnen zeigen, wie man den Apparat bedient? Er ist neu, und Mr. Meldrum ist sehr eigen damit. Es sind zwei Lautsprecher – das erweckt den Eindruck, als wäre man von einem Orchester umgeben. Oh!« Sie hob den Deckel und schaute hinein. »Da liegt eine Platte drauf. Ja, hier ist die Hülle – es ist das Siegfried-Idyll. Möchten Sie es gern hören? Oder hätten Sie vielleicht lieber etwas Moderneres?«

(Ich dachte bei mir: ›Sie mögen nur eine Typistin in seinem Büro sein, aber Sie haben das Benehmen einer Dame von Welt.‹)

»Doch, die würde ich gern mal wieder hören! Es ist viele Jahre her, seit ich Wagner gehört habe. Mögen *Sie* sie auch gern?«

»Wir haben sie so oft gespielt, daß ich erst allmählich verstehe, um was es eigentlich geht.«

»Und um was geht es?« fragte ich lächelnd.

Sie schaltete den Apparat ein und schloß den Deckel.

»Mir scheint, es geht um das Glück in der

Liebe. Ein Weilchen braucht's immer, um warm zu werden. Dann geht alles automatisch.«

Ich blickte sie an. Wollte sie mehr damit sagen? Auf der Straße ertönte die Hupe. Zum erstenmal lächelte sie. Sie hatte tadellose Zähne.

»Ich muß weg. Lassen Sie das Feuer nicht ausgehen! Manchmal sitzt er abends sehr lange auf. Es sind reichlich Holzscheite da. Und die elektrischen Heizmatratzen habe ich auf zwei gestellt, damit sie schön warm und gemütlich sind, ehe Sie Ihren letzten Schlummerpunsch getrunken haben.«

Als sie gegangen war, trat ich ans Fenster, um ihr nachzuschauen, und sah, daß ein riesiger Mond sich über die dunklen Berge hob, die das Tal umgaben, und ihre runden Brüste so zart wie ein Kuß streifte. Die beiden standen Arm in Arm davor, in den Anblick versunken; er beugte sich ein wenig zu ihr vor und deutete zum Mond auf, als zeigte er ihn einem Kinde. Er sagte auch etwas, das diesmal anscheinend nicht danebengehauen war, denn sie wandte ihr Gesicht schnell zu ihm auf und lachte prachtvoll. Gerade als er mit dem Finger leise an ihre Pelzmütze tippte, setzte hinter mir auf der Platte die Musik ein, und eine Anzahl Geigen flüsterten, vibrierten und schwollen rings um mich her so gewaltig an wie der riesengroße Mond. Im gleichen Augenblick war ich mir über das Pärchen vollkommen im klaren. Er ließ ihren Arm los und hielt die Wagentür für sie auf, so daß das Licht eine Sekunde über ihr strahlendes Lächeln spielte. Er schlug die Tür zu, stieg auf seiner Seite ein und schoß davon. Ich kehrte langsam zu meinem Sessel, meinem Brandy und meiner Zigarre zurück und blickte in das flackernde Feuer.

Allmählich schwoll das Idyll Woge um Woge zu seinem ersten Crescendo an, bis die Geigenbögen lauter Peitschenhiebe leidenschaftlicher Klänge waren. Der Wahnsinnige! Abend für Abend hier in dem stillen Tal zu sitzen, sie ihm gegenüber, und dieser Weihnachtsmorgen-Musik zu lauschen, die ein Liebender für seine schlafende Geliebte komponiert hatte! Wenn *ich* schon dabei von Herzen wünschte, ich wäre zu Hause bei meiner Frau im Bett, wie, um Himmels willen, mußte die Musik dann erst auf ihn wirken? Plötzlich kam mir etwas in den Sinn, so daß ich schnell nach der Plattenhülle griff. Ich hatte recht gehabt. Wagner schrieb das Liebesidyll, als er siebenundfünfzig war; er hatte sich in Cosima Liszt verliebt, als er über Vierzig und sie Mitte Zwanzig war, und ich dachte an andre ältliche Männer, die junge Frauen geheiratet hatten und die man sogar in diesem kleinlichen, ein paar Meilen entfernten Städtchen finden konnte. Winterliche Männer, die sich ihre Rosenknospen pflückten. Der alte Robert Cottrell, der Schiffseigentümer, der eine Bardame vom Hotel Victoria heiratete. Frank Lane, der Whisky-Fabrikant, der sich mit sechzig Jahren eine hübsche

Kellnerin aus der Golden Tavern holte. Und wer war doch gleich der Mühlenbesitzer, der, nachdem er fünfundzwanzig Jahre lang Witwer gewesen war, sich in eine seiner Arbeiterinnen verliebte und Kinder von ihr bekam, die jünger als seine Enkel waren? Es ist eine Sache, die gerade solchen Männern, welche ihr Leben lang nach den strengsten Regeln gelebt haben, leicht passieren kann, weil sie auf einmal alles satt haben und ihre Mütze über den Mond werfen.

Ich wurde ruhiger, als die Musik sich erschöpft hatte in ihrer Schwelgerei und nun langsam erstarb. Wie ein aufgeschlagenes Buch, so offen stand er mir jetzt vor Augen mit all seinem Gerede über Menschen, die den Ton ihrer Lebenserfahrung nehmen und daraus ein Selbstbildnis formen. Über sie wußte ich nichts, außer, daß sie in einer Hütte an der Landstraße wohnte, wie er mir gesagt hatte, und daß ein reicher Börsenmakler für sie ein wunderbarer Fang wäre – was er wohl genau wußte, und er wäre auch der erste, darauf hinzuweisen. Ich begann unruhig im Haus herumzuwandern. Aus Versehen betrat ich sein Schlafzimmer. Ich machte die Tür rasch wieder zu: mir war, als zappelte ich in tiefen, gefährlichen Gewässern. Die Decke seines Bettes war sehr ordentlich in einem Winkel von fünfundvierzig Grad zurückgeschlagen, und auf seinem Kopfkissen lag eine rote Rosenknospe. Ich ging zu Bett und sank in einen so festen Schlaf, daß ich ihn nicht zurückkommen hörte.

Als ich aufwachte, war draußen greller Sonnenschein, und das Cottage war leer: er war vermutlich zur Messe gefahren und hatte sie mitgenommen. Als sie ins Haus traten, trug er die Rosenknospe in seinem Rockaufschlag. Nach dem Frühstück nahm ich den Jaguar und fuhr in die Stadt, um mein Tantchen Anna aufzusuchen.

Die ganze Stadt war voller Glockenklang, doch längs des Uferdamms, an dem sie wohnte, war kaum eine Menschenseele zu sehen. Ich fuhr vor dem alten Kasten von Mietshaus vor, dessen Geländer verbogen, dessen Oberlicht zersprungen und dessen traditionsgemäß in acht Felder unterteilte Tür von jahrlangen Anstrichen verkleistert war und geradezu nach einer Lötlampe und einer Woche Schabearbeit schrie, denn dann wären geschnitzte Zierleisten und schönes Mahagoniholz zutage gekommen. Ich blieb ein Weilchen im Wagen sitzen und dachte über die Tante Anna nach, die ich kannte, und über die beste Art, sie zu behandeln. Sie war immer ein sanftes, schlaffes Jammergeschöpf gewesen und hatte, soviel ich wußte, keine höheren Interessen im Leben, als auf Pferde zu wetten, aus Kaffeesatz und Karten die Zukunft vorherzusagen, selbstgekochte Bonbons zu schlecken und violette Heftchen-Geschichten zu schmökern. Ich hätte ihr eine Schachtel Pralinés mitbringen sollen. Ich fuhr los und fand einen Laden, der offen war und welche verkaufte. Wahrscheinlich war es, wie mir jetzt in den Sinn kam, diese Vorliebe für selbstgekochte Bonbons gewesen, der sie die ewige Plage mit ihren Zähnen zu verdanken hatte; sie taten ihr sehr oft weh, und mehrere Vorderzähne waren morsch. Damals gab es eine Art Brei, eine Paste oder knetbare Oblate, die von der armen Landbevölkerung als Zahnfüllung benutzt wurde, um bei festlichen Anlässen diese Anzeichen der Zahnfäule zu verstecken. Oder vielleicht war es auch nur weißes, zerkautes Papier gewesen? Sie benutzte es ständig, so daß ihre Zähne wie Kitt aussahen. Die arme Frau hatte auch einmal eine schlecht ausgeführte Operation an ihrem linken Ellbogen machen lassen, der ein feuchtes, nabelartiges Loch hatte, gerade dort, wo der Ansatz der Elle hätte sein müssen: nun pflegte sie die Stelle dauernd mit der rechten Hand zu streicheln, besonders an kalten oder windigen Tagen. Würde das gute alte Weiblein auf den Vorschlag eingehen, sich einem tüchtigen Chirurgen anzuvertrauen? Oder vielleicht konnte ich sie auch überreden, ein paar neue, warme, bequeme Kleider anzunehmen? Meine Frau hätte sie ihr ohne weiteres besorgen können. Nicht etwa, daß ich, als ich an den zerbröckelnden Backsteinmauern ihres Hauses emporschaute, irgendwelche Schwierigkeiten befürchtete, sie zur Annahme einer jährlichen Geldspende zu bewegen! Ich dachte an die Tage auf der grünen, welligen Hochebene des Curragh, als sie wenigstens jede Bequemlichkeit und das beste Essen, Gesundheit und reine Landluft gehabt hatte, und ich begriff, daß sie ihren Ausgangspunkt nie hätte verlassen sollen und daß es ideal, aber jetzt unmöglich für sie wäre, wenn sie dorthin zurückkehrte und in der Umgebung lebte, in die sie gehörte.

Ein paar Minuten später hielt ich die Weinende in den Armen, in dem einen Raum, in dem sie so viele Jahre geschlafen und gekocht und Tag für Tag gegessen hatte, und als ich den undefinierbaren Geruch städtischer Armut roch, der vor allem an muffige Kleider, schlechte Installation und gebratene Zwiebeln erinnerte, überwältigte mich die Scham, daß ich sie in all den zwölf Jahren, seit ich Cork verließ, um zu heiraten, nicht ein einziges Mal aufgesucht hatte. Ich küßte sie, und sie küßte mich, so mütterlich, wie wenn ich noch der kleine Junge von damals gewesen wäre. Dann trat ich zurück, betrachtete sie und bekam, mich erinnernd, einen furchtbaren Schreck. Sie hatte ein Gesicht wie eine alte Schildkröte, sie war bucklig wie ein Reiher, und sie war rotgeschminkt! Vor langer Zeit hatte meine Mutter eines Tages lachend erzählt, sie benutze dafür rote Geranienblüten, die in ein wenig brauner Schuhwichse verrieben würden.

Ich bemerkte auch, daß all ihre morschen Zähne durch ein gutes Gebiß ersetzt waren und daß ihr Haar blaugetönt war. Wie ein Junge ließ ich mir die Vorwürfe gefallen, mit denen sie mich überschüttete, und vor Ungeduld, den vollgestopften, stickigen Raum zu verlassen, trieb ich sie an, sich fertigzumachen und mit mir ins Hotel Victoria zu fahren.

Sie zog ihren Pelzmantel an und setzte einen kleinen altmodischen Strohhut auf, den weiße Margeriten belebten. Sobald sie angekleidet war, wurde sie stocksteif oder, wie man es in Cork nennt, ›pompös‹, zum Beispiel, als sie sagte: »Das ist ein netter kleiner Wagen«, und von all den viel feineren Wagen zu sprechen begann, in denen sie bei den Rennen auf dem Curragh gesessen hatte. Beim Mittagessen hielt sie Messer und Gabel rechtwinklig zum Teller, nippte wie ein Vogel vom Wein, trank ihren Kaffee mit weggespreiztem kleinen Finger, räusperte sich wie eine Nonne in ihre Serviette hinein und plauderte wie eine Königliche Hoheit, die Audienz gibt, von den Landedelleuten auf dem Curragh und ihren vornehmen Damen und großen Häusern. Gegen Ende der Mahlzeit holte sie eine Puderdose hervor, puderte ihre Nase, musterte ihr ganzes Gesicht sehr gründlich und trug behutsam rosa Lippenstift auf. Sie wich all meinen Versuchen aus, von den alten Zeiten zu sprechen, bis wir in die leere Halle übersiedelten, wo ich einen großen Brandy trank. Sie zog einen Gin and Lime vor. Endlich lockte ich sie von ihrer glorreichen Vergangenheit weg, um von meinem Vorschlag zu sprechen, daß ich ihr (von Mel erwähnte ich vorsichtigerweise nichts) jährlich achtundzwanzig Pfund geben wollte, »als kleine Erinnerung an die alten Zeiten, was, Tantchen?«, und versuchte sie davon abzubringen, Ihro Majestät zu spielen, und wieder mein Tantchen Anna zu sein.

Sie wurde rasch mit mir fertig.

»Nein. Danke vielmals. Seit ich meine Dividendchen habe, brauche ich nichts mehr.«

Von da an besprachen wir die ganze Sache bei mehr Brandy und mehr Gin zwei unfruchtbare Stunden lang nach jeder Richtung hin. Geschenke würde sie (»natürlich«) nicht annehmen. Auf ihre Dividendchen würde sie (»natürlich«) nicht verzichten. Zum Schluß hatte ich einen einzigen Punkt gewonnen. Sie erklärte kalt, aber energisch, wenn ihr »der Mann« ihr gutes Recht vorenthielte, würde sie seine Schwelle nie wieder betreten.

»Ich will nichts mehr zu tun haben mit diesem sogenannten Mister Meldrum! Ich bin ein für allemal fertig mit allen betrügerischen Börsenmaklern.«

Es war vier Uhr geworden, ehe ich mich wütend, gedemütigt und erschöpft ergab. Ich fuhr sie auf ihr königliches Verlangen hin durch die Stadt, und zwar in meinem weißen Jaguar (in dem ich heute früh aus Dublin gekommen war, wie ich ihr erzählte), und hielt vor ihrer Haustür inmitten einer Schar von Straßenkindern, die mit vielen Ooohs und Aaahs das Auto bewunderten, das sie ›Schneewittchens Wagen‹ nannten. Ich versprach getreulich, sie im nächsten Sommer wieder zu besuchen, küßte sie zum Abschied, entschuldigte mich wegen meiner Eile, indem ich sagte, ich müsse noch vor Anbruch der Nacht wieder in Dublin sein, und fuhr unter Hochrufen des kleinen Gesindels davon. Sobald ich um die Ecke gebogen war, hielt ich, um mir ihren Lippenstift abzuwischen. Ich war sehr stolz auf sie, ich verachtete mich und haßte Mel und alles, was er verkörperte – ich weiß jetzt nicht mehr, was ich damals damit meinte, falls es nicht etwas mit der korrumpierenden Macht des Geldes über uns alle zu tun hatte.

Ich war nicht in der Stimmung, mich seinem Triumphgrinsen zu stellen. Ich parkte den Jaguar auf der leeren South Mall und wanderte durch die stillen, sonntäglichen Straßen der Stadt meiner Jugend, ohne viel davon zu gewahren. Ich war zu zornig und zu sehr damit beschäftigt, Mittel zu ersinnen, wie ich ihr helfen könnte, und an jeder Straßenecke plagten mich trübselige Gedanken, Mel und mich betreffend, und was es wohl sein mochte, das die Jahre uns beiden angetan hatten. War er im Recht, wenn er sagte, daß ich nichts von armen Leuten wie Tantchen Anna wisse? Seine Sheila war eine junge, hübsche Tante Anna, arm wie sie, und jetzt gleich ihr fasziniert von der Welt des Reichtums. Was wußte er im Grunde von ihr? Die Frage führte mich wieder dazu (ich lehnte über die alte South Gate Bridge und schaute in den jetzt bei Ebbe durchaus nicht lieblich duftenden Lee), nicht nur über ihn allein, sondern über ihn und mich nachzudenken, und wie wir waren, als wir vor so vielen Jahren hier das College besuchten. Was hatte ich eigentlich jemals über ihn gewußt? Mein Tantchen Anna von damals war tot, ersetzt durch eine Person, die in ihren violetten Heftchen-Geschichten als ›Miss Anna Whelan, eine Dame vom Lande, die einst bessere Tage gesehen hatte‹, bezeichnet worden wäre und der aus ihren besseren Tagen nichts weiter geblieben war als ihre Erinnerungen und ihr Pelzmantel – geprellt um Tausende von Pfunden (ihr verlorenes Vermögen würde innerhalb von ein paar Wochen sicher soviel betragen) und an den Bettelstab gebracht von einem glattzüngigen Effektenhändler. Hatte mein Mel je existiert?

Wir sind nicht ewig ein und derselbe. Wir durchleben mehrere Leben voller Glauben, Ehrgeiz, manchmal Liebe, oft Freundschaft. Wir wandeln uns, sterben und leben wieder. In seinem behaglichen Cottage war ich der Gast eines Gespensts gewesen. Ich selber auch ein Gespenst?

Wenn er ein neuer Mensch war, mochte seine Sheila ihn kennen. Ich nicht. Wer weiß, vielleicht schuf sie ihn neu? Als ich mich von der Brückenbrüstung aufrichtete und wieder zum Wagen ging, wußte ich nur das eine: daß ich in sein Cottage so zurückkehren mußte, wie ich es verlassen mußte – in behutsamstem Schweigen.

Ich kam gerade dazu, um ihm und dem dortigen Hilfspfarrer bei einem von Sheilas kühlen Martinis Gesellschaft zu leisten. Beim Abendessen, das ebensogut war wie das vom Abend vorher, überließ ich Mel und seinem Gast die Unterhaltung, die sich ausschließlich um Archäologie, Vögel, den geplanten Flugplatz und Corks politischen Klatsch drehte. Ich beneidete die beiden. In einer Großstadt kann sich niemand so eingehend und so glühend für lokale Angelegenheiten interessieren, wie es Provinzler tun, wenn es sich um Vorgänge und Persönlichkeiten ihrer Stadt-Staaten handelt. Der Hilfspfarrer brach frühzeitig auf. Unmittelbar danach brachte Mel seine Sheila nach Hause. Innerhalb von zwanzig Minuten war er wieder da. Ich stand, die eine Hand auf das hohe Kaminsims gelegt, und hörte mir die Rückseite der Platte mit dem Siegfried-Idyll an, den Schluß des letzten Akts aus der Walküre. Als er kam, hob ich, um Schweigen bittend, die Hand, so begeistert war ich von der heroischen Schönheit der Musik, wenn Brunhilde in Walhall an den Berghang gelegt wird, in die Mitte des lodernden Feuerrings, durch den eines Tages ein junger Mann, Siegfried, vordringen wird, um sie mit einem Kuß zu befreien. Mel warf sich in seinen Sessel, die Hände hinter dem Kopf verschränkt, und beide lauschten wir, bis die Musik endete und das Schweigen und die Finsternis des Landes draußen uns wieder in den Ohren zu summen begannen. Ein Weilchen sagten wir nichts. Dann tat ich, was ich mir fest vorgenommen hatte, *nicht* zu tun.

»Und nun?« fragte ich und blickte auf ihn herunter.

»Was denn?« fragte er und sah zu mir auf.

»Darf ich dir gratulieren?«

»Wozu?«

»Zu deiner Brunhilde?«

Träge rollte der Kopf über die Rückenlehne seines Sessels.

»Bedeutet es nein? Oder daß du's nicht weißt?«

Wieder rollte der Kopf langsam hin und her.

»Willst du nichts verraten? Mel, früher warst du nicht so verdammt vorsichtig! Was ist mit dir passiert? Los, Mel, pack das Leben neu an! Indem du zunächst mal Tante Anna ihre Dividendchen gibst!«

»Aha! Sie hat also unser Geschenk zurückgewiesen?«

»Ja, sie hat's zurückgewiesen. Aber sie wird dich auch nie wieder belästigen. Sie ist jetzt überzeugt, daß du ein betrügerischer Makler bist, der sie um ihr Vermögen geprellt hat. Los, Mann! Riskiere was! Ein einzigesmal in deinem vorsichtigen Dasein! Gib's auf, ein betrügerischer Makler zu sein!«

»Willst du mir nahelegen, daß ich mich von deiner Tante erpressen lassen soll?«

»Ich möchte dir nahelegen, daß du das Idol vergißt, das du dir zurechtgebastelt hast! Das bist nicht du! Das kannst nicht du sein! Der Mel, den ich kannte, darf nicht das schrullenhafte Porträt eines unzerbrechlichen, unbestechlichen, bärbeißigen, selbstsicheren alten Mannes sein, der vor lauter Prinzipien und Stolz und Dünkel steifnackig wurde. Es ist ein falscher Gott. Befördere ihn mit einem Fußtritt auf den Abfallhaufen! Hast du dir erst einmal ein richtiges Bild von dir gemacht, dann wirst du merken, daß es gar nicht so furchtbar schlimm ist, wenn du Tante Anna ihre Dividendchen zahlst – oder Sheila heiratest!«

Ich hatte »furchtbar« gesagt, denn sowie ich andeutete, er sei anders als das, was er sein wollte, hatte ich gesehen, wie er seine Augen unter den blonden Wimpern zusammenkniff, wie sich auf seinen Backenknochen unter ihrem grauen Haarwuchs eine starke Röte abzeichnete und wie sein Mund weich zu werden begann. Er schnippte die jähe Furcht weg.

»Ich habe mich nicht verändert. Ich bin, wie ich

bin, wie ich war und wie ich immer sein will. Und wenn ich ein dünkelhafter Mensch bin, wie du mich so freundlich nanntest, dann bin ich's zufrieden, ein dünkelhafter Mensch zu sein. Das ist jedenfalls noch besser als ein lächerlicher Träumer wie du und deine verrückte Tante.«

»Warum spielst du dann mit dem Mädchen?«

»Tu ich gar nicht!«

»In dem Falle solltest du dir das Lippenrot von der Wange wischen!«

»Du weißt gar nichts von ihr!« Er machte eine Pause. »Sie hat einen Freund. Heute abend hat er wieder in der Hütte auf sie gewartet.«

»Es würde mich nicht wundern, wenn sie ein Dutzend Freunde hätte! Ein Mädchen, das so hübsch ist! Hast du ihn oft gesehn?«

»Ja. Er kommt auf seinem Motorrad hierher, sooft sie ein bißchen länger als gewöhnlich bleibt. Nur, um sie nach Hause zu bringen. Ganz harmlos sozusagen. Jedesmal fährt sie sofort mit ihm weg. Eines Abends bin ich ihnen gefolgt. Ich sah, wie sie sich unter einem Baum küßten und knutschten. Wenn sie ihn betrügen kann, könnte sie auch mich betrügen. Wenn ich sie heiratete, wäre ich wahrscheinlich mein Leben lang unglücklich, denn ich wäre mein Leben lang mißtrauisch und eifersüchtig.«

»Du widerst mich an! *Du* wärst wahrscheinlich unglücklich! Warum sagst du nicht, sie wäre wahrscheinlich nicht glücklich? Was stellst du dir eigentlich unter einer Ehe vor? Ewig währende Flitterwochen? Glück ist eine Prämie. Man schmuggelt es ein. Man arbeitet dafür. Es kommt und geht. Man muß auf dem Marktplatz bleiben, um es zu erwischen. Wo ist dein Realismus? Wer nicht spekuliert, kann nicht anhäufen! Hör auf, so ein Feigling zu sein! Lebe, Mann, lebe!«

»Ich ziehe es vor, konsequent zu sein.«

»Dann wirst du Tante Anna sicher nicht ihre imaginären Dividendchen auszahlen, und dann wirst du deiner imaginären Sheila den Laufpaß geben müssen, und dann wirst du allerdings sehr unglücklich sein!«

»Vielleicht. Es wird nachlassen. Und überhaupt geht's dich gar nichts an, verdammt!«

Ein paar Sekunden lang blickten wir uns haßerfüllt an. Dann drehte ich mich um und ging, ohne gute Nacht zu sagen, in mein Zimmer hinauf. Fast unmittelbar danach hörte ich, wie er die Haustür zuschlug. Als ich die Vorhänge auseinanderschob, sah ich ihn den Gartenweg entlangstelzen, auf die Landstraße hinaus und um die Ecke, in die tiefen Schatten der Bäume, dorthin, wo wir gestern die Eisvögel beobachtet hatten und den nistenden Reiher und den unwahrscheinlich fremdartigen Vogel mit dem Schopf. Einen Augenblick packte mich das Mitleid mit ihm. Dann gab ich ihn achselzuckend auf, voller Verzweiflung. Geweckt wurde ich – es war zwei Uhr nachts – vom Getön der Brunhilde-Flammen, die in Götternähe vom Berggipfel waberten und wogten und vibrierten. Wir lauschten beide – ich im Bett, er vor dem aschegrauen Feuer. Als alles verstummte, hörte ich seine Tür zuschnappen.

Als ich am Morgen aufgestanden war, fand ich ihn schon auf und in seiner makellosen gelbweißen Küche, wo er Kaffee kochte und Toast machte.

»Morgen, Mel!«

»Hallo! Gut geschlafen? Am Montagmorgen bin ich immer der Koch. Sie legt mir alles zurecht, wie du siehst.« Mit einer Kopfbewegung deutete er auf die Gedecke, das Porzellan und das Silber auf dem Tisch.

Sie hatte sogar eine Vase mit einem kleinen Strauß Narzissen, Alyssum und Primeln hingestellt.

Er war für die Stadt gekleidet: schwarze Jacke, schwarzgrau gestreifte Hose, graue Wildlederweste, steifen weißen Kragen und ein gestreiftes Hemd, eine kleine Perlnadel in der grauen Krawatte. Beim Kaffee sprach er von Vögeln, und da war er, genau wie am Samstag, wieder ganz sein altes Ich, anziehend, jugendlich und lebensfroh. Er sprach vom Wiedehopf und sagte: »Es kann keiner gewesen sein – sie übergehen uns im Frühling.« Er sprach von Nachtschwalben. Über Eulen schien er viel zu wissen. Als wir zum Gehen bereit waren, schaute er nach, ob alle Vorhänge zugezogen waren (»die Sonne bleicht das Mahagoni!«) und ob jedes Fenster gut verriegelt war; dann nahm er seine Melone und den Schirm, schloß die Tür zweimal, prüfte zweimal nach, überschaute die ganze Front seines Hauses – und wir fuhren wieder in einen sonnigen Morgen hinein.

Auf der Fahrt zur Stadt holten wir Sheila vor ihrer Hütte an der Landstraße ab, und von da an sprachen wir überhaupt nicht mehr, bis er sie vor dem Büro absetzte. Dort bestand ich drauf, daß er mich nicht an die Bahn bringen sollte – er hatte sicher viel zu tun, besonders an einem Montagmorgen, hatte Berge von Post durchzusehen und so weiter –, doch er bestand darauf, daß ich nachgeben sollte, und beinah hätten wir uns wieder gezankt, doch dann gab er so weit nach, daß er in sein Büro ging und fragte, ob etwas Dringendes vorläge. Er nahm mich mit und machte mich sehr formell mit seinem Bürovorsteher und seinem Hauptbuchhalter bekannt. Während er die Post durchblätterte, plauderte ich mit ihnen, bemerkte den türkischen Teppich und all seinen modernen Krimskrams und dachte, daß dies hier der Ort war, wo Tantchen Anna angefangen hatte, eine andere zu werden. Auf dem Bahnhof bestand er darauf, mir die Morgenzeitung zu kaufen und an der Abteiltür zu warten, bis der Zug mich entführen sollte. Ich dankte ihm für unser genußreiches

Wochenende, beteuerte, daß ich es aufrichtig so meinte, rühmte sein Cottage, redete vom Essen und vom Wein, versprach, daß wir uns wiedersehen würden, woraufhin er nickte, und wechselte noch ein paar höfliche Abschiedsworte. Als die Träger begannen, die Fenster gegen den beißenden Geruch im Tunnel am Ende des Bahnsteigs zu schließen und die letzten Türen zuzuschlagen, sagte er, das spitze Gesicht zu meinem Fenster erhoben, die Augen finster über den beiden kleinen Haarmatten:

»Übrigens freut es dich sicher zu hören, daß ich mich entschlossen habe, deiner Tante wie bisher ihre Dividenden auszuzahlen. Natürlich machen wir dabei halbpart.«

Ich beugte mich herunter und packte ihn bei der Schulter:

»Und heiratest du Sheila?«

»Ich weiß, wann ich besiegt bin. Ich kündige ihr noch heute vormittag. Dann muß ich eine neue Haushälterin haben. Ich will deine Tante Anna fragen.«

»Aber sie ist siebzig! Eine Dame, die mal bessere Tage gesehen hat! Sicher wird sie ablehnen.«

»Das wird sie nicht, wenn sie mein Cottage sieht«, sagte er stolz. »Ich bin nur an den Wochenenden draußen. Die übrigen fünf Tage der Woche kann sie sich einbilden, daß sie eine richtige Dame ist. Nicht übel! Und sie ist Köchin gewesen. Und sie kann mein Fleisch nicht in Versuchung führen. Also: leb wohl! Laß dir's gut gehn!«

Die Lokomotive begann Dampf auszustoßen und zu keuchen, und Mel und der Bahnsteig glitten langsam fort.

Sekunden drauf war ich im Tunnel. Mein Fenster wurde undurchsichtig. Der beißende Gestank der Unterwelt drang auf mich ein. »Laß dir's gut gehn?« Offenbar sollte ich ihn also nie wiedersehen – nach meinem anmaßenden Benehmen war es ein gerechtes Urteil. Ich hatte ihn ausgehorcht, ich hatte mich eingemischt, ich hatte seine geheimsten Träume bloßgelegt und zerstört, indem ich ihn zwang, sie an der Wirklichkeit zu erproben. Ich war in jeder Beziehung lästig gewesen. Ich hatte damit gerechnet, den Mel vorzufinden, den ich, wie ich glaubte, schon immer gekannt hatte; ich war beleidigt, weil ich ihn ziemlich verändert fand, hatte versucht, ihn noch mehr zu ändern und doch gleichzeitig meinen alten Mel zu behalten, und war wütend, als er darauf bestand, der zu bleiben, der er seiner Ansicht nach immer gewesen war. In so restlos verfahrenen Situationen einer völligen Verwirrung, Beschämung und Verlegenheit kann die Wahrheit nur banal, aber trotzdem nicht weniger wahr sein. Die Jugend kennt nur die Keime. Das Leben ist vielschichtig. Das Leben ist ein Glücksspiel. Die Freundschaft ist zerbrechlich. Die Liebe ist ein Wagnis. Alles, was der Mensch tun kann, wenn das Schicksal ihm einen leuchtenden Traum über den Weg schickt, ist einzig, ihn zu packen und ohne Zaudern und Überlegen um ihn zu kämpfen, denn alles wirklich Wichtige in unsern Leben tun wir aus Gründen (ja, ja, es ist schon gesagt worden!), von denen der Verstand nichts weiß – bis etwa zwanzig Jahre später.

Während der langen Meile im Tunnel standen sie alle um mich her in dem dunklen Abteil mit dem Geruch nach kaltem Dampf und mit vereinzelten Wasserspritzern, die aus den Lüftungsschächten auf das Dach platschten. Jählings schoß der Tunnel von dannen, und mir war wie einem Sporttaucher zumute, der aus dem Meer ans Tageslicht schnellt. Das grüne Land brach ringsumher und von jeder Seite in allumfassendem Sonnenschein über mich herein. Kleine rote Karren wakkelten unter mir auf staubigen Nebenstraßen zur Molkerei. Schwarzweiße Kühe mümmelten. Überall auf den Feldern waren die Menschen mit ihrem morgendlichen Tagewerk beschäftigt. Ich öffnete das Fenster, um frische Luft hereinzulassen. Dann – mit nur gelegentlichen Seitenblicken auf die vorbei- und wegfliegenden Felder und auf gewisse Bilder und Vorstellungen, die mit den zurückgelegten Meilen blasser und seltener wurden – vertiefte ich mich in meine Zeitungen und in die sich vordrängenden Gedanken an mein Haus und meine Arbeit.

Ich habe ihn seitdem nie wiedergesehen, obwohl wir beide jetzt alt sind, aber drei- oder vielleicht auch viermal hat er mich, wie wenn ein kleiner Schalter in meinem Gedächtnis einschnappte, doch noch heimgesucht: ein unbestimmter Schatten, mit zwei grauen Haarmatten auf den Wangen und einer langen Sherlock-Holmes-Nase... Nie wieder. Einmal hat er mir geschrieben, nachdem (nicht: *als*, wie ich feststellte) Tantchen Anna in seinen Diensten gestorben war, einundachtzig Jahre alt. Ehrfürchtig hatte er für alles gesorgt. Er hatte ein paar Fotos beigelegt, die er in ihrer Handtasche gefunden hatte: da war ich als kleiner Junge, sie als junges Mädchen, Pferde im grünen Licht des Curragh. In ihrem Testament hatte sie, wie er schrieb, ihre Dividenden ihm vermacht.

Die junge Generation

Als sich die Tür hinter Graf Toby schloß, zog der Bischof die Augenbrauen in die Höhe. Stöhnend schwenkte er auf seinem Drehstuhl zum Schreibtisch herum, nahm die Feder in die Hand und las den letzten Satz, den er vor einer Stunde niedergeschrieben hatte. Dann schüttelte er den Kopf – wie ein Hund, der gerade aus dem Wasser gekommen ist. Der Finger mit dem großen Amethyst-Ring begann auf die Mahagoniplatte zu pochen. Er hob den Rand seiner Manschette hoch, blickte auf die Armbanduhr und sagte laut: »O je, o je!« Als er hörte, daß die Tür sich öffnete, schlug er die Augen wie ein Märtyrer zur Decke auf.

»Bitte um Verzeihung, daß ich schon wieder störe!« stotterte Graf Toby. »Ich kam nur zurück, um dich zu bitten, meiner Frau kein Wort über die ganze Sache zu sagen. Und es tut mir sehr leid, daß ich deine Zeit so lange in Anspruch genommen habe. Ich habe dir viel zu viel von meinen eigenen unseligen Angelegenheiten erzählt. Dafür bist du schließlich nicht nach Schloß Aughty gekommen.

Und jetzt schicke ich dir sofort Bridie mit dem Eier-Kognak.«

Er ging rückwärts hinaus, stieß gegen den Türpfosten und murmelte: »Pardon! Pardon!«, wie wenn er sich bei der Tür entschuldigte. Als er sie schloß, machte es leise ›Klick!‹

»Tropf!« brummte der Bischof, schwenkte wieder herum, nahm die Feder wie einen Dolch in die Hand, starrte abermals auf das, was er geschrieben hatte, las es zweimal durch, las es dreimal, stieß schnaufend und ächzend den Atem aus und warf die Feder hin.

Er unternahm noch einen Versuch, sich auf seinen Hirtenbrief zu konzentrieren: »...und führe sie zu einem glücklichen Bund zusammen«, intonierte er, »damit sich in ihrem eigenen Leben der gleiche wunderbare Zyklus von Liebe, Heirat und Elternschaft wiederhole!«

Er lehnte sich zurück und ließ seinen Blick über den Ozean mit seinen riesengroßen Sonnentellern schweifen. Genau in der Mitte eines solchen Sonnenkreises lag meilenweit draußen eine von der Flaute überfallene Jacht. Sein Blick sank auf die Felsen an der Küste, die bleich wie Perlen schimmerten. Auf der zweiten Terrasse zog der Gärtner leise seine Harke durch den Kies.

»Was für ein herrlicher Besitz!«

Er holte Tabaksbeutel und Pfeife hervor und begann nachdenklich die Pfeife zu stopfen. Das

Harken brach ab. Nun war weiter nichts zu hören als eine Drossel, die eine Schnecke auf einem Stein zerschmetterte. Der Bischof kicherte leise und spöttisch in seinen Tabaksbeutel hinein.

»Armer Toby!« sagte er.

Seine Finger drückten die Fasern geschickt in den Pfeifenkopf.

»Trotzdem, meine Herren«, murmelte er in den Tabaksbeutel hinein, »geht es doch ein klein wenig zu weit! Vermutlich ist es gut und recht, wenn uns die Laien als ihre Seelenärzte betrachten. Was wir ja auch sind, das läßt sich nicht leugnen, was wir ja auch sind! Wirklich und wahrhaftig! Und doch, meine Herren, erzählt man uns nicht immer, daß die ersten zehn Jahre einer Ehe die schlimmsten sind? Well, wir bringen manches Opfer, meine Herren, aber...« Er ließ Tabaksbeutel und Pfeife in den Schoß sinken und blickte wieder aufs Meer hinaus. »Wie lange sind sie wohl verheiratet?... Es muß an die zwanzig Jahre sein...«

Mit leisem »tz, tz« fing er wieder an, seine Pfeife zu stopfen.

»Und wissen Sie noch etwas, meine Herren? Es ist sehr viel Wahres an dem alten Bauernsprichwort, daß selbst die beste Frau hin und wieder eine Dosis Stock-Medizin braucht. Äußerlich angewandt, meine Herren! Reichlich aufgetragen, meine Herren! Wie mein alter Gärtner, Philly Cashman, immer sagte – Gott sei ihm gnädig, dem alten

Sünder: damals in der Grafschaft Cavan hat er mir manchen taufrischen Kohlkopf gestohlen –, also, wie der immer sagte: ›Bei trägen Pferden und kecken Frauen gibt's nur ein Heilmittel, Mylord, und das ist der Stock!‹«

Während er die Pfeife anzündete, blickte er durch den Rauch auf seinen noch unvollendeten Hirtenbrief. Er schleuderte das Streichholz weg, paffte heftig, ergriff die Feder und schrieb, nun gesammelt, eine neue Überschrift: »Pflichten der Eheleute untereinander«. Er trieb die Sache etwa fünf Minuten lang mühsam voran, aber es war, wie wenn man einen Schubkarren durch Schlamm stößt. Er hörte jemand klopfen. War es der Eier-Kognak?

»Herein!«

Er brachte noch einen Satz zustande.

»Mylord, störe ich?«

Er schwenkte herum und erhob sich.

»Guten Morgen, Miss Burke! Ich dachte, es wäre das Mädchen mit dem Eier-Kognak.« Er streckte ihr seine Hand hin. Es fiel ihm auf, daß sie den Ring nicht küßte. »Sie kamen nicht zum Frühstück? Ah, ich sehe – Sie sind ausgeritten!«

Sie hätte die Reithose gegen ein Kleid vertauschen können. Er bewunderte das hübsche, verdrießliche Gesicht, die kühnen Flügel der Augenbrauen. Ihrer Mutter sehr ähnlich. Der reinste Teufelsbraten beim Geländerennen!

Sie zwirbelte die Reitpeitsche nervös zwischen den Fingern.

»Mylord, ich möchte mich entschuldigen. Ich meine, wegen gestern abend. Es ist schrecklich, daß so etwas passieren mußte, und noch dazu am allerersten Abend Ihres Hierseins! Wo Sie doch herkamen, um sich auszuruhen und...«

Sie deutete mit einem Blick auf seinen Hirtenbrief.

»Kein Wort darüber, mein Kind! Das macht doch gar nichts! Solche kleinen Mißstimmigkeiten kommen in den besten Familien vor. Sie waren eben gestern abend etwas aufgeregt. Etwas schlechter Laune...«

Der dunkle Kopf wurde in den Nacken geworfen wie bei einem scheuenden Rennpferd. Die weit aufgerissenen Augen spiegelten das Blau des Himmels.

»Ich wollte nicht meinetwegen um Verzeihung bitten. Mummy ist schon seit Monaten so! Sie müssen sie entschuldigen!«

»Ihre Mutter macht Ihrer Erziehung Ehre«, sagte er trocken.

Sie wurde rot und rief: »Daddy ist ihr gegenüber der reinste Märtyrer! Kein anderer Mann könnte sie auch nur eine Woche ertragen!«

»Mein Kind! Mein Kind!«

»Doch, es ist die reine Wahrheit! Ich werde wohl meine eigene Mutter kennen! Und so geht es schon seit Jahren!«

»Miss Anne!« Er nahm ihre zitternde Hand. »Setzen Sie sich dorthin, und hören Sie mir zu!« Sie setzte sich auf die äußerste Stuhlkante. »Ich kenne Sie, seit Sie ein kleiner Dreikäsehoch waren.« Er lächelte ihr väterlich zu. »Ich kenne euch alle seit einunddreißig Jahren, als ich hier in der Gemeinde ein einfacher Hilfspfarrer war. Verstehen Sie, ich will keinesfalls mit Ihnen wie ein Bischof reden, sondern wie ein alter Freund Ihrer Familie. Sie sind Ihrer Mutter gegenüber ein wenig ungerecht. Sie macht sich Sorgen wegen Ihrer Heirat!«

»Oh, es ist ganz natürlich, daß Sie sich auf Mummys Seite stellen! Ich verstehe das vollkommen. Natürlich wollen Sie nicht, daß ich einen Protestanten heirate, aber...«

»Sehen Sie, da täuschen Sie sich eben. So natürlich ist es durchaus nicht! Im Gegenteil! Es ist die natürlichste Sache von der Welt, daß Sie sich in diesen jungen Mann verlieben – warum sollten Sie auch nicht? Wenn ein Mädchen sich in die Art vernarrt, wie ein junger Mann mit den Augen zwinkert oder wie er den Kopf aufwirft oder was es sonst sein mag, was ihr an jungen Männern hinreißend findet« (er forderte ihr Lächeln heraus, und sie gewährte es frostig), »dann denkt ihr nicht an die Religion. Und wenn ein Mädchen sich in einen jungen Mann verliebt, was wäre dann natürlicher, als daß sie ihn heiraten möchte? Ja, was könnte schicklicher sein? Und daher, Miss Anne, sage ich: was könnte natürlicher sein, als daß ich (oder jeder andere Priester) das junge Mädchen gern mit dem Mann verheiratet sehen würde, den sie liebt?«

Sie starrte ihn an, und ihre Blicke flogen von einem Auge des Bischofs zum andern, um die Falle zu entdecken.

»Wir können jedoch im Leben nicht immer das befolgen, was natürlich ist, Miss Anne!«

Während er wartete, ob sie seine Bemerkung zu würdigen wußte, hörte er, wie die Drossel draußen wieder eine Schnecke aufknackte. In einer leichten Anwandlung von Gereiztheit erinnerte er sich der persischen Fabel von dem Heiligen, dem jeder impulsiv geäußerte Wunsch zu seinem Unheil in Erfüllung ging.

»Ich meine, manchmal müssen wir unsern natürlichen Wünschen Widerstand leisten!«

»Ach«, schluchzte sie beinahe, »an so etwas denkt Mummy ja überhaupt nicht! Es wäre ihr völlig egal, auch wenn er ein Mohammedaner wäre! Sie will nicht, daß ich überhaupt heirate, einerlei, wen! Sie ist neidisch auf mich, immer schon ist sie neidisch auf mich gewesen, sie haßt mich, und ich hasse sie, o ja, ich hasse sie!«

»Lieber Himmel, Miss Anne! Wissen Sie ... die junge Generation ..., als ich noch ein Knabe war, damals in der Grafschaft Cavan... Sehen Sie, eine

Mutter ist die beste Ratgeberin, die sich ein Mädchen nur wünschen kann. Weil sie mehr von der Welt gesehen hat als Sie, ist sie klüger... Sie ist...«

Sie lachte abweisend.

»Aber das stimmt ja gar nicht, Mylord! Mummy ist überhaupt kein bißchen klug! Von Verstand ganz zu schweigen! Was wollen wir uns da vormachen? Oh, ich wünschte wirklich, Mylord ... ohne daß ich unhöflich oder unehrerbietig sein will... ich wünschte wirklich, die Priester sprächen nicht immer so mit mir, als wäre ich erst fünfzehn oder ein Küchenmädchen! Ich bin eine erwachsene Frau! Und daß Mummy etwa besser wäre als ich – na, es ist doch nun mal Tatsache, wie Sie's gestern abend selbst gesehen haben: sie trinkt wie ein Fisch! Die Hälfte des Tages ist sie beschwipst!«

Er lehnte sich zurück und fuhr sich ernst über die Wange. Er musterte sie mit kühlen Blicken:

» Lieben Sie den Mann sehr?«

» Ja!«

Er hatte ein kaum wahrnehmbares Zaudern bemerkt und blickte sie forschend an.

»Mylord, hoffentlich nehmen Sie's mir nicht übel ... aber oft scheint mir, daß es ... daß die Kirche von Irland ... daß sie nur für die Armen und Unwissenden sorgt und für gebildete Menschen keinen Platz hat.«

»Vielleicht, Miss Anne, vielleicht. Aber wenn

sie für gebildete Menschen keinen Platz hat, was soll dann aus einem armen Burschen wie mir werden?«

Ihr Widerstand brach zusammen. Er konnte sehen, daß ihre Knie zitterten. Er hob die Hand.

»Sagen Sie mir doch, mein Kind, gehören Sie irgendwo einem Klub an? Irgendeinem Klub? Einem Tennisklub? Oder sonst einem anderen?«

Sie war wieder auf der Hut.

»Ich bin Mitglied vom Automobil-Klub in Dublin. Es ist praktisch. Wenn ich zum Tanzen in die Stadt fahre, kann ich mich dort umziehen.«

»Gut. Schön. In dem Klub gibt es – Regeln, nicht wahr?«

»Ja, natürlich!« Sie beobachtete ihn aufmerksam.

»Und in andern Klubs gibt es wohl auch Regeln? Und wenn Ihnen die Regeln nicht passen, dann müssen Sie aus dem Klub austreten – oder Sie werden hinausgeworfen. Stimmt das nicht?«

»Ja-a-a. Ich glaub's.«

»Und da können Sie von einem Klub zum nächsten gehen – einerlei, wo Sie hinkommen, es gibt Regeln. Nicht wahr? Und«, er beugte sich weit zu ihr vor und sprach mit allem Ernst, der ihm zu Gebote stand, »wenn es Ihnen nicht paßt, die Regeln all dieser Klubs innezuhalten, dann bleibt Ihnen nichts weiter übrig, als wie eine verlorene Seele durch die Straßen zu irren. Ist's nicht so?«

Sie merkte, worauf er hinaus wollte, und senkte den Blick.

»Ist es nicht so?« drängte er fast brutal.

»Irgendwie schon...«

»Da haben Sie die Sache *in nuce*. Sie wollen sich um die Regeln drücken! Ist das nicht der ganze Witz?«

»Ich könnte in ein Hotel gehen«, entgegnete sie aufsässig.

Darüber mußte er lachen. »Sogar in einem Hotel gibt es Regeln. Ich wohne in einem Palast. In einem Palast, Gott steh uns bei! Glauben Sie, ich müßte mich nicht auch den Vorschriften unterwerfen? Sie wollen einfach, daß alles nach Ihrem eigenen Kopf geht, ohne Rücksicht auf die Gebote der Kirche. Seien Sie ehrlich! Seien Sie jetzt ein verständiges Mädchen und geben Sie's zu. Ist es nicht im Grunde so?«

»Aber es gibt verschiedene Arten von Regeln! Es gibt vernünftige Regeln: in England dürfen Katholiken mit Dispens Protestanten heiraten. Warum sollte nicht auch hier eine allgemeine Regel erlassen werden?«

»Weil *ich* darüber bestimme«, entgegnete er streng und merkte, daß er in Schwierigkeiten geriet. »Es ist die Regel meiner Diözese! Es ist *meine* Regel!«

Er blickte rasch auf den Schreibtisch, um anzudeuten, daß nichts weiter darüber zu sagen war. Er wußte, was sie als nächstes versuchen würde, wenn er ihr auch nur die kleinste Gelegenheit bot, und sein Gesicht wurde finster, weil hundert unangenehme Gedanken auf ihn einstürmten, Gallikanismus, *cuius regio*, Modernismus, Loisy und Tyrrell und der alte von Hügel, der mit knapper Not davonkam, und die Tutioristen, jahrhundertelange Auseinandersetzungen, Seelen, die in Ketzerei verdarben, Seelen, die mit knapper Not errettet wurden.

Sie machte einen letzten Vorstoß, und ihre schönen Gesichtszüge waren vor Ärger und Verzweiflung und Demütigung ganz verzerrt.

»Aber Mylord, wenn ich in einer andern Diözese wohnte, ginge mich die dumme Regel gar nichts an!«

»Dumme Regel? Besten Dank, Miss Burke!«

»Verzeihung! Ich bin unhöflich! Es tut mir leid! Sie sind unser Gast. Sie suchen Frieden und Stille. Gleich am ersten Abend...«

»Sie brauchen sich nicht zu entschuldigen, Miss Anne! Wir sind alte Freunde. Kommen Sie jederzeit zu mir, Kind, wenn Sie in Nöten sind! Ich will für Sie beten. Aber jetzt, Gott steh mir bei, muß ich meinen Hirtenbrief schreiben!«

Als sie die Tür geschlossen hatte, setzte er sich an den Schreibtisch, nahm ein neues Blatt Papier und schrieb rasch: »Pflichten der Kinder gegenüber Eltern und Vorgesetzten.« Er notierte sich Anhaltspunkte. »Gehorsam. Respekt. Disziplin. Andere Zeiten. Junge Generation. Kirche als weise Führerin. Geduld und Verständnis.« Über letzteres Stichwort zu schreiben, fiel ihm leicht.

»... warmes junges Blut ... Mißverstehen der eigenen wahren Motive ... Doch der Geist der Rebellion ist oft nichts anderes als die dickköpfige Ungeduld der Jugend, und die Kirche wird sie sanft und freundlich von diesen Irrwegen zurückführen zu den gesunden und weisen Vorschriften, die in jahrhundertelanger Erfahrung erprobt wurden und sich stets bewährt haben.«

Er las es laut, zerknüllte das Blatt und schleuderte es in den Papierkorb.

Die Jacht lag noch immer in der Windstille eines spiegelblanken Kreises.

Die Tür öffnete sich nach leisem Anklopfen, und das Mädchen mit dem Eier-Kognak trat ein. Er entspannte sich.

»Danke, Bridie! Du bist doch Bridie?«

»Ja, Vater. Mylord, wollt' ich sagen!« Sie knickste.

»Bridie – und wie weiter?«

»Bridie Lynam, Mylord.« Sie knickste.

»Das ist ein mir vertrauter Name. Wo bist du zu Hause?«

»Westlich von Cootehill, Mylord!« Sie knickste.

»Nein, wirklich?« rief er in knabenhafter, überwältigter Begeisterung. »Du stammst also aus der

Grafschaft Cavan? Na, das ist ja ein merkwürdiger Zufall! Cootehill? Ja, gelobt sei Gott, Cootehill! Wenn das nicht wunderbar ist!« Er blickte sie begeistert an. »Bridie Lynam aus Cootehill in der Grafschaft Cavan! Freue mich riesig, das zu hören! Sag mal, ist es schon lange her, seit du aus Cootehill weggegangen bist?«

»Erst zwei Wochen, Mylord.«

»Erst zwei Wochen! Sag mal ...« Er lehnte sich behaglich zurück, zum Plaudern bereit. »Ist die alte Bäckerei von Haffigans noch da? Am Ende der Main Street?«

»Ja, Mylord, die ist noch da.«

Er blickte sie an, durch und durch, oder vielmehr, er blickte auf die kirschrote Wand von Haffigans Dampfbäckerei, und dann brach er in schallendes Gelächter aus, während das Mädchen lächelte und verlegen wurde, weil sie mit ansehen mußte, daß der Bischof wegen so einer alltäglichen Sache lachte.

»Weißt du, Bridie, wenn ich zehn Schilling für jedes ofenwarme Rosinenbrot bekäme, das ich mir immer auf dem Schulweg bei Haffigans kaufte, dann wäre ich jetzt ein reicher Mann! Liebe Güte!« Er nahm einen Schluck von dem Eier-Kognak. »Den Zucker hast du wohl vergessen?« fragte er.

»Oh, Mylord«, stammelte sie, rot vor Verwirrung. »Ich hol' ihn, Mylord!«

»Tu das, tu das und komm wieder, dann halten wir ein kleines Plauderstündchen über die alten Zeiten ab! Haffigans Dampfbäckerei!«

Er lächelte strahlend und kehrte an seinen Schreibtisch und zu seiner ersten Seite zurück. Er begann zu unterstreichen. Dann fing er an, einzelne Wörter zu ändern. Er schrieb, ohne sich zu unterbrechen, über die Freude der Eltern an ihrem ersten Kind und war im besten Zuge, als es klopfte.

»Herein! Herein!« rief er freundlich und schrieb weiter, bis er merkte, daß die Gräfin zu ihm sprach:

»Leider kam der Eier-Kognak ein bißchen spät, Mylord! Anne hatte es mir nicht gesagt. Sie vergißt so viel! Das Zimmer hier ist so dumpfig. Ich darf wohl die Sonnengardinen schließen? Waren Sie schon einmal in Venedig, Mylord?«

»Bitte, lassen Sie es nur, wie's ist! Ich liebe die Sonne!«

Während sie umherwanderte, ein Kissen aufklopfte, ein Buch anders stellte, an einem Vorhang zupfte und in den Garten blickte, fragte er sich, ob ihr rotbrauner Wuschelkopf gefärbt oder eine Perücke war.

»Ja, die Sonne! Die Sonnenblume wendet sich zur Sonne!« Sie blickte sich zerstreut um. »Anne ist eine Sonnenanbeterin. Den lieben langen Tag liegt sie in der Sonne. Ein seltsames Mädchen! Hoffentlich sind Sie mit allem zufrieden, Mylord? Heutzutage bekommt man einfach keine geschulten Diener mehr! Ich denke oft sehnsüchtig an die alten Zeiten, als man das Gesinde noch auspeitschte.«

Plötzlich flog sie vor ihm auf die Knie und brach in lautes Schluchzen und Jammern aus: »Oh, Mylord, helfen Sie mir! Hier haßt mich jeder. Alle haben sich gegen mich verschworen. Meine Tochter haßt mich! Ich habe keine Freunde in der Welt. Was soll ich nur tun? Was soll ich nur tun?« Der Bischof blickte sich verzweifelt um. Ihr Gejammer wurde durchdringend. Sie klammerte sich an seine Rockschöße. »Alle glauben sie, ich wäre bloß eine dumme, schlampige alte Frau. Tag und Nacht hacken sie auf mich ein, Mylord!«

Graf Toby öffnete die Tür, und mit angstvoller und beschämter Miene rief er: »Mary, Liebste?« Der Bischof half ihr auf. In grotesker, jäher Würde ging sie hinaus. Der Graf blickte den Bischof kläglich an und zog hinter sich die Tür zu.

Der Bischof starrte auf die Tür, bis Bridie Lynam blaß und verwirrt mit der Zuckerdose erschien.

»Danke, Bridie«, flüsterte er. Da sie im Begriff war, aus dem Zimmer zu gehen, beschloß er, noch etwas hinzuzufügen: »Ich hoffe, daß es dir hier gefällt, Bridie. Es ist so hübsch hier. Und der Graf ist ein prachtvoller Mensch. Einer vom alten Schlag.«

»Ja, Mylord.« Dann fuhr sie fort: »Aber ich gehe

nächste Woche weg, Mylord. Ich fahre nach England.«

Er hatte ihr den Rücken zugewandt. Die Jacht lag noch immer still da. »Das ist aber sehr weit weg! Hast du Freunde drüben?«

»Ja, Mylord«, kam es zaghaft.

Er hatte ihr noch immer den Rücken zugewandt, damit sie nicht scheu wurde, und fragte: »Hast du einen Burschen drüben?«

Ihr »Ja!« klang so leise, daß er es kaum hörte.

»Ein Ire?«

»Aus Cootehill, Mylord!«

Er seufzte. »Alle verlassen sie das Land«, murmelte er vor sich hin.

Er blieb stehen und blickte so lange auf den Wolkensaum über dem Horizont, daß das Zimmer leer war, als er sich wieder umdrehte. Er setzte sich an den Schreibtisch. Er schob seine Papiere beiseite. Dann nahm er ein neues Blatt, stützte den Kopf in die Hand und begann, einen Brief zu schreiben.

»Meine liebste, geliebteste Mutter! Ich denke oft, wie gütig Gott zu mir gewesen ist, daß er mir eine so liebe Mutter gegeben hat. Seit ich zum erstenmal neben deinem Schoß kniete, um zu beten...«

Er schrieb rasch weiter. »... und wie du es warst, die mich willkommen hieß, wenn ich aus der Schule heimkam, so kehrte ich auch jedes Jahr vom

College zu dir zurück...« Er schrieb weiter, bis die Seite voll war, und unterzeichnete dann: »Dein dich liebender Sohn, Danny.« Danach nahm er den Brief in beide Hände, und sehr behutsam und sehr bedächtig zerriß er ihn in winzige Stückchen und ließ sie wie Schnee in den Papierkorb flattern.

Dann barg er das Gesicht in beide Hände und flüsterte wie im Gebet: »Morgen will ich für die Ruhe deiner lieben Seele eine Messe lesen.« Müde nahm er seinen Hirtenbrief vor, der sich jetzt ruhig und einfach und wie von selbst schrieb. Doch empfand er weder Freude noch Stolz, während er schrieb: als wäre es kein Brief an die Lebenden, sondern an die Sterbenden und an die Toten. Er wurde nicht wieder unterbrochen. Um die Essensstunde hatte er den ersten Entwurf beendet. Zum Mittagessen erschien nur Graf Toby. Sie sprachen von alten Freunden und alten Zeiten. Nach einer Weile fragte der Bischof sanft: »Was meinst du, Toby – wäre es möglicherweise besser, wenn ich schon heute nachmittag wegführe?«

Toby blickte ihn mit seinen traurigen Spaniel-Augen an: »Vielleicht, Danny.«

Der Bischof nickte und begann aufs Geratewohl zu plaudern: vom Père-Lachaise und dem Irrlicht, das nachts über die Friedhofswege huschen soll. Der Graf rührte schweigend seinen Kaffee um: er erinnerte sich, daß er Anne dorthin geführt hatte, als sie fünfzehn war, und wie reizend erschrocken sie aussah, als sie sich beim Anblick des züngelnden blauen Flämmchens zwischen den Immortellen eines Grabes in seine Arme flüchtete.

»Anne hat mir gerade vorhin mitgeteilt«, sagte er, »daß sie sich in Dublin eine Wohnung nehmen will.«

»Aha«, rief der Bischof. »Sie will also einen neuen Klub ausprobieren!«

»Wie meinst du das?« fragte Graf Toby.

»Ach, nichts! Nichts!«

Im Herzen des Landes

Und plötzlich, nach all den Jahren ihrer Liebe – zehn im ganzen: fünf, in denen sie aufblühte, und fünf, in denen sie welkte –, kam der Tod. Sie lagen nebeneinander in dem großen Brautbett unter dem ausgebogten Betthimmel aus roter Seide, auf dessen Rückwand die untergehende Sonne ein stilles Blättermuster von den Ulmen in der Zufahrt malte. Sie hatte ihr blondes Haar beiseitegeschoben, so daß es in wirrem Durcheinander auf ihrer linken Schulter lag, und schaute ihm nachdenklich zu, wie er seinen ergrauenden Militärschnurrbart mit dem Knöchel seines Zeigefingers hochbürstete. Sie begann mit den Fingernägeln an seiner Schulter zu kratzen, zuerst sanft und dann ein bißchen mutwillig, bis er sich umdrehte und sie ansah. Die Abendsonne ließ die dunklen Haarwurzeln an ihrem Scheitel erkennen und erwischte eine Falte im Augenwinkel. Er gewahrte eine ihm gut bekannte Stimmung und lächelte nervös über ihre gekräuselten Mundwinkel, die leicht spöttisch, scheu, keck und unartig lächelten. War es das Vorspiel zu einem neuen liebenswürdigen Geplänkel? Er hörte bald zu lächeln auf: diesmal war ihr Ärger nicht aus der Luft gegriffen.

»Wie steht's also mit meinem schneidigen Major? Betrügst du mich mit einer von euren großartigen, stolzen Pferdefrauen von der Jagdgesellschaft? Versuch's, dich zu rechtfertigen! In einer Woche sind's zwei Monate her! Und davor? Wie lange hat's da gedauert! Keene[1] mit Namen, aber von Natur weniger kühn? Ist das deine Auffassung von treuer Liebe? Hast du mich schon satt?«

»Anna!« widersprach er.

Er wollte auf seine Uhr blicken, doch sein linker Arm lag noch unter ihrem Rücken. Er schaute auf die rötliche Sonne hinter den Ulmenstämmen. War's halb fünf? Plötzlich schrillte das Telefon. »Wie blöd!« schalt sie und streckte ihren langen, nackten Arm nach dem Hörer aus. Er sah den schwabbeligen Hautbeutel an ihrem Unterarm. Die arme Kleine! Er liebte sie wirklich, aber, zum Henker, sie waren beide nicht mehr so jung wie... Sie richtete sich kerzengerade auf, rief: »Nein, nein!« Er hörte noch ein paar Quaktöne aus dem Hörer und dann ihre Antwort: »Ich komme sofort rüber!« Sie legte auf, sprang aus dem Bett und grapschte überall auf dem Fußboden nach ihren Sachen.

[1] Wortspiel: Keene = Eigenname; *keen* = kühn, erpicht, scharf.

»Das Krankenhaus! Arty ist gestorben. Ich habe meinen armen Mann verloren!«

Danach hatte ihn tagelang etwas beunruhigt, etwas Unstimmiges, das ihn zur Vorsicht mahnte, etwas, das nicht richtig schien. Der Ort und die Zeit waren es nicht. Obwohl – ja, verdammt, wenn statt des läutenden Telefons, das Artys Tod mitteilte, wenn statt dessen Arty persönlich die Tür geöffnet und hereingelinst hätte, könnte er keinen peinlicheren Augenblick gewählt haben, um sich bemerkbar zu machen. Ein Schuldgefühl konnte es auch nicht sein – nicht nach all den Jahren! Es konnte auch nichts von dem gewesen sein, was sie gesagt hatten – vor lauter Eile, sich anzuziehen, war kaum etwas gesagt worden. Es konnte nur etwas Unbedeutendes sein, ein über eine nackte Schulter spähender Blick oder ein hingeworfenes Wort oder eine Geste, die an sich gar nichts bedeuten sollten, es aber doch taten. Nicht etwa, daß er überhaupt je richtig darüber nachgedacht hatte. ›Ob ich etwa aus Angst, es herauszubekommen, davor zurückschrecke?‹ fragte er sich.

Er war ein bescheidener Mann und wußte, was er wert war. Sie war nicht der einzige Mensch, der sich über seinen Namen lustig machte. Er tat es selbst. Es war unvermeidlich, wenn man F. L. Keene hieß. Beim Militär pflegten sie ihn den alten *Festina lente*[1] zu nennen und ließen ihn auf dem

[1] *Festina lente* = Eile mit Weile.

Majorsrang hocken. Ein braver alter Arbeitsgaul. Zuverlässig und ausgeglichen. Doch er versuchte wenigstens, ehrlich zu sein, und er hatte seine Momente, zum Kuckuck! Vor langer Zeit hatte Anna ihn mal gefragt, wieviel Frauen er geliebt hätte, und er hatte wahrheitsgemäß erwidert: »Nur dich!« – »Du scheinst sehr erfahren zu sein?« hatte sie ungläubig gesagt, woraufhin er die gleiche Frage stellte. Sie hatte geantwortet: »Nur dich! Natürlich hab' ich mir eingebildet, daß ich Arty liebte, als ich ihn heiratete. Aber ich war sehr jung. Hab's bald entdeckt.« Dann hatte sie ihn ins Auge gefaßt und gesagt: »Für ein Paar Ignoranten können wir's eigentlich recht gut!« Er hatte ein Weilchen darüber nachgedacht und dann (zu seiner eigenen Überraschung) erklärt: »Die Liebe ist wie der Dschungelkrieg bei Nacht, sie peitscht auf, und man weiß um Dinge, die man nicht sehen kann.« (Wie eben jetzt, seit das undefinierbare Etwas zwischen ihnen beiden in der Luft lag.)

Als er das von der Liebe und vom Dschungel sagte, hatte sie fröhlich gelacht: sie war feinfühlig genug, um auf seinen düsteren Humor einzugehen, aber nicht intelligent genug, um ihn zu durchschauen. Es war seine reizvollste Eigenschaft (von der er selbst jedoch nichts ahnte), stets das Schlimmste zu erwarten: das machte ihn so unendlich zart und liebevoll gegen jedermann. »Ich bin ein langweiliger Esel«, sagte er manchmal zu ihr, und dann schloß sie ihn sofort in die Arme, und ihr großer, dummer, langweiliger treuer Esel sah sie voller Verwunderung und Liebe an. Sie war sein Gegenstück, denn sie erwartete stets das Beste und das Besserwerden. Wäre sie schlauer gewesen, dann hätte sie begriffen, daß Pessimisten meistens gütig sind. Die heiteren Naturen sprudeln über und haben keine Zeit für die Bemitleidenswerten. Die Liebe lebt in fest verschlossenen Flaschen ewigen Bedauerns.

Er ging zur Beerdigung und hoffte, mit Mabel Tallant sprechen zu können, der einzigen Person, die, wie er annahm, alles über sie beide wußte. Es waren so viele Menschen da, daß er beschloß, sich taktvoll bei der Nachhut aufzuhalten. Er war erstaunt über das riesige Trauergefolge, nahm aber an, daß man nicht Bezirksrichter sein kann, ohne einen Haufen Freunde zu haben. Und überhaupt haben die Iren eine ausgesprochene Begabung für Todesfälle und Leichenwachen und Begräbnisse. Im Unglück sind sie tatsächlich in bester Form. Wahrscheinlich, weil sie daran gewöhnt sind? Und beim Sport. *Quid pro quo*, wie? Was ihn aber am meisten überraschte, als er dastand und die Trauernden zur Kirche ein- und ausgehen sah, war die Tatsache, daß er zwar viele von ihnen vom Sehen und etwa ein Dutzend beim Namen kannte (den Tierarzt, den Polizeiinspektor, ein paar Ärzte,

Geschäftsinhaber aus der Stadt und zwei oder drei Herren, mit denen er auf der Jagd zusammengekommen und hinreichend bekannt war, um ihnen zuzunicken), jedoch mit keinem einzigen auf vertrautem Fuße stand, Mabel Tallant ausgenommen. Er gelang ihm nur gerade eben, ein paar Worte mit ihr zu wechseln. Sie sagte ihm, sie nähme Anna für ein paar Tage zu sich nach Hause, sobald die Verwandten abgereist wären. »Liebe Grüße von mir!« flüsterte er hastig. Mabel hatte traurig gelächelt und flüsternd gesagt: »Jetzt kann jeder in Frieden schlafen.«

Er fuhr weg, von niemandem begrüßt, und fragte sich, was zum Teufel sie damit gemeint haben konnte, fragte sich überdies, woher zum Teufel es käme, daß er sich, seit er in Irland lebte, dauernd fragen mußte, was bald dieser, bald jener mit irgendeiner verdammten Bemerkung eigentlich gemeint hatte. Und wieder einmal fand er, daß sie drumherum reden mußten, weil sie nie irgend etwas zu sagen hatten, das es wert war, unverbrämt gesagt zu werden. Die Eiben an der Zufahrt tropften, als er zu seinem leeren Haus zurückfuhr: nichts hätte die alte Mrs. Mac davon abhalten können, zur Beerdigung zu gehen. Das Feuer im Kamin war erloschen. Warum war er überhaupt hergekommen? Aber das hatte er ja auch alles längst durchgekaut. Wenn sein Onkel ihm nicht den Besitz hier vermacht hätte, wäre er nie von Kenya weggegangen, und vielleicht wäre er nach dem ersten Jahr wieder fortgezogen, hätte er nicht Anna Mohan kennengelernt. Und jetzt? Wo Afrika vor die Hunde gegangen war? Hotelplan-Safaris allüberall! Man konnte sich ebensogut vornehmen, am Piccadilly Circus zu wohnen.

In der Woche nach der Beerdigung, als er im Schritt von der Jagd heimwärts ritt, lenkte Mabel ihr Pferd neben das seine. Vom Wind war sie so rot wie eine Rübe und bis zum Reitstock hinauf mit Schlamm bespritzt; eine graue Locke hing ihr unter dem Hut hervor, und auf der rechten Wange trocknete eine Schmarre Blut ein.

»Hallo, Mabel! Sind Sie gestürzt? Hoffentlich haben Sie sich nichts gebrochen? Sie sehen wirklich jeden Tag jünger aus. Aber wir wissen ja alle, daß Sie ein Wunder sind!«

»Mein lieber Frank«, lachte sie auf ihre joviale, männliche Art (sie lachte stets über alles), »falls Sie auf mein hohes Alter anspielen, so kann ich Ihnen nur versichern, daß ich noch lange nicht aufgeben werde! Auch wenn ich fünfzig bin, bin ich deshalb noch nicht altersschwach. Und Sie können mir wohl kaum viele Jahre schenken, was? Abgeworfen hat er mich nicht, ich bin eher naß als voll Erde. Ich war mit dem Jagdleiter ein wenig zurückgeblieben, um ein paar Pfosten wieder einzustecken, die wir am Stameen umgerissen hatten. Augenblicklich habe ich den halben Bach in meinen Stiefeln.«

Eine Viertelmeile ritten sie im Paßgang weiter, ohne mehr als ein paar müde Worte über die Jagd zu wechseln. Sie hatten drei gute Ritte gehabt. Der Jagdleiter grub jetzt den letzten Fuchs aus. Schließlich mußte man die Bauern schadlos halten. Nach einer weiteren Pause fragte er. »Wie geht's Anna?«

»Das fragen Sie mich?«

»Wahrscheinlich sollte ich sie bald besuchen. Ich wollte nicht taktlos sein.«

»Man kann auch zu taktvoll sein!«

»Wegen Anna war ich immer taktvoll. Das war ich ihr schuldig. Außer Ihnen wußte kein Mensch etwas über Anna und mich!«

»Wußte? Weiß? Vielleicht nicht. Aber Sie haben lange genug in dieser Gegend gelebt, um zu wissen, daß hier nur verdammt wenig vor sich geht, das nicht jedermann beargwöhnt.« Sie trompetete fröhlich. »Manchmal auch viel mehr, als sie Grund haben. Es füllt ihr Leben aus, nehme ich an.«

»Anna und ich fanden immer, daß die Leute nur ruhig argwöhnen sollten, denn genau wußten sie es nie, und das allein zählte.«

»Vergangenheitsform?«

Sie lachte. Er zog die Brauen zusammen. Nicht, weil ihr Lachen einen ausgesprochenen Tadel für ihn barg, sondern weil es an gewisse ausgesprochene und nicht ausgesprochene Unkenrufe wegen Anna erinnerte. Sie bezogen sich auf ihre ungezügelte Zunge, die Zunge einer Frau, die als ein zu hübsches Mädchen verwöhnt worden war, auf ihre Launen, ihre Tränen, ihre Schwärmereien, ihren Wunsch, flotter zu sein, als sie war, ihre schwermütigen Tage, die nicht enden wollten, ihre strahlenden Tage, die wie ein heißer Sommertag zu strahlend waren, um lange anzuhalten, ihre jähen Ausbrüche von Freigebigkeit zu manchen Frauen und ihre jähen Ausbrüche von Eifersucht gegenüber andern Frauen, stets jüngeren und hübscheren Frauen. Immer wieder hatte Mabel wegen Annas ›Art‹ den Kopf geschüttelt, und sie hatte ihm deshalb erst recht gefallen, weil sie Anna trotz alledem zu lieben schien. Oder hatte auch sie Mitleid mit ihr?

Es wurde dämmerig, als sie nach Bardy Hill kamen. Nebelschwaden lagerten über dem Schilf des flachen Landes. Die müden Pferde fielen in einen langsamen Schritt. Sie tippte mit ihrer Reitpeitsche gegen seinen Oberschenkel.

»Frank? Sie machen sich etwas vor! Heute früh beim Rennen habe ich ein bißchen Klatsch mit angehört.«

»Was haben Sie gehört?«

»Nicht viel. Jemand hat gesagt: ›Möchte mal wissen, ob Major Keene sie jetzt heiraten wird.‹«

Plötzlich begriff er, was das ›Etwas‹ gewesen

war. Anna hatte gesagt: »Arty ist gestorben. Ich habe meinen armen Mann verloren.« Verloren? Oder war das vielleicht nur das Wort, das die am Telefon zu ihr gesagt hatten? Verdammt, sie hatte ihn doch schon vor zehn Jahren verloren!

»Mabel! Wenn Arty vor zehn oder fünf oder sogar vor drei Jahren gestorben wäre, hätte ich sie vom Fleck weg geheiratet. Wir hatten immer davon geträumt. Wir lebten mit diesem Traum. Nicht in dieser Hoffnung, nein, zum Teufel! Wir haben nie ›Sterben‹ gesagt, wir sagten: ›Wenn ihm etwas zustößt!‹ Haben immer davon gesprochen, wie glücklich wir zusammen leben könnten. Wir beide ganz allein. Morgens, mittags und abends. Geschwätz von Verliebten. Aber Sie wissen ja: nie verwirklichte Hoffnung macht das Herz müde. Da Anna Katholikin ist, bestand keine Aussicht auf Scheidung. Und überhaupt hatte sie ihn gern. Zu guter Letzt gab ich die Hoffnung auf. Und noch etwas will ich Ihnen sagen, Mabel. Am Tage, als Arty starb, war ich mit ihr zusammen. Davor hatten wir uns zwei Monate lang nicht gesehen. Und *davor* so lange nicht, daß ich's nicht mal weiß. An dem Tag wußte ich, daß alles vorbei ist.«

Als Mabel nichts erwiderte, zog er wieder die Brauen zusammen. Die Venus strahlte einsam an einem grünen Himmel über einem niedrigen Lanzenbündel von Wolken. Die Pferde witterten den Stall und begannen bergab zu traben.

Bei Ballymeen Cross zügelten sie die Pferde – von dort hatten sie jeder noch eine halbe Meile zurückzulegen.

»Glauben Sie, daß sie wirklich von mir erwartet, ich soll sie heiraten?« fragte er unglücklich.

»Ich kann nur vom Standpunkt einer Frau darüber sprechen. Ich fände es verdammt schäbig von Ihnen, wenn Sie jetzt nicht ihre Ehre wiederherstellten. Und in dem alten Haus in Culadrum wird es reichlich einsam für sie sein. Um es etwas gewöhnlich auszudrücken: es ist immer praktisch, einen Mann im Haus zu haben!« Sie lachte herb. »Ich kenne mich aus!«

Sie riß den Kopf ihres Pferdes herum und galoppierte davon. Er tat das gleiche. Einmal ließ er mit einem Peitschenhieb seinen Ärger an seinem Pferd aus, und dann tat's ihm leid. Zweimal stieß er das Wort: »Verflucht!« aus. Eine Wasserpfütze blinkte kalt in der Zufahrt. Eine blinde Fensterscheibe hatte das letzte Tageslicht aufgefangen. Nein, Culadrum würde von jetzt an kein richtiges Heim für Anna sein. Er kannte sich aus.

Er aß wenig, trank zuviel Wein, schlief schlecht und fuhr sofort nach dem Frühstück nach Culadrum hinüber. Er fand sie in ihrem Wohnzimmer, wo sic vor dem Feuer die *Irish Times* las. Sie sah schlank aus in ihrem korrekten Schwarz, das ihr – mit der schmalen weißen Krause unter dem Kinn – sehr gut stand. Darunter pendelte ein kleiner

Anhänger, eine Art Medaillon, das in einem bunten Miniaturbildchen Arty als jungen Mann zeigte. Mit der hochbusigen Taille und dem zu einem Knoten geschlungenen blonden Haar auf dem Scheitel wirkte sie viktorianisch, wie eine Königin in Hoftrauer. Sein Gefühl überwältigte ihn. Er küßte sie und sagte ritterlich: »Jetzt kannst du vor der ganzen Welt mir allein gehören, Liebste!« Entzückt sah er, wie sie rot wurde, was er seit Jahren nicht mehr an ihr beobachtet hatte. Sie setzten sich in die Sessel, die zu beiden Seiten des Kamins standen.

»Frank, wir haben so lange gewartet, daß es dir nichts ausmacht, noch ein Weilchen länger zu warten, nicht wahr?«

»So lange du willst, Anna.«

»Wir müssen noch ein bißchen warten – aus einem bestimmten Grund. Es hat mit der öffentlichen Meinung zu tun. Ich möchte in einer katholischen Kirche getraut werden.«

Sie hatte es also tatsächlich von ihm erwartet!

»Natürlich. Ich bin nicht voreingenommen. Wer A sagt, muß auch B sagen.«

»Ich möchte, daß alles wie üblich gemacht wird. Alles muß klargestellt werden. Wir werden hier wohnen. In dem Haus hier haben wir unser Leben vor uns. All meine Freunde und alle alten Freunde von Arty sind katholisch. Sie verkehren in ihrem bestimmten Kreis, wie es die Leute überall in der

Welt tun. Ich gehöre nicht zu deiner Jagdgruppe, und unsre Freunde auch nicht, höchstens einer oder zwei vielleicht. Deshalb ist es furchtbar wichtig, daß sie alle auch deine Freunde werden. Oh, Liebster, die ganze Situation würde sich völlig ändern, wenn du auch Katholik wärst!«

Er lehnte sich langsam zurück.

»Aber das bin ich nun mal nicht!«

»Frank? Auch nicht mir zuliebe? Die Situation würde sich für mich völlig ändern, wenn du Katholik würdest! Ach, wenn du doch Katholik werden könntest, Frank! Möchtest du nicht? Dann gehörten wir alle zusammen! Und ich würde so glücklich sein!«

»Aber, verdammt nochmal, Anna, du glaubst doch nicht im Ernst, daß sie irgendwie auf dich herabsähen, wenn du einen Protestanten heiratetest?«

»Eine Mischehe? Das würde hier in der Diözese nicht geduldet. Und jedenfalls ist so etwas in unsrer Familie nie vorgekommen. Selbst wenn es gestattet würde, wär's eine zweifelhafte Sache. Es ist überhaupt nicht das gleiche. Mit lauter Dokumenten und Bürgschaften! Hintertürchen! Huh!«

»Das geht über meine Begriffe!«

Sie lächelte ihr Anna-Lachen mit den gekräuselten Mundwinkeln.

»Jetzt lebst du seit zehn Jahren in Irland, Frank,

und ich glaube wahrhaftig, du verstehst die Iren immer noch nicht.«

»Was gibt's denn da zu verstehen?«

»Außerdem müssen wir noch etwas anderes bedenken!«

»Noch was anderes? Was denn, um Gottes willen?«

»Wir haben immer gesagt, niemand wüßte etwas. Aber im Grunde wußten wir immer, daß sie es doch wußten. Sie wissen es immer. Zum Kuckuck mit ihnen! Gut, sie haben's vielleicht nicht *genau* gewußt, aber sie müssen gewußt haben, daß etwas zwischen uns gewesen ist. Natürlich gibt's einen Ausweg. Wenn du mich jetzt nicht heiratest, werden sie sagen, sie hätten sich getäuscht.«

»Aber ich will keinen Ausweg! Ich will dich!«

»Ach, versteh doch, Frank: wenn wir heiraten, dann werden sie genau wissen, daß sie die ganze Zeit recht gehabt hatten. Sie werden niemals unbefangen sein uns gegenüber. Sie werden immer über unsre Vergangenheit tuscheln. Wir würden es in ihren Blicken lesen. Vielleicht besuchen sie uns überhaupt nicht. Und das könnte man ihnen nicht verdenken, nicht wahr? Aber wenn du katholisch würdest, Frank, dann wären sie so glücklich darüber, daß sie alles vergessen und vergeben würden! Und außerdem war es immer das eine, das hin und wieder zwischen uns stand – ich meine, falls überhaupt je auch nur das kleinste bißchen zwischen uns stand. Wenn wir nun heiraten können, wenn wir endlich, endlich heiraten können, dann, Liebster, möchte ich, daß wir in jeder Beziehung vor der Welt *eins* sind!«

»Früher scheint dich das nie bedrückt zu haben!«

»Natürlich hat es mich bedrückt! Ich habe oft deswegen geweint, nachdem du weggegangen warst.«

»Warum hast du nie mit mir darüber gesprochen?«

»Ich hatte Angst, dich zu verlieren«, erwiderte sie niedergeschlagen.

Er stand auf, trat ans Fenster und starrte grämlich durch die Eisblumen der Fensterscheibe. Sie war an seine Eigenheiten gewöhnt, blickte unter den Wimpern hervor auf seinen Rücken und wartete, bis er es verarbeitet hatte. Bald darauf machte er eine heftige Kehrtwendung.

»Das kommt wie ein Schlag aus heiterm Himmel!« erklärte er. »Ja, verdammt, es *ist* ein Schlag aus heiterm Himmel! Als wir nicht heiraten konnten, hattest du solche Angst, mich zu verlieren, daß du nie ein Wort von der Religion erwähntest, und jetzt, wo wir heiraten können, stellst du mich vor die Wahl, entweder dich nicht zu heiraten und wie ein Prolet dazustehn, oder wenn ich dich heirate, Katholik zu werden!«

»Liebster, wenn du's nicht kannst, mach' ich dir

keine Vorwürfe. Und wenn du's nicht kannst, gebe ich dich deshalb doch nicht auf. Einerlei, was es mich kostet. Ausgenommen natürlich, du wolltest mich verlassen!«

»Das werde ich nie tun!«

Sie trat zu ihm ans Fenster, und schmeichelnd strich sie ihm wie mit Katzenpfötchen nach rechts und nach links über den Schnurrbart und küßte ihn auf die Lippen.

»Denk darüber nach, Liebster!«

Er starrte sie an, griff hastig nach seiner Mütze und verließ sie ziemlich unvermittelt. Nachdem er eine Stunde lang planlos umhergefahren war, langte er schließlich vor Mabel Tallants Haus in Bunahown an. Sie war im Stall und schaute dem Reitknecht zu, der ihr graues Jagdpferd striegelte. Als er es ihr erzählte, lachte sie so unbändig, daß er die goldenen Füllungen in ihren Backenzähnen sah.

»Sie sitzen in der Patsche, mein Junge!«

»Sie könnte mich ebensogut bitten, ein Mohammedaner oder ein Parse zu werden! Es ist nicht fair!«

Sie lachte wieder schadenfroh. Dann wurde sie ernst.

»Frank?«

»Ja?«

»Angenommen, es wäre vor zehn Jahren passiert, als Sie sich in Anna verliebten, und angenommen, sie wäre damals nicht verheiratet gewesen, und angenommen, sie hätte Sie damals gebeten, ihr den Gefallen zu tun – würden Sie es getan haben? Oder hätten Sie auch gesagt, es sei nicht fair?«

Er funkelte sie an, wollte Ausflüchte machen und stelzte von dannen.

Nach einer qualvollen Woche, in der er stundenlang allein vor dem Kamin gesessen hatte oder allein die entlaubten Wege gewandert war, fuhr er in die Stadt, stärkte sich im Hotel Royal mit einem Whisky und fragte die Kellnerin, wo das katholische Pfarrhaus sei. Sie zeigte ihm mit einer Begeisterung, die er widerlich fand, den Weg zum Pearse Square. Das Pfarrhaus sah wie ein Heim für Waisenkinder aus; es war ein hoher, viktorianischer Backsteinbau mit unechten, schwarz geäderten Ecksteinen aus grauem Zement. Jedes Fenster blickte über die bronzierten Spitzen der halbhohen Gitter zum nassen Februarhimmel auf. Er zog kräftig am Messinggriff der Türklingel und starrte in Habtachtstellung auf die Haustür. Dem mickerigen Jungen, der ihm öffnete, sagte er, daß er den Gemeindepfarrer sprechen wolle, und wurde in ein frostiges Vorderzimmer geführt: einen Wohnraum? Wartezimmer? Sitzungs- oder Eßzimmer? Jedenfalls sah er sich einer lebensgroßen Christus-Statue gegenüber, die angelegentlich auf ihr rosenrotes Herz hinwies. Er kehrte ihr den Rücken. Er setzte sich nicht. Es war eine Sache, die ein Mann stehend in Angriff nehmen mußte.

Die Tür öffnete sich, aber sehr langsam. Der Priester, der eintrat, war ein alter Mann von mindestens fünfundsechzig Jahren oder mehr. Er trug die rötliche Weste eines Monsignore, darüber einen Priesterkragen aus Zelluloid, der an den Kranz weißer Haare über dem sehnigen Hals streifte. Seine Stimme war so milde wie Milch, sein Benehmen so höflich wie ein Glas Portwein. Als er seinem Gast erzählte, daß er gegen Ende des Ersten Weltkrieges Kaplan bei den Royal Inniskillings gewesen war, waren beide nur zu glücklich, sich zusammenzusetzen und zu rauchen und dabei über Château Thierry, die Sambre und die Somme zu plaudern – Namen, die dem jüngeren der beiden Kriegshelden dank seiner der Vergangenheit schuldigen Ehrerbietung wohlbekannt waren. Dann zogen sie sich in die oberen Räume zurück, zum Kamin in Monsignores Wohnzimmer und zu einer Flasche Whisky. Eine alte Polizeihündin lag lang hingestreckt zwischen ihnen auf dem Kaminvorleger.

Bis sie dann endlich zur Sache kamen, fühlte sich der Major in seinem vor Roßhaar stachligen Lehnstuhl so entspannt, als hätten sie sich in einem Klub kennengelernt. Alles ging glatt, bis er den Namen

Anna Mohan erwähnte. Monsignore senkte die Lider.

»Mrs. Mohan? Ach ja. Sie lebt drüben in Haus Culadrum. Ihren Vater und ihre Mutter kannte ich sehr gut. Und ich könnte nicht einmal behaupten, daß sie ausgesprochen eifrige Katholiken waren. Aber es waren gute Menschen. Hm, ja. So, so! Die geborene Anna Carty. Ein hübsches Mädchen, als sie noch ein kleines Kind war. Ich erinnere mich jetzt, daß sie nach Kent in eine Klosterschule geschickt wurde. Und danach an einen Ort in der Schweiz – nach Lausanne, glaube ich, in ein Pensionat. Das war eigentlich ein Mißgriff. Etwas gewagt.«

»Gewagt?«

Das Wort hatte einen Beiklang.

»Oh, ich will sie nicht kritisieren. Ich finde eben nur, wenn ein Mädchen später in Irland leben wird, ist es klüger, sie hierzulande zu erziehen. Sie muß noch sehr jung gewesen sein, als sie Mohan heiratete. Und es ist erst vierzehn Tage her, daß wir ihn beerdigten. Ach so. Ich verstehe.«

Er blickte den Major ausdruckslos an, doch es war ganz klar, daß er ›verstand‹.

»Sagen Sie mir eins, Major Keene! Täusche ich mich sehr, wenn ich vermute, daß Sie diesen Schritt vor allem, wenn auch nicht ausschließlich, deshalb vornehmen wollen, um Mrs. Mohan einen Gefallen zu erweisen?«

»Die Frage ist fair, Padre! Ja, Sie haben es erraten. Darauf läuft es hinaus.«

»Ich meine, die katholische Kirche zieht Sie nicht ausschließlich um ihrer selbst willen an?«

»Ich will völlig aufrichtig Ihnen gegenüber sein, Padre: ich weiß überhaupt nichts von der katholischen Religion. Und ich gehe noch weiter und erkläre Ihnen, daß ich nicht Katholik werden möchte, ehe ich nicht sehr viel mehr über die ganze Sache weiß.«

»Sehr vernünftig! Mit andern Worten, Sie bitten mich nicht, Ihnen Unterweisungsstunden zu geben. Sie bitten mich lediglich um eine vorläufige Auskunft.«

»Ja, ja! Darauf läuft es ungefähr hinaus.«

»Gibt es dann also etwas an unsrer Religion, das Sie besonders interessiert oder, sagen wir mal: irritiert?«

»Ach, verdammt, alles an der katholischen Kirche irritiert mich! Nicht etwa, daß ich mich je damit beschäftigt habe. Aber wenn Sie mir eine direkte Frage stellen, würde ich wohl beispielsweise fragen: ›Was ist das für eine Geschichte mit der Unfehlbarkeit des Papstes?‹ Es ist nämlich eine Zumutung, wenn jemand Tag für Tag etwas verkündet und behauptet: ›So ist das! Ihr müßt's glauben, weil ich unfehlbar bin!‹ Ich meine, angenommen, der Papst würde morgen behaupten, Napoleon sei eine Frau gewesen, oder eine Linie wäre nicht die kürzeste Entfernung zwischen zwei Punkten, oder das Gesetz von der Anziehungskraft der Erde wäre nichts als Unsinn – dann müssen Sie doch zugeben, Padre, daß das weiß Gott eine verteufelte Zumutung wäre. Es macht Ihnen hoffentlich nichts aus, wenn ich so frisch von der Leber weg spreche?«

Der Monsignore drückte den glühenden Tabak in seinem Pfeifenkopf mit einem Asbestfinger herunter und sagte milde, daß es ihm gar nichts ausmache.

»Natürlich steht das, was Sie da antönen, in keinerlei Beziehung zu den Tatsachen. Aber es macht nichts aus. Ich meine, die Beispiele, die Sie angeführt haben, sind nicht sehr glücklich gewählt.« Er hob seine braun gesprenkelte Hand. »Seit Mr. Einstein, wie es im Liedchen heißt, ist manches nicht mehr, was es war.« Er verlor sich ein wenig an Tycho Brahe und die Lehre von der interplanetarischen Anziehung, bis er bemerkte, wie die Augen seines Gastes glasig wurden. »Nein, Seine Heiligkeit spricht kaum jemals unfehlbar. Die Lehre von der Unfehlbarkeit wurde 1870 verkündet!« Er hielt inne, dachte an Namen wie Newman und Lord Acton und fuhr hastig fort. »Ich glaube, daß der Papst seitdem nicht öfter als ... zweimal, oder vielleicht dreimal? – *ex cathedra* gesprochen hat. Und das war, wenn ich so sagen darf, gerade genug. Wenn auch manche Leute sogar das noch für übertrieben halten. Die Zeiten ändern sich.« Er sann einem unausgesprochenen Gedanken nach. »Sie ändern sich und erweitern sich.«

»Nur zwei- oder dreimal? Stimmt das wirklich? Verdammt, das habe ich nicht gewußt! Aber«, sagte er triumphierend, »*wenn* er's tut, dann haben wir's zu glauben, wie?«

»Major Keene, ich glaube, all das würde uns viel einfacher erscheinen, wenn wir die ganze Sache als eine Frage des Gehorsams und nicht als eine der Überzeugung ansähen. Sie sind Soldat. Über Gehorsam wissen Sie Bescheid. Wenn Ihnen Ihr Oberst während des Krieges befohlen hätte, mit drei Mann und dem alten Polizeihund hier zur Kuppe 22 vorzurücken und Angriffsziel 46 zu erobern, das, wie Sie genau wüßten, von tausend Mann gehalten würde – was hätten Sie dann getan?«

»Ich hätte sofort gehorcht!«

»Ja, Sie hätten gehorcht. Einer muß die Befehle erteilen!«

Keene blickte ihn aus großen blauen Augen wie ein Pferd an, das ein Hindernis nehmen will.

»Allmächtiger! Sie haben hundert Prozent recht, Padre! Einer muß der Boß sein! Nicht wie all die modernen verdammten Whigs, die wir jetzt haben, wo jeder der Boß sein will. Mit all den Gewerkschaften... Aber hören Sie, da haben Sie eine andere Frage gestreift. Erst letzten Sonntag hat mir meine Haushälterin, Mrs. MacCarthy, erzählt, daß einer Ihrer Hilfspfarrer, als sie in der Messe war ... es macht Ihnen doch nichts aus, wenn ich's Ihnen sage?«

»Schießen Sie los, Major Keene! Schießen Sie los!«

»... da hat sie mir erzählt ... aber Sie müssen bedenken, daß sie gern übertreibt, wenn ich auch nicht sagen will, daß sie lügt, sie ist eben Irin, verstehen Sie ... erzählt mir also, einer Ihrer Hilfspfarrer habe auf der Kanzel erklärt, jedes junge Mädchen, das in dieser Stadt in engen Blue Jeans herumliefe, liefe schnurstracks in die Hölle. Das ist nun wirklich eine Zumutung, Padre. Was meinen Sie dazu?«

Der Monsignore schnaufte seufzend.

»Ja. Nun ja. Von der Unfehlbarkeit des Papstes haben wir uns ein bißchen entfernt. Aber da Sie die Frage aufwerfen ... Sie als alter Soldat, um es noch einmal so zu erläutern, wissen sicherlich, was mit Befehlen geschieht, bis sie zu den unterstenRanggraden gelangt sind. Es ist eine Frage der Unteroffiziersmesse, mein lieber Major. Und Sie wissen, was ich damit meine.«

»Allmächtiger, und ob ich's weiß! Ach, Padre, es ist ein richtiges Vergnügen, mit einem Mann wie Ihnen zu sprechen, der sich in der weiten Welt auskennt. Ich fange an, mich nach ihr zurückzusehnen!«

»Folglich? Gehorsam! Und Ordnung! Und Autorität! Sie verehren Ihre Königin. Das stolze Machtsymbol Ihres Weltreichs. Wir Katholiken verehren den Papst. Das stolze Symbol unsres Reiches. Des Römischen Reiches. Sie und ich, jeder auf seine Art, ehren die Autorität, schätzen die Ordnung und unterstützen die Macht!«

»Großartig! Das sehe ich ein. Mir gehen tatsächlich verschiedene Lichter auf. Wissen Sie, wenn wir noch öfter miteinander plaudern könnten, würde es mich gar nicht wundern, wenn wir schlußendlich entdeckten, wie sehr wir auf gleichen Grundlagen fußen. Aber ich will mich keineswegs zur Eile drängen lassen. Ich bin überzeugt, daß mir, sowie ich mal anfange, darüber nachzudenken, noch eine Menge Punkte einfallen werden, die mich beunruhigen! Zum Beispiel Mischehen! Das ist auch 'ne dicke Portion. Und, warten Sie mal, hat's da nicht auch Schwierigkeiten wegen der Jungfrau Maria gegeben? Und dann natürlich die Geburtenkontrolle! Der bin ich in Indien auf Schritt und Tritt begegnet. Ich brauche wohl kaum zu erwähnen, daß mein Interesse daran rein akademischer Natur ist.«

»Meins ebenfalls!«

Er stand auf.

»Warum kommen Sie nicht nächste Woche mal zum Abendessen, Major Keene, nachdem Sie, wie Sie vorhin sagten, etwas mehr darüber nachgedacht haben? Dann können wir das Geschäftliche, wenn ich's so nennen darf, mit dem Vergnügen verbinden. Ich habe einen guten Portwein!«

»Oh! Ich verstehe auch was von Portwein.«

Der Monsignore wurde lebhafter.

»Tatsächlich? Sagen Sie, haben Sie jemals Portwein zum Frühstück getrunken?«

Der Major wieherte.

»O verdammt, nein! Nein! Doch nicht schon zum Frühstück, Padre!«

Der Monsignore lächelte in sich hinein.

»Dann verstehen Sie leider überhaupt nichts von Portwein. Warten Sie, bis Sie meinen gekostet haben. Wenn Sie aber ein guter Weinkenner sind, dann müssen Sie, fürchte ich, lieber Ihren eigenen mitbringen. Ach, die herrlichen Weine Frankreichs! 1917 – da haben sie mir den Gaumen verdorben! Jetzt kann ich mir Spitzenweine nicht mehr leisten.«

»Ich habe zu Hause ein Dutzend 49er Beaune-Village. Werde ein paar Flaschen mitbringen. Das ist ein großartiger Gedanke, bei Gott! Oh, bitte um Verzeihung, Monsignore, daß ich hier in Anwesenheit von Monsignore wie ein alter Feldwebel fluche.«

»Pah! Dagegen bin ich immun! Ich erinnere mich an einen Morgen vor Ypern. Kurz bevor wir in die Schlacht zogen. Zwei Dragoner stritten sich, der eine Orangist, der andre Katholik, und sie schrien wie Feldwebel ... mußten so brüllen, um sich verständlich zu machen ... das Sperrfeuer ging direkt über unsre Köpfe weg, den Christen schien's, als hätte sich die Hölle aufgetan, der Hauptmann starrte auf seine Armbanduhr und wartete auf die Sekunde, in der wir über den Grabenrand springen sollten. Erinnern Sie sich – ach nein, Sie sind zu jung – Sie können sich wohl nicht an die alten Armbanduhren erinnern, die ein kleines Metallgitter über dem Zifferblatt hatten? Also derartige Flüche, wie der Orangist sie ausstieß, hatte ich noch nie gehört. Zu guter Letzt hielt der Katholik – er stammte aus Cork – dem andern Burschen das Bajonett bis auf einen Zoll an die Kehle heran und schrie: ›Hör mal, Sonny! Jetzt vor der Schlacht bin ich im Stand der Gnade, aber mit Gottes Hilfe werd' ich nicht mehr so behindert sein, eh der Tag rum ist, und ich sage dir, wenn ich dich dann erwische, dann schieb' ich dir das hier in deinen – – –‹«

Er mußte sich auf Keenes Arm stützen und sich festhalten, weil er sich im Gedanken daran vor Lachen krümmte. Dann richtete er sich auf und seufzte.

»Die armen Burschen! Keiner ist zurückgekommen! Und ich bin sicher, daß der gütige Gott den beiden seine Güte zu gleichen Teilen zugemessen hat! Also nächsten Donnerstag, Major Keene? *At nineteen hours* ... meine Güte, den Ausdruck habe ich auch an die vierzig Jahre nicht mehr benutzt. Wir werden von den alten Zeiten sprechen!«

Keene drückte ihm die Hand. Als er das Pfarrhaus verließ, warf er im Vorbeigehen einen respektvollen Blick auf die leidenschaftslosen Augen der Statue vom Heiligen Herzen.

Die Donnerstags-Dinners wurden zu einem ebenso ernsten wie erfreulichen Herzensaustausch, so daß der Monsignore nach zwei Monaten Mühe hatte, seinen Neophyten davor zu bewahren, daß er sich auf der Stelle als Katholik bekannte. Und im Laufe ihres dritten Monats, als er seinen Gast in einer stillen Aprilnacht bis an die Haustür und zum feuchten, leeren Pearse Square begleitete, sagte er: »Ich segne den Tag, Frank, wenn Sie Katholik werden (falls Sie es werden), aber ich muß gestehen, daß es mir doch auch etwas leid tut. Es bedeutet das Ende unsrer Abende!«

»Unsinn! Warum sollten sie aufhören?«

»Sie werden aufhören!«

Ende April stieß der Major dann auf die gröberen Hindernisse: es war der eine Sektor des Schlachtfeldes, zu dem er hartnäckig, verlegen und ein wenig wund immer wieder zurückkehrte, und manchmal näherte er sich ihm so behutsam wie bei einem Nachtangriff. Sie mochten vielleicht über Bücher sprechen, etwa über *Adam Bede* oder *Die drei Musketiere*, und dann konnte er einwerfen:

»Padre, kann man niemals, einfach niemals erklären, daß es Fälle gibt, in denen die Liebe über alles triumphiert? Ich meine, ist jene Art Liebe immer, einfach immer eine Sünde?«

»Leider ja, Frank. Es ist immer eine Sünde. Leider gibt es da kein Drumherumreden. Und leider kann auch kein Geistlicher von einer andern Religion etwas anderes darüber sagen.« Er gestattete sich ein kleines Lächeln. »Sie erinnern sich an den alten Professor Mahaffy vom Trinity College in Dublin? Das war ein großer Spaßvogel! Eines Tages gestand er (oder tat jedenfalls so) einem beliebten Dubliner Jesuiten und sehr guten Freund von ihm, daß er sich zur katholischen Kirche hingezogen fühle. Natürlich war sein Jesuitenfreund überaus froh, das Schäflein heimzubringen. (Noch ein Glas? ›Kein Tropfen wird verkauft, bevor er sieben Jahre alt ist!‹) Gut also. Wie es aber schien, tauchte nur ein einziges kleines Hindernis auf. Nur ein winziges kleines Problem. ›Wenn Sie mir zu glauben gestatten‹, sagte Mahaffy, und bestimmt sagte er es mit einem Pokergesicht, ›daß Christus nicht Gott war, dann werde ich morgen früh zu Ihrer Kirche übertreten.‹ Sein Jesuitenfreund soll lange geschwiegen haben. Schließlich habe er mit ebenso großem Bedauern, wie ich es Ihnen jetzt wegen des Ehebruchs sage, erwidert: ›Leider gibt's da kein Drumherumreden.‹ Es gibt Dinge, über die sich niemand hinwegsetzen kann. Nicht einmal der Papst. Also ich erst recht nicht.«

Schließlich fragte Frank eines Abends unverblümt:

»Padre, wenn – und falls – Sie mich für würdig befinden, in die Kirche aufgenommen zu werden, muß ich dann zur Beichte gehen?«

»Wir müssen natürlich Ihre Vergangenheit bereinigen. Allerdings glaube ich nicht, daß es Ihnen besonders unangenehm sein würde. Es gibt nur ganz wenige Sünden, und sie wiederholen sich unaufhörlich. Es wird geradezu langweilig. Nur die Begleitumstände wechseln.«

»Gerade darauf wollte ich noch zu sprechen kommen. In meiner Vergangenheit war da noch eine kleine Sache, die ich sofort in Ordnung bringen möchte. Ich möchte Ihnen sagen, daß ich Anna Mohan seit etwa zehn Jahren liebe. Ich meine, wir waren ein Liebespaar, im weitesten Sinne des Wortes. Und ich habe mich deswegen nie schuldig gefühlt. Das war zweifellos ein Fehler von mir, aber so ist's nun mal. Schließlich war sie gewissermaßen nur theoretisch mit ihm verheiratet. Er lebt jetzt nicht mehr, und Worte können ihn nicht kränken, überdies wußte es ja jeder, daß er ein unverbesserlicher Säufer war. Können die von Ihnen erwähnten Begleitumstände vielleicht auch einen

Fall wie den unsern in einem andern Licht erscheinen lassen?«

»Er war süchtig«, gab der Monsignore betrübt zu. »Daß er trunksüchtig war, ist zwar traurig, doch ändert es, soweit es Ihren Fall betrifft, nichts am Gesetz. Schwere Fälle ergeben schlechte Gesetze. Es ist auch nicht von Bedeutung, daß Sie kein Schuldgefühl empfinden. Ein strenger Moralist könnte sagen, Sie hätten ein verkümmertes Gewissen. Ich glaube, es genügt, wenn ich Sie daran erinnere, daß viele Männer der Geschichte, Männer wie Hitler oder Stalin, ohne das leiseste Schuldgefühl die größten Verbrechen begingen. Ich kann nur wiederholen, daß Ehebruch eine sehr schwere Sünde ist. Eigentlich sind es zwei Sünden, denn man versündigt sich auch gegen das Gebot ›Du sollst nicht stehlen!‹ Sie war seine Frau. Ich möchte diesen Punkt nicht allzusehr betonen, aber er besteht zu Recht. Außerdem gibt es nicht nur eine Keuschheit des Körpers. In bezug auf das, was man gemeinhin *Sex* nennt, sind Körper und Seele eins. Sie müssen einfach hinnehmen, was ich Ihnen sage.«

»Sie hat etwas in ihm verloren, als er starb. Das habe ich eingesehen.«

»Ich glaube«, sagte der Monsignore ernst, »daß es Ihre Pflicht ist, diese Sache in Ordnung zu bringen.« Er wartete und schloß dann sehr bestimmt: »In jeder Hinsicht!«

»Ich füge mich Ihren Worten«, seufzte der Neophyt. »Es beunruhigt mich sehr.«

Der Monsignore schenkte ruhig wieder ein und fragte sich im stillen, ob sein Schüler noch einen andern Grund habe, beunruhigt zu sein.

Er hatte ihn tatsächlich. Inzwischen empfing er auch hin und wieder Unterweisungen von Anna, und in solchen Momenten waren die zärtlichen Gefühle, die sie in ihm weckte, oft so stark, daß er sie nicht beherrschen konnte. Bei einem dieser Anlässe sah er zu ihrem roten Betthimmel auf und sagte: »Arme Anna! Jetzt verstehe ich, weshalb du manchmal weinen mußtest! Es war eine Sünde!« Sie lächelte ihr Mundwinkel-Lächeln und flüsterte: »Aber jetzt doch nicht mehr!«

»Anna, wir dürfen uns hier keiner Täuschung hingeben! Wir sind noch nicht verheiratet!«

»In Gottes Augen sind wir schon verheiratet«, sagte sie und kratzte ihn ein wenig. »Die Kirche wird unsern Bund segnen!«

»Die Kirche muß uns *zuerst* segnen!«

»Ach«, schmeichelte sie, »vorher ist's aber so viel schöner!«

»Es wird viel, viel schöner sein, wenn du rechtmäßig vor den Menschen und vor Gott mein eigen bist.«

»Liebster!« rief sie und kratzte ihn unartig, »sei nicht so langweilig! Bist du mein Rechtsberater oder mein Verehrer?«

»Aber der Monsignore sagt...«

Das brachte sie in Wut:

»Meine Güte, wen heiratest du eigentlich? Mich oder den Monsignore?«

Er unterdrückte eine Antwort. Nicht zum erstenmal beunruhigte ihn der Gedanke: hat sie vielleicht die Unterweisung nötiger als ich? Das war jedoch ein Punkt, den er bei ihr aus Taktgefühl nicht zur Sprache bringen konnte, auch nicht beim Monsignore (aus Treue zu ihr) – es sei denn, er würde vielleicht als Mittelsmann auftreten?

»Monsignore, ich muß Ihnen eine letzte Frage stellen. Um noch einmal auf mein altes Problem zurückkommen: ich sehe jetzt ein, daß ich mich tatsächlich einer schweren Sünde schuldig gemacht habe. Ich streite es nicht länger ab. Es ist unleugbar so. Ich kann nicht begreifen, daß ich es je bezweifelt habe. Aber angenommen, ich hätte nicht mit einer verheirateten, sondern mit einer unverheirateten Frau geschlafen, wäre es in dem Falle beiden Seiten gestattet, sich ein ganz kleines bißchen weniger schuldig zu fühlen?«

»In einem solchen hypothetischen Fall«, erwiderte sein Freund trocken, »hätte jede Seite eben jeweils *ein* Gebot übertreten.«

»Wie dumm von mir! Wieso wird alles so einfach, wenn Sie es mir auseinandersetzen?«

Eine Gelegenheit, aus seiner Frage die Konsequenzen zu ziehen, ließ nicht lange auf sich warten.

Unter dem Betthimmel wies er Anna sanft darauf hin, daß sie das alles bald einmal beichten müßten, sie ihre eine Sünde, und er seine zwei. Sofort erklärte sie ihm temperamentvoll, daß sie nicht daran dächte, so etwas zu tun.

»Glaubst du«, rief sie und kratzte ihn diesmal bis aufs Blut, »daß ich all die Jahre unsrer Liebe besudeln will, indem ich sie jetzt für tierisch und scheußlich erkläre?« Dann, als sie am entsetzten Blick seiner Pferdeaugen erkannte, wie sehr sie ihn erschreckt hatte, schloß sie leichthin: »Die *Formalität* kann man natürlich auf sich nehmen.«

»Natürlich«, gab er ihr recht und war unendlich erleichtert, weil sie nun doch eine Katholikin zu sein schien. Sie fuhr fort:

»Warum auch nicht? Man kann sagen, daß man ein Gebot übertreten hat. Das ist es: übertreten! Überschritten! Über den roten Strich hinaus. Ein wenig.«

»Ja«, gab er ihr selig recht, »das wollen wir tun. Ich bin so erleichtert! Ich bin so froh!«

Sie kicherte glücklich.

»Aber Frank, im innersten Herzen wissen wir selbstverständlich, daß wir nichts wirklich Schlimmes getan haben!«

»Aber liebste Anna! Du kennst doch das Gebot: *Du sollst keinen Ehebruch begehen!*«

Bei diesen Worten setzte sie sich hoch, packte ihn beim Haar und schüttelte ihn wie einen Hund.

»Nennst du mich etwa eine Ehebrecherin?«

Er setzte sich auch auf, warf verzweifelt die Arme hoch und jammerte:

»Mein Liebes, ich verurteile niemanden! Aber ich«, sagte er kläglich, »ich bin der Ehebrecher gewesen!«

Sie streichelte seinen Schnurrbart und küßte ihn schmeichelnd:

»Doch nicht richtig, Liebster! Das sind bloß dumme, nachträgliche Einfälle! Damals warst du so unschuldig wie ein Säugling!«

Er ließ sich zurückfallen und wälzte den Kopf traurig auf den Kissen hin und her.

»Ich bin so ein einfacher Mensch, Anna, und es ist alles ein ganz einfaches Problem, und ich verstehe es in seiner Einfachheit, darum wünschte ich wirklich, du würdest es nicht alles so verdammt kompliziert machen!«

Sie wollte sich ausschütten vor Lachen.

»*Ich* mache es kompliziert? Nein, *ich* habe eine einfache Einstellung, aber deine neuen Freunde mit all ihren Gesetzen und Regeln und Vorschriften und Definitionen und Unterdefinitionen verheddern alles so unlösbar, daß kein Mensch mehr daraus klug werden kann. Ich bin mit all dem Zeug aufgewachsen. Ich kenne es. Und die ganze Zeit sind sie dahinter her! In der Fastenzeit darf man in Frankreich nur so und soviel Gramm essen und in Spanien so und soviel; freitags darf man kein

Fleisch essen, aber es schadet nichts, wenn man Frösche und Schlangen und Schnecken ißt! Wahrscheinlich darf man sogar Kutteln essen. Wieviel Gewinn darf ein Kaufmann aus einem Abschluß erzielen? Und wieviel ein andrer Kaufmann aus einem andern? Glaubst du wirklich, daß man solche Dinge mit der Elle messen kann? Ein Säugling, der ungetauft stirbt, kommt an einen Ort, der Limbus heißt und von dem kein Mensch je gewußt hat, wie er ist und in welcher Ecke der Schöpfung man ihn unterbringen soll. All dieser Kram hat nichts mit Religion zu tun. Wie könnte er auch? Weißt du, daß der heilige Augustin gesagt hat, alle ungetauften Kinder sind dazu verdammt, im ewigen Feuer zu brennen? Nennst du *das* Religion?«

»Bist du sicher, daß der heilige Augustin das gesagt hat?«

»Ich bin in Lausanne in die Schule gegangen«, entgegnete sie stolz. »Es ist die Heimat des heiligen Augustin. All diese üblen Kalvinisten!« Plötzlich schluchzte sie ins Kissen hinein: »Ich wünschte, ich hätte dich nie gebeten, katholisch zu werden! Ich hätt's auch nicht getan, wenn ich geahnt hätte, daß du alles so ernst nehmen würdest.«

In seiner betrübten Umarmung wurde sie wieder fröhlich.

Sechs Tage und sechs Nächte zeigte er sich nicht bei dem Monsignore, sondern dachte an all die Millionen von Säuglingen, die im ewigen Feuer brannten, bis sich seine ganze Seele wie von Teufeln verprügelt vorkam, die mit Stöcken und Schaufeln und rotglühenden Zangen bewaffnet waren. Am siebenten Abend lud er den Monsignore zum Essen ein. Wie jeder gute Gastgeber hielt er mit seinen Sorgen zurück, bis der Portwein eingeschenkt war. Dann fragte er unsicher: »Monsignore, ich habe noch eine Frage, ein kleines, winzig kleines Problem! Sagen Sie mir bitte, wo ist der Limbus?«

Der alte Mann war im Begriff, sein Glas an die Lippen zu führen, hielt inne und sah ihn besorgt an. Er war fertig geworden mit der Transsubstantiation, mit den Wundern, mit der Auferstehung, mit dem Ablaß, mit Galilei, mit der Jungfräulichen Geburt und der Unbefleckten Empfängnis, mit der Gnade, der Prädestination, dem Freien Willen, den Mischehen und sogar mit dem Ehebruch. Diese großen Mysterien und Probleme hatten weder ihm noch seinem lieben Freunde unüberwindliche Schwierigkeiten geboten. Aber der Limbus? Er wußte aus langjähriger Erfahrung, wie leicht geringfügige Probleme den Glauben eines Menschen erschüttern können – viel eher als die großen.

»Warum haben Sie mir diese Frage gestellt?« sagte er traurig.

»Sie kam mir gerade in den Sinn«, erwiderte der getreue Liebhaber und schämte sich ein bißchen, weil er es seinem Freund gegenüber an Aufrichtigkeit fehlen ließ.

»Ach so.«

»Ist es wahr (wie ich gelesen habe), daß der heilige Augustin sagte, alle ungetauften Säuglinge müßten im ewigen Feuer brennen?«

Mit einer einzigen Armbewegung schob der Monsignore sein Glas langsam auf die Seite. Der Abend war ihm verdorben.

»Ich glaube, ja«, erklärte er und fuhr tapfer fort: »doch gibt es noch andere und freundlichere Ansichten. Wie ich vermute, ergab sich alles aus dem Problem, wohin mit den ungetauften Seelen, die vor Christus starben, und mit den andern, die nach Ihm starben, ohne je von Ihm gehört zu haben. Ich glaube, es war das Konzil von Florenz, das darüber befand.« Seine Stimme schwankte. »Es war ein ziemlich verworrenes Konzil. So verworren, daß die Akten, wie ich hörte, verlorengingen. Es verfügte, daß niemand in den Himmel kommt, der nicht getauft war – das war im fünfzehnten Jahrhundert. Seither mögen viele Denker in ihrer Barmherzigkeit einen Widerwillen gegen diese Idee gefaßt haben. Viele Theologen haben nach Möglichkeiten gesucht, die Lehre zu akzeptieren und dabei ihre düsteren Konsequenzen gewissermaßen zu umgehen oder wenigstens zu mildern.

Major Keene, möchten Sie wirklich, daß ich mich über die Sache mit der Vorhölle auslasse? Es ist kein grundlegendes Problem!«

»Es beunruhigt mich, Monsignore!«

»Ach so. Gut. Ich weiß jedenfalls, daß ein italienischer Theologe, dessen Name mir im Augenblick nicht gegenwärtig ist, der Ansicht war, Gott könnte seine Engel beauftragen, jenen Kindern, die sonst verderben würden, die Taufe angedeihen zu lassen. Ein andrer Theologe glaubte, der aufrichtige Wunsch der Eltern, ihr Kind solle getauft werden, sei ein ausreichendes Äquivalent. Der heilige Thomas meinte humanerweise, jene Kinder litten zwar keine Körperqualen, müßten sich aber ständig grämen, weil sie niemals Gott schauen dürften. Etwa so, wie ein Vogel oder eine Maus sich grämen mag, daß sie nie ein Mensch werden oder mit einem Kaiser oder König sprechen kann.«

»Wie traurig!«

»Natürlich müssen wir einsehen«, flüsterte der Monsignore, »daß wir als Menschen nicht von vorneherein einen Anspruch auf den Himmel haben. Der Himmel ist ein Geschenk. Gott könnte ihn uns verweigern, ohne ungerecht zu sein. Ich behaupte, daß es ursprünglich eine rabbinische Idee war.«

Der Priester blickte in die glühende Asche auf dem Rost. Der Major blickte ins Dunkel der Nacht hinaus. Durch das offene Fenster sandten die unsichtbaren Hecken den süßen Duft der Frühlingsblüten herein. Nach langem Schweigen sagte der Monsignore: »Es gibt viele Rätsel im Leben, die wir in Demut hinnehmen müssen, ohne sie zu verstehen. Ja, gerade deshalb, weil wir das Geheimnis nicht verstehen, können wir es hinnehmen – und mit ihm leben.«

Als er wegfuhr, sah der Major den Scheinwerferstrahlen seines Wagens nach, bis sie über die letzten Eiben hinflogen, und er blieb stehen, bis der Benzingeruch sich in der reinen Luft verloren hatte. Er ging lange in seiner Allee auf und ab. Nachher setzte er sich vor das erlöschende Feuer, bis der Schlaf ihn überfiel und er zusammengesackt vor der Asche saß.

Es war noch ganz früh, und nach dem leichten Regenschauer ein Maimorgen voller Vogelgezwitscher, als er ihr gegenübertrat. Frisch und hübsch saß sie vor dem munteren Morgenfeuer und frühstückte. Er erklärte ihr entschlossen: »Anna, ich kann nie Katholik werden!«

Ihre Tasse schlug klappernd gegen den Unterteller.

»Aber Frank, du mußt! Erwartest du von mir, daß ich dich wie eine Protestantin in einer Kanzlei heirate? Oder daß ich den Rest meines Lebens in einem Sündenpfuhl verbringe – denn so siehst du es ja jetzt an.«

»Ich verlange gar nichts. Ich kann nicht mehr denken. Ich weiß nur, daß ich zu alt oder zu dumm bin, um euch beiden folgen zu können.«

»Du willst mich bloß loswerden!« Sie hob ihre tränenfeuchten Augen zu ihm auf. »Oder bin ich es etwa, die zu alt und zu dumm ist? Warum kannst du nicht so sein wie ich? Schließlich bin ich doch eine Katholikin!«

»Ich habe mich manchmal gefragt, Anna, was du bist!«

Ihr Zorn prasselte ihm wie Schrapnellfeuer um die Ohren. Sie schleuderte die *Irish Times* hin.

»Was unterstehst du dich? Natürlich bin ich eine Katholikin! Dein Fehler ist eben der, daß du alles perfekt haben willst. So sauber und kahl und aufgeräumt wie ein Kasernenhof! Das ist es! Du bist weiter nichts als ein verdammter englischer Major, der verlangt, daß bei jedermann die Knöpfe blank geputzt sind und daß die Mütze so gerade wie ein Teller sitzt.«

»Aber *ich* habe ja gar nicht das Problem mit dem Limbus angeschnitten!«

»Zum Teufel mit dem Limbus – falls es überhaupt eine Hölle gibt! Oder einen Limbus! Du bist zu eingebildet – das ist dein Fehler! Du willst jedes Tüpfelchen auf dem i haben! Warum willst du unbedingt alles verstehen? Warum kannst du nicht einfach mit allem einverstanden sein, wie ich es bin?«

»Du bist mit dem Limbus einverstanden?«

»Ich denke niemals an den Limbus! Ich denke nie über so dumme Dinge nach! Ich denke nur an Gott und die Sterne und an den Himmel und die Liebe und an dich!«

»Du stellst mich auf eine harte Probe, Anna! Wie der Monsignore sagt, soll ich auch an das Kreuz und die Nägel denken. Genau wie er sagt, daß in der Liebe Körper und Seele eins sind!«

»Du bist ein Lügner! All das ist bloß ein abgefeimter Trick, dich vor der Heirat mit mir zu drükken. Ich durchschaue dich! Ich durchschaue deine billigen Machenschaften! Ich durchschaue deine schmutzige angelsächsische Hinterlist! Wenn du der letzte Mann auf Erden wärst, Frank, würde ich dich jetzt nicht mehr heiraten wollen. Bitte komm mir nicht mehr über die Schwelle!«

Sie sauste aus dem Zimmer und knallte die Türe zu. Er errettete die *Irish Times* vor dem Feuer, schlug die Flammen aus und ging fort.

Er hatte keinen Menschen mehr, mit dem er hätte sprechen können. Den Monsignore hatte er weit übers Erträgliche geplagt. Er war nie in die Irische Staatskirche gegangen, und außerdem bezweifelte er, ob sie viel über den Limbus oder das Konzil von Neapel wußten. Mabel Tallant würde ihn auslachen. So viele Jahre seines Lebens hatte er so ausschließlich Anna gewidmet, daß er keine Freunde besaß. Und jetzt liebte und achtete sie ihn nicht mehr, und er... Er unterdrückte das trübselige Eingeständnis.

Nach drei Wochen schwärzesten Elends ließ er einen Brief von Stapel.

Monseigneur, Mon Général, Mon Ami,

Wenn es mir gestattet ist, meinen Glauben an Dinge zu bekennen, die ich nicht verstehe, und in Demut Dinge hinzunehmen, die ich nicht gutheiße, dann bin ich auf Ihren Befehl hin bereit, den Mount Sion zu erstürmen, sogar ohne die Begleitung Ihrer Polizeihündin. Erteilen Sie mir Ihre Befehle! Ich werde gehorchen.

Ihr gehorsamer Diener,
FRANCIS LANCELOT KEENE,
Major,
L.R.C.P.E. und L.M.,
Late R.A.M.C.,
Dunkirk, Tunisia, Libya, Egypt, Italy.
Despatches, medal and clasp, D.S.O.
1940–1945
Retired.

Die Antwort kam am nächsten Tag – als Telegramm. Beim Anblick des einen Kommandoworts wallte plötzlich der Zorn in ihm auf. Was glaubte er, wer er war? Ein verdammter General? Und als einzelner Mann? Und kein Hund? Gegen ein Heer von Zweifeln...

Er wählte den neunten Juli, den Festtag von zwei englischen Heiligen, dem Bischof John Fisher und dem Kanzler Thomas Morus, beides Märtyrer.

Es regnete, als er ins Pfarrhaus trat. Im Wohnzimmer des Monsignore blickte der alte Polizeihund zu ihm auf und überließ sich wieder seinem Dösen. Die beiden Männer gingen schweigend zur Kirche hinüber, wo der Monsignore Chorrock und Stola anlegte. Der Major kniete vor der Altarschranke eines Seitenaltars und empfand, während er die Worte der Absage und das Bekenntnis des Glaubens wiederholte, überhaupt nichts. Dann zogen sie sich ins Pfarrhaus zurück, wo der Major neben dem Stuhl des Monsignore niederkniete, um seine erste Beichte abzulegen. Während der voraufgegangenen Tage hatte er sich gewappnet, seine vollständige Lebensgeschichte vorzutragen. Der Monsignore beschnitt sogar diesen Abschnitt der Zeremonie und sagte: »Ich glaube, ich weiß es bereits alles. Frauen und Alkohol und wahrscheinlich geflucht wie ein Landsknecht. Falls es nicht noch eine besondere Sünde in Ihrer Vergangenheit gibt, die Sie gern erwähnen möchten?«

Demütig sagte der Major: »Trägheit!«, und das peinliche Eingeständnis bereitete ihm eine schwache Genugtuung.

Dann flutete Sonnenschein in sein Herz, als der Monsignore ihm als Buße auferlegte, am Abend drei Ave Maria zu beten.

»So wenig? Nach all den Jahren?«

»Gott liebt Sie«, entgegnete der Monsignore und forderte ihn auf, sein Reuegebet zu sprechen.

Die Augen des Majors füllten sich mit Tränen, als er hörte, wie sich die raunenden Worte der Lossprechung mit seinen eigenen Worten mischten. Dann hob ihn der Monsignore auf und drückte ihm warmherzig beide Hände.

»Mein lieber Freund in Christo, jetzt sind Sie einer von uns. Tun Sie Ihr Bestes! Im Herzen der Kirche! Und nun«, schloß er und schlüpfte flink aus seinem Chorrock, »wollen wir uns hinsetzen und eine tüchtige Portion Malz zu uns nehmen!«

Mit dem Glas in der Hand sagte der Major zufrieden: »Ich hatte befürchtet, daß ich überhaupt nichts empfinden würde. Wäre das nicht schrecklich gewesen?«

»Mein lieber Frank, wir sind seltsame Geschöpfe. Oft, sogar wenn ich die Messe lese, spüre ich nicht, daß es mir auch nur ein wenig guttut. Doch ich weiß, daß es mir trotzdem guttut, deshalb sorge ich mich nicht. Das Herz mag der Mittelpunkt aller Dinge sein, aber am Ende sind es nicht unsre Gefühle, auf die es ankommt, sondern unsre guten Werke. Wie Sie und ich sehr gut wissen, werden mehr Männer schwach im Kampf, weil sie zu viel empfinden, und nicht, weil sie zu wenig empfinden.« Er lachte vor sich hin. »Ich entsinne mich, daß wir einmal einen Oberst Home-Crean bei den Inniskillings hatten, der ewig auf dem ›kampfesfreudigen Geist‹ herumritt. Er meinte es gut. Aber die Truppe nannte ihn den ›Undsoweitermacher‹! Kein schlechter Witz, denn wenn er endlich mit einer seiner Ansprachen aufhörte, sagte er stets: ›Weitermachen, Sergeant!‹«

Der Major lachte trocken.

»Hat's abgewimmelt!«

»Ich sag's trotzdem! Ich sage es jetzt zu Ihnen, Frank!«

Er raste mit sechzig Meilen Geschwindigkeit nach Culadrum, zu ihr, und sang die ganze Strecke aus Leibeskräften *When the Saints Go Marching In*. Ein Schauer ging nieder, die Sonne verschwand und brach wieder hervor, und dann rief er fröhlich: »Alle Wetter, sie haben mir sogar einen Regenbogen spendiert!« Auf der Zufahrt gab er dauernd Signal, und da rannte sie schon die Treppe hinunter und auf den Kies, um ihn zu umarmen.

»Geschafft!« lachte er, und sie sagte: »Du siehst wie siebzehn aus!«

»Gott liebt mich!« rief er.

»Hast du's gleich wegen der Trauung abgemacht?«

»Großer Gott, das hab' ich ganz vergessen!«

»Nein, so ein Dummerjan!« lachte sie. »Das

war doch die Hauptsache! Fahr heute abend wieder hin und mach es ab! Und vergiß nicht: am zehnten August! Wir haben schon alle Fahrkarten gebucht, Liebster! Versprichst du's?«

»Findest du immer noch, daß es nicht zu früh ist? Ich meine, daß die Leute vielleicht denken könnten...«

Sie lachte triumphierend.

»Ich will ja gerade, daß sie's denken! Ich werde alle Schuld auf meinen ungestümen Verehrer abwälzen! Und jetzt mußt du mitkommen und dir meine neuen Kleider und Hüte ansehen, eine ganze Fuhre voll kam heute früh aus Dublin.«

Sie nahm ihn bei der Hand und stürmte mit ihm die Treppe hinauf in ihr Zimmer mit dem Durcheinander von Seidenpapier-Wolken und bunten Pappkartons.

»Da setz dich hin! Und untersteh dich wegzugehen!« Sie riß sich das Kleid herunter; er saß da und blickte sie strahlend an, wie sie in Höschen und Busthalter dastand, herumkreiselte, sich schönmachte und sich in dem langen Spiegel in hellen Baretts und in weißen, lila und rosa Hüten musterte, und er war so glücklich über ihre kindische Glückseligkeit, daß ihm einen Moment der entsetzliche Gedanke kam, sie würde als nächstes von ihm verlangen, er solle mit ihr schlafen. Gott sei Dank war sie viel zu aufgeregt, um daran zu denken. Einmal, als sie sich eine blaßblaue

›Pillenschachtel‹ auf den Hinterkopf klebte und: »Oder lieber diesen hier?« fragte, überlegte er bei sich, ob sie schon zur Beichte gegangen war oder wann sie gehen würde, und er beschloß, sie nicht gerade jetzt zu bedrängen. Vielleicht überhaupt niemals.

Sie wurden in der Kathedrale vor einer großen Gemeinde getraut. Er erkannte viele Leute, die er vor einem halben Jahr bei der Beerdigung gesehen hatte. Er war wegen seines und ihres Alters ein wenig befangen, und als es vorbei war, mußte er sich ein paarmal ermahnen, nichts in das breite Lächeln der Leute hineinzudeuten, auch nicht in ihre herzhaften Glückwünsche. Immerhin, ob er nun in grauem Zylinder und Cut konfettibestreut draußen vor der Kirchentür stand oder sich beim Champagner-Empfang im Hotel Royal in seinem neuen Nadelstreifen-Anzug unter die Gäste mischte – er fand, daß er wie ein Soldat und Gentleman aufgetreten war: bald hatte er mit dem Polizei-Inspektor über die Kesselflicker gesprochen, bald mit einem sehr ernsten jungen Bibliothekar über die Veröffentlichung der *Irish Manuscripts Commission*, bald mit dem Apotheker Mulcahy über die ›außer-gewöhnlich‹ große Zahl von Damen in der Stadt, die jetzt ›für ihre Nerven‹ Barbiturpräparate einnahmen, oder er hatte einem Hilfspfarrer, den er noch nie gesehen hatte, mit höflicher Verwunderung zugehört, wie er die beträchtlichen Verdienste Präsident Salazars und General Francos gegeneinander abwog.

Dann saßen sie in seinem Wagen und fuhren unter Hochrufen und Lachen davon, die lange Main Street hinunter und hinaus aufs Land und weiter nach Dublin und London und Lausanne. Sie waren beide beschwipst. Sie weinte ein bißchen. Er war voller Mitleid und Liebe.

»Hast du dich übernommen, Liebste?«

»Es sind nur meine Nerven«, lächelte sie tapfer, holte eine Pille aus ihrer Handtasche und konnte bald wieder fröhlich lachen.

Nachher kam dann alles genauso, wie sie es vorhergesagt hatte. Sie richteten sich in ihrem Haus in Culadrum ein. All ihre alten Freunde und die ihres verstorbenen Mannes besuchten sie regelmäßig. Mindestens zweimal die Woche spielten sie Bridge. In der Jagdsaison ging er dreimal die Woche auf die Jagd. Ihren Garten betreute er ganz allein. Er begann, sich für die archäologischen Funde der Gegend zu interessieren. Sie war restlos glücklich, kratzte ihn nicht mehr und weinte nicht mehr. Er genoß die stille Zufriedenheit eines Mannes, der – nach einiger Selbstüberwindung – das Rechte getan hatte und erleben durfte, wie sich alles großartig anließ. Wenn er stramm und mit herausgestrecktem Brustkasten mit Stock und Hund durch die Straßen ging, wurde er von allen bewundert, geliebt und beneidet.

Dann kam der Winter. Der Regen fiel in gleichem Maße wie das Barometer. Wegen des greulichen Wetters und ihrer Gesundheit lehnte sie es ab, zur Messe zu gehen. Anfangs merkte er zu seinem Bedauern, daß er häufig allein hinging. Dann merkte er, daß er stets allein hinging. Er begann sich darüber zu wundern, stellte Fragen und ärgerte sich, und schließlich gerieten sie sich deswegen jeden Sonntagmorgen in die Haare. Dann sprachen sie lange Zeit kein Wort miteinander. Einmal verging eine ganze Woche in stummem Nebeneinander. Schließlich begriff er, daß sie sich überhaupt nicht für Religion interessierte, es auch nie getan hatte. Da spürte er, wie sich in seiner Brust ein großer Abgrund auftat: Furcht beschlich ihn wie ein immer wiederkehrendes Fieber, er fühlte sich schrecklich hintergangen, und schließlich konnte er sein Unglück nicht länger allein tragen.

»Aber Monsignore«, jammerte er, »weshalb hat sie darauf bestanden, daß ich Katholik werde, wenn sie selbst nicht gläubig ist? Weshalb in Gottes Namen hat sie mir das angetan?«

Sein Freund zögerte nicht mit der Antwort – er hatte nie gezögert.

»Aus Aberglauben. Oder vielleicht aus Angst. Sie hat Kindheitserinnerungen. Im Dunkeln. Die feine rote Linie, die nicht überschritten werden darf!«

»Aber wir haben sie jahrelang immer wieder überschritten!«

»Das war nicht ewig.«

»Hätten wir nicht eine Mischehe schließen können?«

»Es hätte sich machen lassen. Irgendwie. Irgendwo. Aber sie wollte alles so haben, ›wie sich's gehört‹. Das Handauflegen. Die Aussöhnung. Das Magische. Frank, ich fürchte, daß Ihre Frau ein sehr einfaches Gemüt ist. In der Kirche haben wir Millionen ihresgleichen. Voller unschuldiger Ignoranz, wie ich das nenne. Sie schaden niemandem besonders, ausgenommen sich selber. Oder wenn sie eitel oder stolz werden oder wenn wir ihnen zu sehr zusetzen, dann wenden sie sich giftig gegen uns. Bedrängen Sie sie nicht! Sie haben ein Problem! Sie sind ein Risiko eingegangen, und nun müssen Sie einen Weg finden, wie Sie voller Glauben und Mut und Vertrauen weiterleben können. Denken Sie einfach daran, daß Ihre Frau ein wenig eitel ist, ziemlich verwöhnt, stelle ich mir vor, und möglicherweise auch ein bißchen eingebildet. Und – so scheint es mir wenigstens – sehr unsicher! Daher ihr Aberglauben. Afrikanische Missionare berichten mir, daß sie täglich damit zu tun haben.«

Der Major starrte ihn an. Er widerstand dem

Drang, ihn zu fragen: »Weshalb zum Teufel haben Sie mir das alles nicht *vorher* gesagt?«

»Und worin besteht mein Aberglauben?« fragte er schroff.

»Sie sind anders. Sie haben sich die Überfahrt erarbeitet. Nur...« Hier zögerte er.

»Nur dürfen Sie keine Wunder erwarten. Sie können natürlich um ein Wunder beten. Vermutlich tun wir das im Grunde alle, wenn wir beten.«

Er gewöhnte es sich an, jeden Morgen in die Frühmesse zu gehen – sehr zu ihrem Verdruß, denn einerlei, wie leise er sich aus dem Bett schlich, sie wachte stets auf, drehte sich um und murrte etwas wie: »Um Gottes willen, genügt dir denn nicht der Sonntag?« oder: »Mit deiner blöden Frömmigkeit hast du mir schon völlig die Nerven ruiniert!« Von Weihnachten an schlief er allein. Vom Februar an betete er um die Gabe, den Mund zu halten. Er trank wie ein Loch: trotzdem entdeckte er im März, daß er elf Pfund abgenommen hatte. Er überlegte, ob er nicht nach Malaya ausreißen sollte. Im April widerstand ihm jede Mahlzeit. Und dann endete ihr Krieg plötzlich – dank einer jähen Erleuchtung! Er war eines Morgens in ihren Terrassengarten gegangen, um gleichmütig Gras und Unkraut zwischen den Ritzen der geborstenen Platten herauszustechen. Die Nacht war ein unbestimmtes Dunkel feuchter Bäume gewesen; jetzt wärmte ihm eine ganze Himmelsladung Sonnenschein den gebeugten Rücken. Er roch die getränkte Erdkrume, blickte auf die alten Spaliere, gewahrte Drosselkehlen, scheltende Amseln, das Hin und Her der Buchfinken, das sangesgewaltige Rotkehlchen und zwei verliebte Finken, die sich in der leuchtenden Wolke eines über seinem Kopf hochgestützten alten Kirschbaums abjachterten. Während er geduldig und demütig immer weiter jätete, wanderten seine Gedanken allmählich in sich vergrößernden Kreisen zum Dickicht des Osterhügels, darüber hinaus zu den ginstergelben Hängen am Stameen-Fluß, noch weiter auf den Spuren der großartigen Fuchsjagd im vorigen Monat rund um die schilfbedeckte Ebene, an ihren umgesunkenen Dolmen und der Klosterruine vorbei, die Fährte verlierend, sie wiederfindend, fünf herrliche, pausenlos sich abmühende Meilen lang. Als er das Kniekissen verschob, entdeckte er die ersten winzigen weißen Glöckchen ihrer weißen Rhododendronbüsche. Christus war auferstanden! Dampfende Wege zogen sich wie nasse Lineale quer über die Heide, vorbei an einer Kneipe, einer Garage, einem grauen Schulhaus, und unter einer Prozession von Ulmen weiter, die sich von einem Wolkenschaumbad abhoben. Vor seiner Zehenspitze sah er eine blaue Eierschale.

Im gleichen Augenblick ging im Haus ein Fenster auf. Als er hinaufschaute, sah er sie im roten

Morgenrock, wie sie sich mit beiden Händen aufs Fensterbrett stützte und über das weite Land blickte. Wie in einer Vision wurde es ihm klar, daß alles, was sie jetzt sah und woran er sich erinnert hatte, aus der einen Eierschale kam. Sie winkte ihm gleichgültig. Er winkte aufgeregt mit dem Jätstock. Sie verschwand.

»Monsignore, es war wie etwas, das nur in Lourdes geschehen kann! Wie recht Sie doch hatten! Nichts erzwingen wollen! Verwandeln und entfalten! Langsam weiterrücken! Mit seinen Problemen leben! Es gibt keine Gesetze für schwere Fälle. Vertrauen und Mut lösen alles. Und, wie Sie sagten, sind die meisten dieser Gebote nichts als altmodische rabbinische Ideen. Und die Verfügungen der Konzilien sind alle verlorengegangen! Der Himmel ist ein Geschenk! Das Herz ist der Mittelpunkt. Weitermachen! Wir können nur jeder unser Bestes geben. Gott liebt uns. Nicht ein einziges böses Wort seit zwei Wochen. Alles ist völlig *ticketyboo!* Monsignore, Sie sollten Kardinal sein!«

Sie waren sich auf der Straße begegnet. Der alte Mann hatte ihm gleichmütig zugehört. Er lehnte sich, auf seinen Regenschirm gestützt, etwas vor und löste einen kurzen Moment den Blick von den Zehenspitzen, fast, so schien es dem Major, als wäre er nicht ein Kardinal, sondern ein afrikanischer Missionar.

»Sie sagen ja gar nichts?« fragte er besorgt.

»Ich mußte nur an etwas denken, Frank. Ist es nicht seltsam? Als wir bei den Connaught Rangers waren, sagten wir nie ›*Ticketyboo!*‹ Was wir damals immer sagten, war ›*All kiff!*‹ So, Hindustani, meinen Sie? Das wäre ja nett!« Er drückte ihm schlaff die Hand, wandte sich zum Gehen, drehte sich wieder um, sagte: »Weitermachen, Frank!« und ging langsam seines Wegs, die Straße hinab, während sein Freund ihm mit großen Augen nachsah, verblüfft, verärgert, voller Liebe und unverminderter Bewunderung. Zwei Tage später wohnte er seiner Beerdigung bei. Es war ein feuchter Tag, und für sein Rheuma war es gar nicht gut.

Der Morgen danach war ein Sonntag. Der Sturm weckte ihn. Hinter einem Vorhangzipfel sah er, wie der Regen plätscherte, wie die Baumwipfel schwankten und wie in der Allee Noreen, die Dienstmagd, gleich dem Kapitän eines Rettungsboots in eine gelbe Ölhaut gehüllt, auf ihrem Fahrrad zur Messe holperte. Er spürte ein Zwacken in seiner Schulter, sagte: »Na, ich war ja gestern in der Messe«, legte sich wieder hin und döste noch eine Stunde. Dann hörte er, wie der Frühstücksgong leise bummerte und wie Annas Tür geöffnet und geschlossen wurde. Als er in seinem Morgenrock hinunterging, roch er Kaffee und Speck. Anna saß im Morgenrock am Frühstückstisch. Das Feuer loderte gemütlich. »Guten Morgen, Liebste«, sagte er und küßte sie auf die Stirn.

»Gehst du aus?« fragte sie und blickte auf die überschwappenden Regenrinnen, von denen große, gläserne Wasserperlen gegen die Fenster sprühten.

»Meine Arthritis«, erklärte er verlegen.

»Warum leben wir bloß in diesem Klima, um Himmels willen?« stöhnte sie.

»Wir leben, wohin das Schicksal uns gestellt hat – im Herzen des Landes«, entgegnete er und hob den Deckel von der silbernen Schüssel.

Sie zog die Brauen zusammen. Sie kauten beide schweigend. Um sie aufzuheitern, schlug er vor, daß sie im Mai nach Italien, nach Venedig, nach Rom fahren könnten, und er begann Pläne zu schmieden, welche Strecke sie fahren und was sie dort gemeinsam besichtigen würden. In der Ferne läutete im feuchten Wind eine Kirchturmglocke, und es klang wie eine Sterbeglocke. Er sprach sehr vergnügt, sehr rasch, sehr laut weiter. Sie lächelte ihr krauses Lachen und sagte: »Warum nicht nach Lausanne?«

»Ja, ach ja! Irgendwohin! Irgendwohin! Um von hier wegzukommen!«

Der Binsenstuhl

Im Herbst muß ich immer an einen ausgedienten Binsenstuhl denken, der jahrelang ohne Sitz auf dem Dachboden meines Elternhauses herumstand.

Im Zusammenhang damit fällt mir der riesige Sack ein, den der Fuhrmann alljährlich im Oktober auf den Küchenfußboden plumpsen ließ. Ich war damals ein kleiner Knirps, und der Sack war ebenso groß wie ich. Er war vom Land in die Großstadt gekommen, eine Art diplomatischer Abgesandter der Felder und Gärten. Er roch nach Erde und Heu und Äpfeln, weil seine obere Hälfte von Kartoffeln ausgebaucht war, während in der unteren Hälfte unter einer Heuschicht die Äpfel lagen. Seine Ankunft löste bei meiner Mutter stets große Freude und ein klein wenig Kummer aus, denn er kam von dem Bauernhof, auf dem sie geboren war. Sowie sie ihn sah, glühte ihr Gesicht vor Stolz, nun wieder ›einen Halt‹ zu haben, wie sie es nannte, womit sie etwas Zuverlässigeres und Dauerhafteres als die Großstadtstraßen meinte. Doch mit dem Duft des Heus und der Kartoffeln vom väterlichen Gehöft und der Äpfel aus dem kleinen Obstgarten hinter dem Haus stiegen auch die Erinnerungen in ihr auf und machten sie traurig.

Mein Vater, der ebenfalls von einem Bauernhof stammte, freute sich genauso wie Mutter an den ländlichen Erzeugnissen, und wenn sie beide inmitten der lärmenden Großstadt in der Küche über den Sack gebeugt standen, zauberte alles, was ihre Jugend für sie bedeutet hatte, ein Lächeln in ihre Gesichter und ließ sie lachen und Worte gebrauchen, die sie in der übrigen Zeit des Jahres niemals gebrauchten und die mir wie Beschwörungsworte klangen: Wintersaat, Kleemahd, Wasserwiesen, Mergelkuhle, Heckenrain, Kartüften – und die Namen von Kartoffelsorten: Britische Königin oder Arran-Banner, die sich wie die Namen von Regimentern anhörten. In solchen Augenblicken wurden mein Vater und meine Mutter wieder ein junges, verliebtes Pärchen. Sie wurden scheu. Wie sie da über den Sack gebeugt standen, sich gewissermaßen die Hände daran wärmten, waren sie überglücklich, waren sie einander innig nah und von neuem verliebt. Mir erschienen sie damals sehr alt. Wenn ich es jetzt nachrechne, schätze ich, daß sie zweiundvierzig oder dreiundvierzig Jahre zählten.

An einem Herbstabend, nachdem der Sack angekommen war, ging mein Vater auf den Dachboden und holte den alten Binsenstuhl. Ich vermute, daß er ihn sich einst von seinem elterlichen Gehöft hatte schicken lassen. Der Binsenstuhl war das einzige Stück seiner Art in unsrer Wohnung, die meine Eltern mit allem angefüllt hatten, was der üblichen bäuerlichen Vorstellung von Eleganz entsprach, mit Plüschstühlen, goldgerahmten Bildern von Hirschen und tropischen Vögeln, mit Lambrequins am Kaminsims und Fayence-Schäferinnen und köpfenickenden chinesischen Mandarinen, Messingbettstellen mit Kugelknauf und Perlmuttermedaillons mit eingelegten Spiegelsplittern, gewaltigen Mahagoni-Kommoden und ähnlichen Dingen. Doch die Plüschstühle mit ihren geschweiften Beinen und steifen Rückenlehnen waren nur zur Parade und nicht zur Bequemlichkeit da, während er in dem alten, bäurischen Binsenstuhl nach Hinternlust kappeln und schaukeln und quietschen konnte.

Jahrelang hatte er so in unsrer Wohnung gestanden, wackelig und kappelig, blankpoliert und einfach als ›Vaters Stuhl‹ anerkannt, bis zu dem Abend, als wir ihn plötzlich schrill zerreißen hörten und Vater, der das *Abend-Echo* gelesen und die Füße gegen den Kaminrost gestemmt hatte, durch den Binsensitz sackte. Da hockte er, vornübergebeugt und in den Sitzrahmen eingezwängt, während Mutter und ich ihn unter krampfhaftem Gelächter zu befreien versuchten und er wie ein Feldwebel fluchte. Das also war das Wrack, das er eines Abends vom staubigen Dachboden holte.

Am folgenden Tag brachte er einen großen Sack Stroh vom Cornmarket mit, dazu zwei Flaschen Porter und zwei alte Kameraden von der nächsten Straßenecke: einen ehemaligen Soldaten und einen zwergenhaft kleinen Mann, der als Türhüter vor der Bühnentür des Opernhauses stand, wenn er nicht als Kirchendiener in der Kirche beschäftigt war. Ich war begeistert, als ich hörte, was sie vorhatten. Sie wollten aus dem Stroh Seile flechten – ein Kunststück, von dem ich noch nie gehört hatte – und den Stuhl mit einem neuen Sitz versehen. Ich platzte vor Stolz ob der Künste meines Vaters und holte schleunigst meinen besten Freund: dann saßen wir beide so still wie Mäuse auf dem Küchentisch und schauten den drei Männern zu, wie sie die Küche mit Staub, Stroh und lautem Gerede füllten und die Seile für den Stuhlsitz zu flechten begannen.

Immer mehr fremde Wörter flogen durch die staubige Luft: Scollubs und Flachschicht und Binsenstroh und Sodendach und Fenn ... Und als sich die Drei zu einem Schluck Porter hinsetzten und das alte, blankpolierte Stuhlgerippe mitten in der Küche betrachteten, klatschten sie sich auf die Schenkel und meinten, es ginge doch nichts über das Leben auf dem Lande, und meine Mutter schenkte ihnen noch mehr Porter ein und lachte zufrieden, als mein Vater von Pferden und Eggen zu sprechen begann und von einem Tag hinter dem Pflug, und wie er im Handumdrehen das blöde Großstadtleben gänzlich aufstecken und sich für den Rest seiner Lebenstage auf einer kleinen Farm niederlassen könnte.

Das war ein Spiel, dessen wir – er und sie und ich – nie überdrüssig wurden, ein Märchen, so verlockend, daß es völlig nebensächlich war, ob sie genug Geld hatten – und sie hatten nicht mal genug, sich einen Blumenkasten zu kaufen, gar nicht zu reden von einem Stück Land.

»Weißt du noch die kleine Farm«, fragte sie dann wohl, »die voriges Jahr in Nantenan zum Verkauf ausgeschrieben war?«

Wenn sie so etwas sagte, standen mir immer die kleinen, schilfumsäumten Wiesen von Limerick vor Augen, die ich von den Ferien her kannte, bei meinem Onkel, und die zerfallenden Steinmauern einst bewohnter Gutshäuser, die mit Moos und gelben Flechten überzogen waren, und die Weidenbäume am Deel-Fluß, die leise seufzten; und ich roch wieder den nassen Torfgeruch, der in die feuchte Luft stieg, und lebhafter als alles sah ich die Blüten der hohen Malven, die zuerst Kohlköpfen glichen, dann rauh und rosa und schließlich wie Seide wurden, bis sie zu ›Kuchen‹ anschwollen, die ich zu essen pflegte: ein wucherndes Unkraut und Wahrzeichen des Absterbens in so vielen irischen Dörfern, das in seiner wilden Fülle und zarten Farbe für mich das schönste Sinnbild für Limericks Einsamkeit und Lieblichkeit und Verfall wurde.

»Hoho!« rief mein Vater dann wohl. »Ihr mit eurem dummen alten Limerick! So ein alter Sumpftümpel! Ach, der Teufel hol's, warum hab' ich mich nicht an die kleine Farm gehalten, die ich mir vor zwei Jahren in Emo unten angesehen habe!«

»Hahaha!« hohnlachte sie. »In der Grafschaft Queen! In der lausigen Grafschaft Queen! Herrje, lieber möcht' ich wie ein Tiger leben und wie ein Türke sterben, wenn's nur in Limerick sein kann! Alles für ein Stückchen Land im guten alten Limerick! Oh, Limerick, meine Wonne, du hast nicht deinesgleichen! Solche Kartoffeln und Äpfel wie die hier könnt ihr in ganz Queen nicht finden!«

Und sie griff sich eine Handvoll Heu aus dem Sack und vergrub ihr Gesicht darin, und die Tränen begannen ihr über die Wangen zu rinnen, und mein Freund und ich lachten sie johlend aus, und der Kirchendiener lobte Tipperary, und die Stimmen schwollen immer lauter an, als der ehemalige Soldat den Fluß Barrow und die Wiesen um Carlow rühmte, bis mein Vater aufsprang:

»Kommt, Boys, der Tag geht zu Ende, und wir haben noch Berge von Arbeit vor uns!«

Trotz alledem rückte das Strohflechten nur langsam voran. Die verschiedenen Meinungen darüber wurden immer lauter geäußert, und die Stimmen klangen heftiger. Waren sie zuerst sehr besorgt gewesen, ob die Küche auch lang genug für die Seile wäre, so lagen jetzt nur ein paar kurze Strohwürmer auf dem roten Backsteinboden herum. Der Kirchendiener behauptete: »Das verflixte Stroh ist zu feucht!« Als kleiner Junge in Tipperary hätte er nie so schlechtes Stroh gesehen. Der ehemalige Soldat sagte, das Stroh sei zu alt. Nie hätten sie in Carlow, als er noch ein kleiner Junge war, so altes Stroh benutzt. Nie! Unter keinen Umständen! Mein Vater schalt: »Das dumme Stroh taugt deshalb nichts, weil es zu kurz ist!« Und sie begannen mit den Füßen nach den kurzen Flechten zu stoßen und die Teilstücke aufzuheben und aufzuspleißen und von sich zu schleudern, bis der ganze Fußboden wie ein Stall aussah. Schließlich zogen sie sich die Jacken an und stießen noch einmal verächtlich nach dem Stroh, und mein Freund sprang vom Tisch und sagte, er wolle weiter Handball spielen – und im innersten Herzen wußte ich, daß die Drei nur Wichtigtuer waren.

Als ich an jenem Herbstabend mit dem *Echo* nach Hause kam, war die Küche aufgeräumt. Mein Vater stand vor dem Kartoffelsack. Er hatte eine Kartoffel in der Hand und rieb mit dem Daumen Staub und Erde ab. Als er mich sah, warf er sie wieder in den Sack, nahm die Zeitung, holte sich einen Plüschstuhl und ließ sich mit säuerlichem Gesicht darauf nieder. Ich sagte kein Wort, aber so jung ich war, konnte ich doch spüren, daß er nicht las, was er vor Augen hatte. Weiß der Himmel, was er sah!

Jahrelang stand das Stuhlgerippe in einer leeren Mansarde. Dort blieb er noch viele Jahre, nachdem mein Vater schon gestorben war. Als meine Mutter auch starb und ich die paar alten Möbel verkaufen mußte, die von ihrem Leben noch vorhanden waren, wollte sich der Trödler wohl nicht bequemen, das unbrauchbare Stuhlgestell mitzunehmen. Als ich nämlich zum letztenmal mit hallenden Schritten durchs Haus ging, stand der alte Binsenstuhl allein mitten in der leeren Mansarde. Während ich ihn ansah, roch es wie nach Äpfeln und nach Limericks Erde, nach beißendem Torfrauch aus den Hütten und nach den Malven zwischen zerbröckelnden Mauern. Und ich sah meinen Vater und meine Mutter, wie sie sich über den herbstlichen Sack beugten, die Arme umeinandergelegt, wie närrisch lächelnd und wieder toll verliebt. Wie an jenem Morgen.

Eines Nachts in Turin

An einem von singenden Rotkehlchen und jagenden Wolken erfüllten taufrischen Montagmorgen im vergangenen April kam Walter Hunter wie gewohnt um halb neun die Treppe herunter, um zu frühstücken – gerade recht, wenn er in Ruhe zu seinem Büro in Cork-City fahren und dort, wie es sich für einen Gentleman gehört, um zehn eintreffen wollte. Er nahm die ordentlich zusammengelegte *Irish Times* vom Tisch in der Halle und sandte in die hinteren Regionen des Hauses ein lautes: »Mrs. Canty! Paprizierte Nierchen, bitte!« Während er auf seinen Rasen hinaustrat, überflog er die Schlagzeilen. Die Glastür warf ihm blitzblanken Sonnenschein, frisches Grün und Wolkenfelder um den Kopf. Mit Vergnugen besichtigte er die Scharen von Osterglocken auf den betauten Grasflächen, die bis zum Rand der Ebbe hinabwanderten, und die Wolkenburgen über dem Hafen, doch als er die Zeitung knatternd aufriß, vergaß er alles: Blumen und Frühstück, Büro und Arbeit. Die erste Meldung in der Spalte *Aus der Gesellschaft* lautete: »Die Gräfin Maria Rinaldi ist in Dublin eingetroffen und wird einige Tage in Russell's Hotel wohnen.« Er hob den Kopf, blickte hierhin, dorthin und in die jagenden Wolken hinein, als hätte er plötzlich das Geschnatter einer Kette von Wildenten gehört, drehte sich dann um und ging schnell in sein Arbeitszimmer, um sie anzurufen. Gerade als seine Hand den Hörer packte, hielt er inne – wie in einem durchgerissenen Film. Eine Minute stand er unbeweglich da. In dieser einen Minute dachte er an die sieben Anlässe, besonders den ersten und den letzten, bei denen er sie gesehen, seit sie vor sechzehn Jahren aus Irland wegging.

Der erste Anlaß war ihm schon ganz in Fleisch und Blut übergegangen. Es war im Jahre 1946 gewesen. Er war mit Betsy Cotman nach Cervinia gereist, angeblich, um Ski zu fahren. Es war seine erste Auslandsreise seit dem Krieg, jenem Ereignis, dessen lange Dauer uns alle so merklich altern ließ. Zwei Jahre vor Kriegsausbruch war er zum Studieren nach King's Inn zurückgekehrt, wo er sein Studium der Rechte etwas verspätet zum Abschluß gebracht und sich ganz als Student unter Studenten gefühlt hatte. Im Jahre 1946 näherte er sich dann schon mächtig den Vierzigern; er sah noch gut aus, hatte ein paar interessante graue Haare an den Schläfen, war körperlich in tadelloser Verfassung, hatte bereits die Hälfte eines angenehmen Lebens hinter sich – er wußte Bescheid, wie er einem mit einer munteren Geste seiner schlanken Finger andeutete – und war fest entschlossen, sich so lange wie möglich an seinen Glücksstern zu halten. Cervinia war jedoch kein ausgesprochener Erfolg gewesen. Betsy war nur drei Tage bei ihm geblieben – sie mußte dann schnell weiter nach St. Moritz, um dort Wohnung zu nehmen, ehe ihr Mann eintraf –, doch er hatte sie erleichtert abreisen sehen. In den drei Tagen und Nächten hatte er entdeckt, daß sie an allen Dingen nur dann interessiert war, wenn sie sie wie eine Art gesunden Sport betreiben konnte. Ihr ganzes Leben schien ein langes und üppiges Festmahl zu sein, bei dem jeder neue Gang eine Wiederholung des vorausgegangenen war, nur unter einem andern Namen. Ob sie Ski fuhr oder rodelte, auf Berge stieg, sich im Eiskunstlauf übte oder zu ihm ins Bett hüpfte, nie änderte sich ihr Tonfall, nie senkte sie die Stimme auch nur ein bißchen. Wie eine Gemse war sie vom Schnee ins Bett und vom Bett in den Schnee gesprungen, blind gegen die Abgründe, die zwischen ihrem unerschöpflichen Vorrat an herzhafter, angelsächsischer guter Laune und seiner irischen Empfindsamkeit klafften. Mit einem teils befriedigten, teils angewiderten Stoßseufzer winkte er ihr sein Lebewohl nach und kehrte, tief Atem schöpfend, zu den reinen weißen Bergen zurück. Er erwischte noch vier Tage mittel- bis gutes Skiwetter, und dann fiel der gefürchtete nasse Schnee. Er fuhr nach Turin hinunter, um dort die letzten achtundvierzig Stunden seines kurzen Urlaubs auszunützen. (Sein Vater war während des Krieges gestorben; er hatte die Verantwortung für die Familien-Firma Hunter and Hunter, so daß all seine Ausbrüche in die Freiheit jetzt kurz und konzentriert sein mußten.)

Es begeisterte ihn, allein im verschneiten Turin zu sein. Da er sich nie vorher bei schlechtem Wetter in einer lombardischen oder schweizerischen Stadt aufgehalten hatte, entdeckte er jetzt zum erstenmal die Vorzüge der Laubengänge des Nordens, die es sowohl gestatten wie sie dazu verlocken, bequem und ungezwungen von Café zu Café zu gelangen. Ihn erregte der Gegensatz zwischen den überfüllten Cafés und dem Gefühl der Isolierung, das ihn mahnend ansprang aus den Haufen weißen Bombenschutts, aus den stummen weißen Ruinen zerfallender Häuser, aus der braunen Öde des hochgehenden Flusses und den großen, weißen, leeren Plätzen, die des Nachts von kargen Lichtbahnen aus tiefer gelegenen Fenstern bläulich beleuchtet wurden. Während er umherwanderte, erinnerte er sich der vielen Notbrücken, über die sein Pariser Zug so vorsichtig geschlichen war. Er kam sich wie der Pionier der Nachkriegsforscher vor. Wie wunderbar könnte es sein, dachte er, hier ein paar Monate vollständig abgeschnitten zu leben! Er würde die Tage in einem Café nach dem andern verbringen, die alle heiß und dunstig nach Kaffee und *nazionales* rochen. Er würde die Bekanntschaft von ein paar klugen und interessanten Menschen machen, in deren Gesellschaft er sein törichtes Abenteuer mit dieser Gans von einer Frau vergessen würde.

Sein erster Abend war nicht überwältigend. Er verbrachte ihn in einem großen, von Stimmengewirr erfüllten Café an der Piazza Carlo Felice. Es war nicht schwierig, Bekanntschaften zu schließen: Touristen waren 1946 noch selten genug und bildeten eine interessante Neuheit. Doch ein alter, bärtiger Mann nagelte ihn fest und sprach mit der gleichen unerschöpflichen und unnützen Energie über Krieg und Politik in Italien, wie es Betsy über Jagen und Fischen in England und Irland getan hatte. Und in der Nacht hatte er auch noch einen widerwärtigen Traum. Ihm träumte, er würde quer über seinen glatten, weichen Bauch von einer schweren, niederstürzenden Last zermalmt, wie eine Ameise, die man mit dem Fuß zertritt. Er erwachte und schaltete das Licht an, um die Vorstellung zu verscheuchen. Würde er entsetzliche Qualen ausstehen müssen? Oder käme der Tod sofort? Würde er – tot oder lebendig oder bewußtlos – sekundenlang wie eine Mücke in einer Kerzenflamme zappeln? Er dachte an brutale Schriftsteller und Maler, die derartige grausame Ereignisse dargestellt hatten. Faulkner? Beschrieb er nicht einen Mann, der bei einem Flugzeugunglück verbrannte? Hemingway? Beschrieb er nicht einen Mann, der einem andern das Auge herausquetschte und dann den baumelnden Augapfel abbiß? Oder Algren? Warum tun sie es? Um sich von bösen Geistern zu befreien? Oder um ihr Ego gewähren zu lassen?

Von der Straße drang kein Laut herauf. Der Schnee erstickte draußen jedes Geräusch. Wir schleppen unser Ego mit uns durchs Leben, daran gefesselt, in seiner Gewalt, nicht umgekehrt. Nur in seltenen Stunden sind wir von ihm befreit – oder scheinen von ihm befreit zu sein: wenn wir dank der Leistung, einen Berggipfel erklommen zu haben, entspannt sind; wenn die Geschwindigkeit einer gefährlichen Ski-Abfahrt uns über uns selbst hinaushebt; wenn das Wunder einer herrlichen Aussicht uns besänftigt, oder im Schlaf, beim Anhören von Musik, oder wenn wir leicht betrunken sind. Wo hatte er doch von einem Mann gehört oder gelesen, der äußerst korrekt lebte und um ein Haar von einem niederfallenden Balken erschlagen worden wäre, sich daraufhin sagte: ›Ich bin so gut wie tot! Dann soll also meine Vergangenheit abgeschlossen sein!‹, und nun den Rest seiner Tage mit der Jagd auf Vergnügungen zubrachte? Ohne einen ersichtlichen Grund fiel ihm Betsy Cotman ein, und er ächzte angewidert. Als er erwachte, brannte seine Lampe noch. Der Nachhall seines schrecklichen Traums blieb ihm noch mehrere Stunden haften, eine unerfreuliche Tünche grauer Farbe auf dem sonnigen Morgen.

Am Vormittag machte er Einkäufe: eine Kleinigkeit für seine Köchin, sie verdiente die Aufmerksamkeit; eine Kleinigkeit für seine Sekretärin, das arme Geschöpf; teure goldene Ohrringe für Betsy – alles Dinge, die mit Geschmack erledigt werden mußten. Den Nachmittag und Abend verbrachte er in drei verschiedenen Cafés, wo sich die Gespräche wieder mühelos ergaben und liebenswürdig und unwesentlich waren. Er aß gut zu Abend, sah sich einen amerikanischen Film an und wurde auf dem Heimweg an einer dunklen Straßenecke von einem jungen Mann angesprochen, der ihm einen unechten Parker verkaufen wollte. Walter nahm den Füller in die Hand, er fiel sofort auseinander, und der junge Mann brach in Tränen aus. Walter nahm ihn mit in eine Bar und bestellte ihm einen Drink, und der junge Mann vertraute ihm seinen Kummer an. Er hatte all sein Geld, fünfhundert Lire, für zehn dieser imitierten Füllfederhalter ausgegeben und gehofft, sie für zweitausendfünfhundert weiterverkaufen zu können. Er legte sie auf die Marmorplatte: sie waren alle schadhaft. Er war grausam betrogen worden. Walter sah ihm zu, wie er einen auseinandernahm und erregt und verzweifelt daran herumfummelte. Als sich der obere Teil nicht in den unteren schrauben ließ, brach er wieder in Tränen aus. Walter schenkte ihm tausend Lire, und sie trennten sich wie alte Freunde. Doch als Walter hinausging, sah er sich noch einmal um. Der junge Mann zerrte schon wieder an einem Federhalter. Nie vergaß er den Anblick des jungen Mannes, der sich so verzweifelt abmühte, sein Unglück ungeschehen zu machen. »Der ganze Krieg und ganz Turin wurden dadurch in einem Federhalter symbolisiert«, sagte er später oft zu seinen Freunden.

Sein zweiter letzter Tag verging ihm ebenso angenehm. Er sah sich den sogenannten Schleier der heiligen Veronika in der Kathedrale an. Er machte ihm keinen tiefen Eindruck. Beim Mittagessen lernte er einen Mann mit nur einem Arm kennen, einen verstockten Faschisten, der als unantastbare Tatsache zu berichten wußte, Mussolini sei nie erschossen worden – das sei sein Doppel gewesen –, er selbst aber hielte sich in der Schweiz verborgen und würde zurückkehren, um ein sich neu erhebendes Italien anzuführen. Er hörte sich in zwei andern Cafés noch mehr oberflächliches Gerede an und war zufrieden, einfach dazusitzen und seinen Kühltank mit dem Eiswasser ihrer neu entdeckten patriotischen Ideale und seiner eigenen moralischen Entschlüsse aufzufüllen. Bis er dann wieder gut gespeist und einen guten Wein getrunken hatte, befand er sich in einem durch und durch erfreulichen Zustand einer Euphorie sowohl des

Geistes wie auch des Gemüts. Und dann war der Augenblick gekommen, in dem sein großes Abenteuer begann.

Sein Auge fiel auf ein Plakat: am Abend wurde in der Oper *La Sonnambula* gegeben. Hastig lief er zum Theater, konnte sich eine Karte verschaffen, nahm seinen Platz im gleichen Moment ein, als die Lichter erloschen, und nach wenigen Minuten beugte er sich, starr vor Aufregung, weit vor: Molly O'Sullivan hatte als Müllerstochter Amina die Bühne betreten! Sofort regte sich in ihm das seltsamste und beglückendste Gefühl heimlicher Komplizität: er war der einzige Mensch im ganzen Theater, der sie in Irland als junges Mädchen, ja sogar fast noch als Kind gekannt hatte! Das Gefühl war so bezaubernd und stark, daß er sofort bei sich beschloß, keinem Menschen daheim in Irland zu erzählen, daß er an diesem Abend im Theater gewesen war. Er beschloß, ihr nicht einmal seine Karte zu schicken. Wenn er es tat, würde er ihr hinter der Bühne in der Gesellschaft andrer Verehrer begegnen, wo sie nichts als öffentliches Eigentum war – sie, der wundervolle neue Sopran, der in der irischen Einöde in einer Taverne an der Landstraße entdeckt worden war. Sie würde nicht länger das reizende junge Mädchen sein, als das er sie zuerst hinter dem Schanktisch in der Kneipe der alten Katy O'Sullivan erblickt hatte, einer Kneipe, die allen späten Heimkehrern zwischen

Cork und Kinsale dafür bekannt war, daß sie zu jeder Tages- und Nachtstunde offen war und knapp bemessenen schlechten Whisky ausschenkte, außerdem aber wegen der Reize der blonden Tochter. Sie war auf eine kecke Art schön, hatte er gefunden, als er sie das erstemal sah, so eitel wie ein Pfau, ein unverschämter Flirt, fast zu offensichtlich jedermann übertrumpfend und doch – genauso offensichtlich – unschuldig und ›unwissend wie die Morgenröte‹ (wie er sich bei ihrer ersten Begegnung Yeats' Worte in Erinnerung gerufen hatte). In ihrer übervollen Garderobe würde sie weder die bezaubernde Erscheinung sein, die, in reines Weiß gekleidet, im bleichen, kalten, grünlichen Mondschein auftaucht, um ihren verlorenen Liebsten zu betrauern, noch das junge Mädchen, das er während der paar Jahre nach ihrer Entdekkung in Dublin heimlich bewundert hatte, um ihr in verstaubten Teestuben oder auf den mit Ölfarbe gestrichenen Korridoren der Musik-Akademie scheinbar gleichgültig aufzulauern oder sie mit ihren Mitstudenten durchs Stephen's Green zu begleiten, vorbei an dem alten Musikpavillon, vorbei an den großen Geranienbeeten und dem Denkmal Georges des Dritten bei der buckligen Brücke über den Teichen. Er verließ das Theater so verstohlen wie ein Kidnapper. Er würde ihr schreiben, wenn er wieder zu Hause war. Und im Sommer würde er wiederkommen und ihr alles gestehen.

Als er nach Hunterscourt zurückgekehrt war, kaufte er sich Schallplatten von der Oper, und sooft er sie im Winter seinen Freunden vorspielte, spürte er wieder das heimliche Band, das er in Turin von sich zu ihr gewoben hatte, und wenn einer seiner Gäste eine einfache Frage an ihn richtete, etwa: »Ist das Verdi?« oder: »Wally, ist das die Oper mit dem Lied, das Joyces alter Vater so gern hatte?«, dann berichtigte er sie nicht und hörte kaum hin, sondern mit der überlegenen Stimme des Präsidenten der Operngesellschaft Cork sagte er: »Jetzt kommt eine recht hübsche kleine Arie!« Und sobald er das »*Ah, non credea mirarti*« oder das »*Ah, non giunge*« wiederhörte, schmiegte er sich tiefer in seinen Sessel am Kamin und sah sie vor sich, schimmernd wie eine Schneejungfrau unter einem Baldachin aus Licht und Musik; oder er sah sich selbst nach der Vorstellung, wie er, halb betäubt vor Entzücken und Staunen, in einem Spiegel-Café am Bahnhof einen Brandy nach dem andern schlürfte, neben sich sein Gepäck und die gewachsten Skier, und dort – noch lange, nachdem sich die Menge verlaufen hatte – auf den Rom-Paris-Expreß wartete, der um zwei Uhr durchkam, und wie er berauscht den nassen Schneeflocken zuschaute, die auf den Fensterscheiben vergingen, schwer in die Palmen draußen niedersanken und wie weiße Flaumfedern um die verschleierten Bogenlampen schwirrten, während ab und zu ein sanftes Donnergrollen dumpf von den Bergen durch das lohbraune Tal des hochgehenden Flusses rollte. Auf die Rückreise konnte er sich nicht genau besinnen. Er erinnerte sich nur an ihr schimmerndes Bild, die Musik, den niederfallenden Schnee und die bedrückenden, stillen Straßen.

Etwas an ihr begann ihn bald zu beunruhigen. Zuerst tauchte ihr Bild gehorsam vor ihm auf, sowie er sie rief. Dann hatte er nicht länger Macht über sie. Jetzt war sie es, die ihn unversehens überfiel. Ihr Bild verschmolz so mit seinem eigenen Ich, daß die kleinste Störung in irgendeinem Winkel seiner Sinne sie aus ihrem zusammengekuschelten Schlaf wecken konnte, bis er allmählich merkte, daß die Illusion irgendeiner Macht über seine Gedanken an sie um so größer gewesen war, je mehr er ihnen nachgegeben hatte. Er schrieb ihr nicht. Er fuhr auch in jenem Sommer nicht nach Italien. Es war, als fürchtete er sich, ihr zu begegnen. Von da an schien es ihm sogar, als bespitzele sie ihn. Sobald der Gedanke an sie ihn inmitten seiner Juristen-Freunde oder – in Dublin – bei seinen Künstler-Freunden vom Theater überfiel, packte ihn panische Angst, daß er ihnen eines Tages von ihr erzählen könnte, und deshalb verkehrte er nicht mehr mit ihnen. Auch seine Liebschaften schränkte er ein: sie wurden oberflächlicher und vulgärer. ›Je übler, desto besser‹, sagte er sich, womit er sich aber nicht entschuldigen wollte, denn er prahlte gern, daß er sich nie irgendwie selber etwas vormachte.

Als Anwalt, der gewohnt ist, die Beweggründe andrer Menschen zu untersuchen, verbrachte er natürlich viele Stunden damit, sich klarzuwerden, weshalb er ein Geständnis seiner Liebe zu ihr dauernd hinauszögerte. Nach langen Überlegungen entschied er, daß sie, gleich gewissen Lichtern (einem undeutlichen Stern, einem fernen Flughafensignal bei Nebel, einer Lampe im Fenster einer entlegenen Hütte) nur wahrgenommen werden könne, wenn man sie nicht direkt ins Auge faßte. Sie verkörperte etwas in ihm, dem er sich nur verstohlen und langsam nähern durfte. Eines Nachts ertappte er sich dabei, wie er laut vor sich hin sagte: »Schließlich wechselt man seine Politik oder seine Religion nicht von heut auf morgen!« Überdies wußte er ja, daß niemand das in seinem Leben, zu dem er sich bekennt, gänzlich verwirklicht. Sie war seine vernunftwidrige Göttin. Er erinnerte sich an einen katholischen Freund, der ihn immer gutmütig hanselte, weil er ein Protestant war – »beinah ein Atheist« –, worunter er einen Mann verstand, für den außer der Erde, dem Körper und der Urteilskraft nichts existierte. Doch dieser fromme Mann trug, wie er entdeckte, stets in seinem Zigaretten-Etui ein vierblättriges Kleeblatt als Glücksbringer bei sich. »Beim Namen deines gütigen Gottes, wovor soll's dich schützen?« hatte er ihn lächelnd gefragt. »Vor dem Schicksal!« hatte sein Freund mit einem wilden Blick geantwortet.

Er tadelte seinen Freund nicht, weil er ihn neckte. Vielen Leuten mußte es tatsächlich so vorkommen, als hätte er sein ganzes Leben nur nach dem Gesetz leidenschaftlicher Vergnügungen ausgerichtet. Er hatte den Sport geliebt, Jagen, Wettschießen und Angeln. Hunterscourt, wo vor ihm schon sein Vater und sein Großvater gelebt hatten, war ideal für einen Mann, der das Leben im Freien liebte: es war ein altes georgianisches Haus (ursprünglich der Witwensitz auf Lord Boynes Landgut), fünfundzwanzig Kilometer von der Stadt entfernt, und auf hundertfünfzig Morgen Mischboden, der sich zwischen fruchtbarem Schwemmland und jener Art Schilf- und Sumpfgelände bewegte, wie man es so häufig am Unterlauf des Lee antrifft. An einem schönen Morgen konnte er, ehe er mit seinem Mercedes ins Büro fuhr, etwa eine Stunde lang auf seinem kleinen Gütchen herumwerkeln oder mit seiner Flinte umherstreifen oder bei Flut den Fluß stromab nach Cork Harbour segeln, um dort die Angel auszuwerfen oder – völlig unbeobachtet – nackend zu schwimmen oder auch nur auf dem Rücken zu liegen und in den hohen, stets wolkenverhangenen und leise weiterziehenden Himmel über der Bucht zu blicken. Zum

Haus gehörten ein halbes Dutzend neuer Jagdhütten. Er hatte viele Freunde, die ihn gern für ein paar Tage zum Segeln oder zur Karnickeljagd auf den weiteren hundert Morgen Land besuchten, die er in den Hügeln von Fermoy gepachtet und gehegt hatte. Und was andere Freuden betraf – wo konnte man günstiger wohnen als knappe zwanzig Minuten von einem modernen Flughafen mit Maschinen, die nach Dublin flogen, und von dort ging's ja dann zu jeder Stadt seiner Wahl auf dem Festland. Ein paarmal war er freitags nach einem gemächlichen Mittagessen von Cork weggereist, hatte zwei voll besetzte Tage in Paris genossen und am Montagmorgen Hunter and Hunter an der South Mall betreten und seine Melone und seinen Regenschirm mit einem so gelassenen und zufriedenen »Morgen, Miss O.« und »Morgen, Mr. Dooley« aufgehängt, als hätte er das Wochenende mit der Lektüre von *Sense and Sensibility* zugebracht. Was seine guten Freunde natürlich nicht merkten, war die Tatsache, daß es ihn langweilte. Ist man erst einmal vierzig, dann beginnt es seinen Reiz zu verlieren. Er hatte es gar nicht selbst gemerkt – bis zu jenem Abend in Turin. Seine Bedenken seither, all die indirekten und versteckten Bemühungen, den undeutlichen Stern, das Hüttenfenster, das Flughafensignal im Nebel zu sehen, waren, er wußte es jetzt, nur Versuche, sich klarzuwerden, was er denn nun eigentlich von der Jagd, dem

Wettschießen, von der flirrenden See und von all den flüchtigen Frauenliebschaften erwartet und nicht gefunden hatte.

Nachdem er sich auf die eine Erklärung für sein ewiges Zaudern und seine panische Heimlichtuerei festgelegt hatte, entschied er sich sofort für noch zwei andere der wahren Gründe, weshalb er so vorsichtig war, nämlich a) daß er soviel älter als sie war und b) daß er von ihr als Frau wirklich keine Ahnung hatte. (Sein berühmter Grundsatz in bezug auf die Frauen war immer ein warnendes »Sie ändern sich, sie ändern sich!« gewesen.) Dementsprechend fuhr er fort, ihretwegen noch mehr Beschlüsse zu fassen und wieder umzustoßen, bis er plötzlich einsah, daß er – gewissermaßen über Nacht – zwei Jahre älter geworden war, und sie auch, was seine beiden Gründe noch triftiger erscheinen ließ. Daraufhin schrieb er ihr mehrere Briefe – und schickte sie nicht ab. Er buchte Plätze für Bahn und Flugzeug, um hinunterzufahren und sie zu besuchen – und fuhr nicht. Eines Morgens meldete seine Zeitung, sie habe den Grafen Giorgio Rinaldi geheiratet, einen Gutsbesitzer mit nicht näher bezeichneten industriellen Interessen in der Nähe von Bergamo. Er schrieb ihr sofort, gratulierte und versicherte ihr, sie habe es sowohl verdient wie nötig gehabt. Seine zweite und dritte Begegnung mit ihr spielte sich bald danach ab.

Es war in den Jahren, als sein Urlaub ihn stets in

die Dolomiten führte: er besuchte sie und Giorgio in ihrem Heim außerhalb von Bergamo. Er unternahm die Besuche erst nach langem Zaudern und voller Nervosität. Es stellte sich heraus, daß sie ihren Beruf als Opernsängerin nicht länger ausübte, daß sie ein vornehmes Leben führte und eine schöne Frau von sicherem Geschmack geworden war. Sie hatte eine hohe, marmorweiße, zartgeäderte Stirn, große graue Augen, die so rund wie die eines Pekinesen waren, eine makellos glatte Haut, wundervoll geschnittene Lippen und eine große Krone blonder Haarflechten – eine üppige, reife Schönheit mit einer italienisch anmutenden Figur. Wer sie nicht als Molly O'Sullivan gekannt hatte, hätte sie ohne weiteres für eine geborene *contessa* gehalten. Sie war, wie er nachrechnete, etwa dreißig oder einunddreißig. Er war beinahe dreiundvierzig.

Im nächsten Winter sah er sie zweimal in Mailand, das erstemal vor der Oper zum Essen bei Crispi, das zweitemal nach der Oper, als sie zu dritt Arm in Arm und vergnügt plaudernd über die neblige Piazza und durch die Arkade gingen, um bei Savini ein spätes Nachtessen einzunehmen. Es war ein heiterer Abend gewesen, so heiter und erfreulich wie die kleinen roten Tischlampen und das Geplauder in der überfüllten Arkade. An jenem Abend erschien sie ihm vollkommen wirklich, sowohl als Molly O'Sullivan wie auch als die Contessa Rinaldi.

Im nächsten Sommer machte er eine Wagenfahrt von Bern längs der großen Seen nach Venedig und besuchte sie eines Nachmittags, als sie *in villeggiatura* in einem kleinen Haus über Lecco weilten. Dort oben war es kühl. Sie tranken kalten weißen Wein. Der See tief unten war dunkelblau. Sie konnten die schneebedeckten Alpen sehen. Er stellte mit Genugtuung fest, daß ihre Ehe kinderlos war.

Auf ihre letzte, völlig unvorhergesehene Begegnung in Rom, vor etwa sieben Monaten, konzentrierte er jetzt in aller Eile seine Gedanken, während er unbeweglich vor dem schwarzen Telefon stand. An jenem Abend hätte er ihr um ein Haar sein Geheimnis von der Schneenacht in Turin verraten. Leider verlockten weder der Ort noch der Anlaß zum Austausch von Erinnerungen, am allerwenigsten jener Art von Erinnerungen. Sie war nach Rom gefahren, weil Giorgio dort war, um einen Spezialisten zu konsultieren. Er hatte sie so überraschend und so freudig erschrocken bei einer Diplomaten-Cocktailparty im Palazzo Farnese entdeckt, daß er im ersten Augenblick gar nicht mit ihr sprechen konnte. Da sie nicht mit ihm zu Abend essen wollte – sie mußte wieder in die Privatklinik zurück, um mit Giorgio zu essen –, überredete er sie, sich hinterher mit ihm bei Doney zu einem *nightcap* zu treffen.

Sie kam, aber spät, so daß seine Nerven aufs

äußerste gespannt waren, als sie eintrat: so gekleidet, wie sie in der Gesandtschaft erschienen war, in einem Kostüm aus Rohseide in der Farbe von Holunderblüten, nicht viel heller im Ton als ihr Haar, und sogar ihr großer, wippender Hut aus durchbrochenem Stroh war mit sahnefarbener Spitze bedeckt, so daß die weiße Krempe ihr ins sonnengebräunte Gesicht hing. Sie sah so reizend aus – wenn auch sehr sorgenvoll –, daß er bedauerte, keinen ruhigeren Treffpunkt als das Café an der Via Veneto vorgeschlagen zu haben. Er war erleichtert, daß er wenigstens einen Tisch im Innern des Cafés gewählt hatte, wo es bei warmem Wetter, wenn die Menge lieber drei Reihen tief unter den bunten Sonnensegeln sitzt, im allgemeinen still genug zugeht. Doch das Pech wollte es, daß gerade, als sie sich drinnen in einer ruhigen Ecke an einem Tischchen niederließen, ein jäher September-Wolkenbruch über der Stadt niederging, und sogleich stürzten Hunderte von Schwätzern vom Bürgersteig ins Café hinein, lachten geräuschvoll über das unerwartete Mißgeschick, trugen ihre Getränke in der Hand und drangen überall in den *salon* ein, während die Kellner hinein- und hinausstürmten und Stühle über ihren Köpfen schwangen, als wollten sie jedem den Schädel zertrümmern. Als er ihr zuhörte, wie sie ihm von Giorgios Symptomen erzählte (sie befürchtete das so verbreitete bösartige Leiden), glaubte er allerdings mit ziemlicher Sicherheit gewisse Gefühle herauszuhören, die eher aus dem Ton ihrer Stimme hervorgingen als aus den Worten selbst, gewisse Zwischentöne, die nicht mit ihren Befürchtungen für seine körperliche Gesundheit zusammenhingen – eine Spannung und nervöse Erregtheit, die vielleicht noch verstärkt wurde durch den prasselnden Regen, das leise Grollen des Sommergewitters und die schnatternde Menge.

Er blickte sie an, saß zusammengesunken da, schüttelte in betrübter Anteilnahme den Kopf und lächelte voll zärtlichen Mitleids über die braune Tischplatte hinweg, während seine Fledermausohren vor lauter Verliebtheit um so schärfer hörten. Er bemerkte, daß ihre Schönheit an jenem Abend nicht nur strahlend, sondern auch schwermütig war, und sofort lähmte ihn die wahre Bedeutung ihrer Melancholie und todgeweihten Lieblichkeit. Er begriff es, als die funkelnden Lichter der Kronleuchter plötzlich trübe wurden, wie wenn sie alle ins Meer versenkt worden wären: ein lauter Donnerschlag dröhnte über die regengepeitschte Stadt hin, und der *salon* stieß ein jubelndes Gekreisch vorgetäuschter Angst aus. In jener Sekunde sah er sie genauso, wie er sie vor sieben Jahren, im bleichen Mondlicht der *Nachtwandlerin*, gesehen hatte, als ihre Augenlider nicht wegen Rinaldi, sondern wegen ihres eigenen Kummers flatterten. Geschickt ließ er eine Bemerkung über die glückliche Zeit in Bergamo fallen und verband sie mit der vergnügten Nacht in Mailand, als sie alle drei Arm in Arm über die neblige Piazza zur Wärme des Restaurants Savini und der lustigen Herabwürdigung französischen Champagners durch den rituellen *risotto al salto* eilten. Sie antwortete auf seine Bemerkung – und er hatte gezittert, während er auf ihre Antwort wartete – mit einem kaum wahrnehmbaren Zucken der einen Schulter. In jenem Moment wußte er, daß sie sich nicht mehr liebten.

Er hatte dicht davor gestanden, sich ihr ganzes Zutrauen zu erobern, da flammten die trüben Lichter wieder in voller, greller Leuchtkraft auf und wurden von der Menge mit einem Beifall begrüßt, als erlebten sie den Schlußakt einer Oper. Er hatte sich umgedreht und die lachenden Schwätzer zornig angefunkelt, als wollte er rufen: »Ruhe im Saal!« Als er sich wieder umdrehte, sah er, daß sie interessiert auf ein junges Paar nebenan schaute, das sich gegenseitig laut und glücklich neckte und über den Tisch hinweg bei der Hand hielt. Walter blickte genauso neidisch auf ihre herrlich geschnittenen Lippen. Als spürte sie seinen Blick, wandte sie sich flink zu ihm um und rief burschikos in komisch dialektgefärbtem Irisch: »Ob wohl noch 'n Tröpfchen in unsrer ollen Schampus-Pulle steckt?« – und der einzige günstige Augenblick des Abends war verpaßt.

Das Gewitter verzog sich. Die Nacht war wieder warm und mild. Der *salon* leerte sich. Sie unterhielten sich noch ein Weilchen über das, was sie ihre Vergangenheit nannten. Da sie seit vielen Jahren nicht allein gewesen waren, hatte er wirklich zum erstenmal Gelegenheit, zu beobachten, wie sich ihr Geist in der Zwischenzeit entwickelt hatte. Während sie sprachen, regte sie sich so heftig über ein paar (vielleicht nur eingebildete) Beleidigungen ihrer ersten Kritiker auf, daß er anfangs zu fürchten begann, sie könne ein ihm nicht unvertrautes und sehr unsympathisches Gemisch aus Starrsinn und Weltfremdheit sein. Wie eine starke Strömung das Spielzeugboot eines Kindes aufs offene Meer hinausträgt, so strahlte sie etwas Unbändiges und Wildes aus, das eine im Grunde ganz einfache und unschuldige Wesensart gewaltsam mitriß. Es paßte gut zu dem ersten Eindruck, den er vor langer Zeit von ihr gewonnen hatte, damals in der Kneipe in Coomagara, wo sie ihm als ein stolzes, kokettes Mädchen erschienen war, und ›unwissend wie die Morgenröte‹; wie es auch zu seinem Traumbild von ihr in der Oper paßte, wo sie als schlafwandelnde Schneejungfrau in einen Baldachin aus kaltem Licht und leidenschaftlicher Musik gehüllt war. Es hätte ihm nichts ausgemacht, wenn sie entweder starrsinnig oder weltfremd gewesen wäre, aber die Starrsinnigen, die auch weltfremd sind, beunruhigten ihn stets. Er war ihnen nur zu oft in seinem Beruf begegnet (die Iren sind ein händelsüchtiges Volk), nicht zu überzeugenden, heftigen Männern und Frauen, die in sein Büro kamen und ungestüm erklärten: »Ich verlange Gerechtigkeit!« oder: »Ich werde bis zum letzten Penny um mein gutes Recht kämpfen!« Wie er die Dinge betrachtete, war der weltfremde Mann (falls er nicht den hartnäckigen Kampf ums Dasein gänzlich aufgegeben hatte, wie etwa der Priester oder der Professor) überhaupt kein Mann. Er war geschlechtslos, schwach und weibisch. Ebenso war die weltfremde Frau (falls sie nicht die Welt verlassen hatte und Nonne geworden war) keine Frau. Sie war ein kindliches, zurückgebliebenes, einfältiges Geschöpf, das für einen erwachsenen Mann ohne jedes Interesse war. Ihm schienen die Worte Mann, Frau, starrsinnig und weltfremd gegenseitige Zerstörung in sich zu bergen. Er konnte nicht einmal Romane mit weltfremden Frauen ertragen, die in einer tätigen Umwelt lebten, auch keine Satire über sie, wie sie Jane Austen schrieb; sie waren nicht erwachsen, sie waren nicht mannbar, sie füllten nicht die ihnen zukommende Rolle im Leben aus.

Arm in Arm schlenderten sie zur Piazza Barberini. Inzwischen war er noch viel begieriger, sich zu überzeugen, ob sie mit Rinaldi glücklich gewesen war oder nicht, und tausendmal begieriger, herauszubekommen, weshalb sie unglücklich gewesen war (*falls* sie es gewesen war), und zehntausendmal begieriger zu hören, ob sie weltlich genug gesinnt war und sich einen Liebhaber genommen hatte. Über dem Springbrunnenstrahl des Triton zitterten die Lichter. Eine *carrozza* und zwei Taxis standen wartend da. Er mußte es einfach wagen und ihr die Frage stellen, die ihn am meisten bedrängte:

»Molly, wir kennen uns schon so lange, daß du nicht böse sein wirst, wenn ich dich etwas frage. Du warst unglücklich mit Rinaldi, nicht wahr?«

Sie antwortete nicht. Sie schüttelte den Kopf, aber so langsam, daß es alles mögliche bedeuten konnte, etwa: ›Wer ist nicht unglücklich?‹ oder ›Wie unerhört, jetzt von solchen Dingen zu sprechen!‹ Es hätte als Zurückweisung gedacht sein können. Es war ein kümmerliches Ausweichen, denn indem sie es nicht abstritt, hatte sie es eigentlich zugegeben. Er versuchte es von einer andern Seite her.

»Ist das Leben in Bergamo interessant?«

»Es ist furchtbar langweilig. Die Stadt ist so klein. So konservativ. So verschwägert. Du kannst es dir wohl vorstellen – du lebst doch selbst in einer kleinen Stadt – oder ist es jetzt eine Großstadt? Wie Cork ist, das wissen wir beide. Und immerzu Regen, wie in Bergamo auch! Wenn Mailand nicht so nahe läge, wäre Bergamo unerträglich. Alle Leute fahren von Bergamo nach Mailand, um sich zu amüsieren, genau wie sie von Cork nach Dublin oder nach London fahren. Oder«, lächelte sie und blickte ihn von der Seite an, »nach Rom. Anfangs hat's mich aufgeregt. Es kam mir so feige vor. Warum, zum Kuckuck, hab' ich mich immer gefragt, leben die Leute nicht so, wie es ihnen paßt? Rinaldi hat mir erklärt, es sei eben allgemein der Brauch. Die Hälfte von allen Touristen, sagte er, sind losgelassene Provinzler. Wir haben amerikanische Geschäftsfreunde. Der eine ist ein sehr kluger und amüsanter Mann aus dem Mittleren Westen. Er erzählte uns einmal, daß überall in den Vereinigten Staaten, selbst in den puritanischsten Gegenden, gewisse Städte ausdrücklich geschützt oder für diesen Zweck vorgesehen sind. Er hat uns mal beschrieben, wie das Nachtleben in Kansas City ist. Ich war gleichzeitig fasziniert und entsetzt.«

Er drückte ihren Arm.

»In einer so langweiligen Stadt wirst du sicher von Verehrern belästigt?«

»Bergamo ist eine sehr respektierliche Stadt!«

Ihre Antworten entzückten ihn: gescheit, ausweichend und leicht doppelsinnig: eine Frau von Welt aus einer andern Zeit.

Ihr Taxi fuhr vor. Er führte ihre Hand an seinen Schnurrbart.

»Im Frühling sehe ich dich wieder!« rief er. »Wenn nicht schon eher!«

Seitdem hatte er ihr ein paarmal geschrieben. Im Weihnachtsbrief hatte sie ihm mitgeteilt, daß Rinaldi gestorben sei. Er hatte kondoliert. Im März hatte er sie gefragt, ob er sie im April besuchen dürfe.

Zwei Vögel, schwarz wie das Telefon, schossen flügelschwirrend und verliebt an seinem Fenster vorbei. Langsam nahm er den Hörer auf und sagte sich: ›Wenn sie heute mit mir mittagessen will, erzähle ich ihr von der Nacht in Turin! Wenn die Tatsache, daß ich's all die Jahre geheimgehalten habe, sie nicht zu überzeugen vermag...‹ Laut schloß er: »...dann bin ich heute abend wieder hier!«

Den ganzen Weg nach Dublin hinauf machte er Pläne und verwarf sie wieder. Er würde *nicht* damit herausplatzen. Ein oder zwei Punkte mußte er noch genauer erforschen. War sie wirklich nicht glücklich gewesen mit Rinaldi? War er nicht glücklich mit ihr gewesen? Und wenn, wessen Fehler war es dann? Möglicherweise ein Liebhaber? Würde sie sich wiederverheiraten wollen? Er rechnete ihre Jahre in Italien nach. Bergamo. Mailand. Rom. Venedig. Wie würde ihr jetzt Cork vorkommen? Und Hunterscourt? Es könnte, weiß Gott, ein ebenso schöner Rahmen für sie sein wie Schloß Boyne in der nächsten Nachbarschaft. Sofort gab er den Gedanken wieder auf: niemand durfte etwas wissen, bis alles abgeklärt war. Wenn er keinen Erfolg hatte, würden ihn die Leute einen alten Esel, einen alten Lebemann, einen alten Bock nennen.

Während einer Strecke von dreißig oder vierzig Meilen sah er sie im Geiste in seinem Haus. Sie würde jedes Jahr singen, in der Oper. Manchmal dauerten die Gastspiele eine volle Woche. Sie konnte die Königin der ganzen Grafschaft sein! Des ganzen Landes! Sie würden reisen, konnten mit der Operngruppe nach Covent Garden, nach Paris und Salzburg, zur Scala, nach San Carlo, Rom und zum Fenice gehen. Dann, gerade als er sich ausmalte, wie sie beide Arm in Arm vom Hotel Danieli über die Piazza San Marco durch die Gassen gingen, die zum Fenice führten, huschte ihm eine Bemerkung durch den Kopf, die ein lieber Freund erst vor zwei Wochen im Jachtklub in Cork gemacht hatte (der junge Boyne war's gewesen, Lord Boyne's ältester Bengel): »Wissen Sie was, Wally? Sie müssen mittlerweile der älteste offiziell anerkannte Junggeselle in der ganzen Grafschaft Cork sein! Und dabei sind Sie, weiß Gott, noch immer eine annehmbare Partie!« Der Stachel ›noch immer‹ saß so tief, daß er seine Geschwindigkeit beinah verdoppelte. Dann fuhr er wieder langsamer. Die Erinnerung an das Bild, das er sich damals um Mitternacht am Brunnen mit dem Triton von ihr gemacht hatte, vermochte ihn zu besänftigen: eine Frau von Welt aus einer andern Zeit.

Am Tisch, ihm gegenüber, sah sie so schön und elegant wie immer aus: Augen wie Fackeln, kornblondes Haar, seidenglatte Haut, geschminkte Augenlider, bleicher Lippenstift, noch blassere Nägel, ein Kleid aus der Via Monte Napoleone (sie gab es selber zu) und das klimpernde Handgelenk. Doch wo er eine *contessa* erwartet hatte, fand er eine junge Studentin. Sie benahm sich genauso wie damals in Dublin, als er sie während ihrer Studienzeit zum erstenmal gesehen hatte: wie sie mit zwei andern Mädchen laut lachend, mit blitzendem Mund und roten Lippen, zwischen denen die Zunge wie bei einer Katze hervorkam, von der Academy her quer durchs Stephen's Green ging. Als er es jetzt erwähnte, lachte sie genauso, streckte ihren kräftigen Arm über den Tisch und packte seine Hand wie ein Junge.

»Ist es nicht wunderbar?« rief sie, und so laut, daß andere Leute, die in der Nähe saßen, sich stirnrunzelnd umsahen – und dann nicht wegsahen: gebannt von ihrer Schönheit.

»Was ist wunderbar?« fragte er voller Hoffnung.

»Daß ich hier bin, natürlich! Wieder hier, wo mein Leben anfing! Ich habe so viel getan, bin viel gereist, habe so viele Freunde gefunden, überall haben sie mir geschmeichelt und mich gefeiert, aber nichts, nichts, nichts ist so wunderbar gewesen wie die Rückkehr, nicht bloß nach Irland, nicht bloß nach Dublin – obwohl es so schööööön ist –, sondern ausgerechnet zu diesem Hotel hier, zu dem alten Green, dem gleichen, das ich jeden Tag auf dem Weg zur Akademie durchqueren mußte! Erinnerst du dich noch, Walter, als wir jung waren, wie wir da immer dachten, das Hotel hier wäre bloß für die feinen Nummern? Und jetzt hab' ich hier ein ganzes Appartement! Mein Badezimmer ist blaßgrün, sogar das Bidet! Meine Wanne ist in den Boden eingelassen, wie ein römisches Bad. Für mich! Für Molly O'Sullivan!« Sie lachte über ihren Unsinn. »Was machst du in Dublin, Walter?«

»Ich bin in geheimem Auftrag hier.«

»Ein dickes Geschäft?« Sie riß die Augen auf.

Daß der Kellner kam und die Champagner-Flasche zeigte, ließ ihm Zeit, sich zu fassen.

»Falls du's wissen willst: ich bin wegen einer Frau hier.«

Wieder packte sie seine Hand mit knabenhaftem Griff.

»Wer ist es? Kenn' ich sie? Sag's mir – sofort! Wie fein! Denkst du an Heiraten? 's ist nicht zu spät!«

»Ich bin nicht mehr jung«, gestand er säuerlich. »Ich bin sechsundvierzig.«

»Wenn nur das Herz jung ist. Wie lange zieht sich das schon hin?«

»Schon eine Reihe von Jahren.«

Sie lehnte sich an.

»Dann kann's doch kein Geheimnis mehr sein? Du hast gesagt, ›in geheimem Auftrag‹.«

Ihre großen Augen hielten ihn fest. Es wurde ihm eng um die Brust. Er war im Begriff, ihr alles zu gestehen, als der Korken knallte. Während der Kellner ihm einschenkte, damit er kosten konnte, legte er sich einen neuen Plan zurecht. Als der Kellner ihnen beiden eingegossen hatte und gegangen war, sagte er:

»Molly, ich muß dir etwas beichten. Der Grund, weshalb ich dich anrief, war ein Hilferuf. Ich will drei Tage auf meinen geheimen Auftrag verwenden. In diesen drei Tagen muß ich mich entschließen. Gib mir einen Rat! Du bist allerdings viel jünger als ich. Aber du warst verheiratet, und ich nicht. Mache ich eine Dummheit? Mit sechsundvierzig Jahren ist eine Heirat kein Kinderspiel!«

Er beobachtete sie aufmerksam. Ihr Blick sank auf den Teller. Langsam begann sie mit der Gabel den rötlichen Lachs zu zerlegen. Ob sie es erriet? Dann hob sie ihr Glas, die Augen blickten voller Güte.

»Viel Glück!« lächelte sie. »Erzähl mir von deinem Herzensschatz!«

»Sie ist etwa so alt wie du. Hat auch die gleiche Farbe. War verheiratet. Ihr Mann ist gestorben.

Ich wäre längst mit ihr verheiratet, wenn ich sie mir nicht, als ich jung war, hätte entgehen lassen. Außerdem war sie gebunden, und ich wollte sie nicht beunruhigen.«

Er glaubte, daß er sich immer zu ihr hingezogen gefühlt hatte, daß sie jedoch ganz ihrem Beruf verfallen war. Ihren Beruf legte er jetzt einfach als eine Art Verlöbnis aus. Wenn er ihr seine Absichten auf diese Weise andeutete, mußte sie ihn doch sofort verstehen. Er erzählte ihr noch mehr von seiner langjährigen Treue und Zurückhaltung.

»Und als sie dann wieder frei war«, schloß er, »lebten all meine Gefühle für sie auf – und wärmer denn je nach all den Jahren!«

»Ich hätte es nie von dir gedacht, Walter«, erwiderte sie herzlich. »Ich hatte immer geglaubt, du interessierst dich für deine Laufbahn mehr als für irgendwas oder irgendwen! Erzähl mir noch mehr von ihr!«

Sein Herzensschatz (so hatte *sie* sie bezeichnet) hatte bis zu ihrem einundzwanzigsten Jahr in Irland gelebt. Sie hatte an der Dubliner Universität ihre Examen abgelegt. Dann war sie ins Ausland gereist. Nach Spanien. Als Lehrerin. Nach einem Jahr war ihr Onkel gestorben und hatte ihr eine kleine Erbschaft hinterlassen. Daraufhin war sie sofort nach London gezogen. Hatte eine Schauspielschule besucht. Während des Krieges hatte sie sich mit einem Franzosen vom unbesetzten Frankreich angefreundet. Ein junger Aristokrat. Der sich für Theater-Inszenierungen interessierte. Vier Jahre lang war sie Schauspielerin, auch auf Provinz-Tournéen. Zweimal bekam sie kleine Rollen in Westend-Theatern, aber in London kam sie nie richtig an, wahrscheinlich, weil sie gleich nach Kriegsende ihren Franzosen heiratete. Sie lebten im Ausland. In Bordeaux.

Sie blickte aufs Green hinaus. Er fügte noch hinzu, daß sie keine Kinder hatte. Sie blickte weiter aufs Green hinaus und drehte langsam den Stiel ihres Champagnerglases herum. Er sagte, er habe ein Gefühl, als sei die Ehe nicht recht glücklich gewesen.

»Ich...«, begann sie, ohne ihm das Gesicht zuzuwenden, und brach ab.

Er beugte sich vor.

»Und ich«, sagte sie, »hätte vielleicht in Rom Erfolg gehabt, könnte man meinen. Sogar« (etwas weniger sicher) »in Neapel.« (Noch weniger sicher). »Und sogar in Mailand? Statt dessen hab' ich geheiratet. Und bin wieder hier...« Sie brach nochmals ab. Plötzlich schloß sie verbittert: »...wo ich anfing.« Ohne glaubwürdiges Interesse sagte sie: »Sie scheint sehr interessant zu sein. Wie heißt sie?«

»Ich verrate dir ihren Namen am Mittwochabend, meinem letzten Abend hier, wenn du da mit mir essen willst?«

Sie lächelte herzlich und legte ihre Hand auf seinen Handrücken.

»Also gut! Aber wenn du keinen Erfolg hattest mit deinem großen Abenteuer, dann ist es kein sehr fröhlicher Anlaß? Und wenn du Erfolg hattest, wirst du doch nicht mit *mir* feiern wollen?«

Er legte seine freie Hand über ihre Hand. Sie baute ihre noch freie Hand auf seinem Handrücken auf.

»Du hast eben keine Ahnung!« sagte er. »Wenn ich Erfolg habe, dann gibt's keinen Menschen auf der Welt, dem ich's lieber erzählen würde, als gerade dir – wo wir wohnen werden und was wir mit dem Rest unsres Lebens tun wollen.«

Sie blickte ihn merkwürdig an.

»Erzähl mir, wo du wohnst! Ich sollte doch dein Haus kennen, von damals her? Heißt es nicht Hunterscourt? Wo liegt es eigentlich?«

Er erzählte ihr von seinem Haus. Sie stellte ihm so viele Fragen über das Leben, das er führte, über die Menschen um ihn her und seine Nachbarn und Freunde, daß er sich fragte, ob sie etwa schon erraten hatte, was er im Schilde führte. Ihre Fragen waren eine verblüffende Mischung aus Unwissenheit und Scharfsinn, wenn sie mit verschmitzter Miene fragte, ob die weiblichen Fohlen schneller liefen als die Hengstfohlen, oder: »Stimmt es, daß der Shannon der breiteste Fluß von der Welt ist?« Wenn er dann aber völlig verdutzt war ob ihrer Albernheiten, wurde ihm kühl und vernünftig eine Frage nach dem gegenwärtigen Wert von Landbesitz in der Grafschaft Cork gestellt. War sie nur dann und wann ein erwachsener Mensch? Sie sprachen so lange, daß er auf einmal merkte, daß sie die beiden letzten Gäste im Restaurant waren. Panische Angst packte ihn: er hatte nichts festgelegt, nichts herausgefunden, nichts gefragt, was ihn der Lösung seines Problems nähergebracht hätte – und sie raffte schon ihre Handschuhe zusammen. Verzweifelt rief er: »Aber du solltest Cork mal wiedersehen! Es ist wirklich ein kleines Bergamo. Sogar die Hügel sind da. Doch keine Altertümer. Wir haben auch nicht dasselbe Essen. Oder den Wein. Warum besuchst du mich nicht mal? Ich habe ein großes, leeres Haus!«

»Ich hab' tatsächlich mit dem Gedanken gespielt, ein paar Freunde in der Nähe zu besuchen.«

Er war betroffen. Er kannte niemanden in der Grafschaft Cork, der ihr begegnet sein konnte, seit sie eine Berühmtheit war.

»Wer sind denn die Freunde?« fragte er gereizt.

»Der alte Lord Boyne.«

Die Eifersucht packte ihn. Er war zweimal über sein Land gewandert, um im Schloß Boyne zu essen, und er hatte die Boynes zweimal bei sich in Hunterscourt zum Essen gehabt: sie hatten von Italien gesprochen, aber die Rinaldis hatten sie nicht erwähnt. Die morsche Gutsmauer des alten Lord Boyne schloß die Welt aus.

»Ich wußte nicht«, sagte er kalt, »daß du die Boynes kennst!«

»Wir haben sie im vorigen Jahr getroffen. Wir wohnten alle in der Villa d'Este. Im Mai.«

»Im Mai!«

Wie kindisch. Im Mai, ehe die Touristen kamen. Danach zog man sich in die Berge zurück, dann ging man ein bißchen ans Meer, tauchte später in Venedig auf, ging nach Ägypten, falls man genug Geld hatte, versuchte es mit dem Skilaufen und kehrte für die Saison und den Klatsch nach Mailand zurück. Es war wirklich ein bißchen spießig von ihr. Er beendigte die Mahlzeit etwas schroff.

Als sie vor ihm an der Bar vorbeiging, schaute sie hinein und winkte jemandem zu. Als er vorbeiging, schaute auch er in das künstliche Dunkel. Es war der junge Boyne, der seine langen Beine vor der Bartheke verschnörkelt hatte. Sie grüßten sich mit freundlich erhobener Hand. Er hatte ein unangenehmes Gefühl, daß man ihm nachspioniert hatte. In der Halle dankte sie ihm für das wunderbare Essen und wandte sich zur Treppe um. In jäher Verzweiflung hielt er ihre Hand fest.

»Wie lange bleibst du hier?«

»Drei Tage.«

»Laß uns heute abend zusammen essen!« flehte er. »Du hast mir noch gar keinen Rat gegeben!«

»*Magari!*«

Sie hatte eine Verabredung fürs Abendessen. Morgen mittag vielleicht? Morgen mittag war sie auf dem Land zum Essen eingeladen. Er mußte sich mit dem Essen morgen abend zufriedengeben; sonst wäre auch sein zweiter Tag umsonst gewesen.

»Ich weiß so wenig von dir«, sagte er kläglich, hielt immer noch ihre Hand fest und blickte sie an. »Hast du denn Verwandte auf dem Lande? Bei denen du morgen mittag ißt, meine ich?«

»Wir sind zum Mittagessen auf Schloß Killeen.«

»Wer – wir?« lächelte er besorgt.

»Ich fahre mit dem jungen George Boyne raus, er will sich ein Fohlen vom Sassoon-Rennstall kaufen.« Sie drückte ihm die Hand. »*A domani!*« strahlte sie ihn an. »Und, *caro*, viel Glück für den geheimen Auftrag! *Ciaò!*«

Zwei Schritte treppauf legte sie die Hand auf den Treppenpfosten, drehte sich graziös um und bedachte ihn zu seiner größten Verwirrung mit einem zwinkernden Blick. Wie wenn seine stille Liebe eine Art lustiger Witz wäre! Er sah ihr nach, Augen und Kinn aufwärts gewandt. Mit zusammengezogenen Brauen gewahrte er die schwache Andeutung des Korsettrandes auf ihrem strammen italienischen Hinterteil. Und die Waden – wie bei einer Bäuerin! Kurz bevor sie an der Biegung der Treppe seinen Blicken entschwand, rief er ihr nach:

»Molly! Ich bleibe in der Stadt. Kann ich etwas für dich erledigen?«

Sie strahlte. Doch, ja, einen kleinen Gang. Ein Paket in der Reinigung abholen, die, wie sie lachend erklärte, »zwar ›expreß‹ reinigt, aber nicht ›expreß‹ ausliefert!«

»Gut, sehr gern!«

Er wandte sich ab, war verdutzt. Bestimmt war sie noch nicht ganz Frau, jedoch – bei aller reifen Schönheit einer begehrenswerten Frau – viel mehr als nur ein Mädchen. Er fragte sich, wie Rinaldi mit ihr fertiggeworden war. Nicht so einfach zu behandeln, vermutete er und erinnerte sich, irgendwo gelesen – und sich gewundert zu haben, woher der Mann das wußte –, daß keine Frau der Welt leidenschaftlicher als die Irin – und weniger erotisch sei. Mit dem Ausspruch war auch sie erklärt. Er lächelte glücklich und durchtrieben, als er zur Empfangstheke ging, wo das Gästebuch nach der letzten Ankunft noch aufgeschlagen dalag. Sie war immer noch unverdorben. Und nicht leergeplündert. Sein Lächeln verschwand, als sein Blick auf George Boynes Eintragung fiel. Er blieb in der Tür stehen und stierte verärgert über das sonnige Green. Dann drehte er sich um und rief von der Theke aus die Reinigung an.

»Ja«, antwortete eine Mädchenstimme fröhlich und stolz. »Die Sachen für die Gräfin Rinaldi sind alle fertig.«

Alle? Ja. Zwei Kleider, ein Kostüm und ein Mantel. Er lief puterrot an beim Gedanken, daß sie von ihm erwartet hatte, er würde die ganze Ladung Sachen durch die Straßen der City schleppen. Er gab dem Portier eine Silbermünze, bat ihn, das Paket holen zu lassen, und ging über die Straße und ins Green, wobei er aufgebracht seinen Stock herumwirbelte. ›Nein, wirklich!‹ dachte er. ›Die Frau ist ja der reinste Backfisch!‹

Ganz anders, ganz, ganz anders als das, was er von ihr erwartet und was sie ihm vorgespielt hatte.

Sie stand am Fenster, hielt die Spitzengardine in der Hand und sah ihm nach, wie er die Straße überquerte und, den Stock herumwirbelnd, das Green betrat. Der gute Walter! Hält sich immer noch für einen Herzensbrecher! Mit seinem welligen Haar und dem Duft nach *eau verte* und der engen Taille und der Blume im Knopfloch und dem geckenhaften Spazierstock!

Es ist wunderbar, wieder mal hier zu sein! So ein Mittagessen wie eben mit einem Italiener – der hätte die ganze Zeit mit mir gefüßelt und meine Knie getätschelt und mir zuckersüße Schmeicheleien gesagt. Nichts als lästige Mannsbild-Angeberei! Ach, aber hier! Das ist ein Land, wie ich's liebe. Jemand nannte es mal den Garten Eden ohne die Schlange. Der alte Walter will nichts weiter, als von sich selber reden und den andern unterhalten.

Immerhin, ein einziges kleines Kompliment hätte nichts geschadet. Zum Beispiel: ich hab' dich singen gehört. Oder: hoffentlich wirst du hier in Irland für uns singen? Das ist eben die eine Schattenseite: in Irland erkundigt sich niemand ausführlich nach einem. So, bist du wieder da? Damit haben sie genug geleistet – ihrer Meinung nach.

Sie schöpfte tief und langsam Atem, als wollte sie ein Lied anstimmen.

Aber sie haben weiß Gott recht, wenn sie eine gute Meinung von sich haben, sind ja die gütigsten Menschen von der Welt. Wenn man ihn so sieht, wie nett er da loszottelt, um meine Sachen abzuholen!

Er verschwand zwischen den Bäumen. Sie ließ die Gardine sinken. Sie betrachtete sich in dem hohen Spiegel zwischen den beiden Fenstern. Sie hob das Kinn, zog den Bauch ein und riß die Mundwinkel in die Höhe, dann ließ sie ihre flache Hand unter dem Kinn aufwärtsgleiten und beobachtete, wie schlaff die Haut war.

Die Fratella damals, die in Foggia nicht das hohe C geschafft hatte! Wie sie die ausgepfiffen haben! Wenn ich denke, ich müßte wieder auf Tournée gehen! Bari. Taranto. Reggio. Catania. Was für ein Abend! Bei dem Regen! Und der Wind heulte vom offenen Meer her, und ein alter, angeschlagener Emaille-Eimer in der Ecke meiner Garderobe brummte wie 'ne Baßgeige, sooft ein Tropfen von der Decke runterfiel!

Sie strich die Hüften hinab, drehte sich seitwärts, um sich zuzulachen, mit offener Jacke, die Hände auf den Hüften, zurückgeworfene Schultern, das Kinn hochgereckt. *L'amour est l'enfant de Bohème qui n'a jamais, jamais connu de loi. Si tu ne m'aimes pas je t'aime, et si je t'aime prends garde à toi.* – Niemals haben sie mir Carmen gegeben. Haben immer gesagt, ich hätte nicht gelebt. Womit sie ja bloß das eine meinten. Es wäre wirklich wunderbar, wenn ich wieder hierher kommen könnte. Fort von allem. Zu jemand, der freundlich ist. Einfach ein Freund, ein guter Freund. So was muß es doch geben!

Eigentlich sollte ich raus ins Grüne und in die herrliche Sonne.

Was macht er bloß so lange da unten? Ich weiß nicht mal genau, wie alt er ist. Er sagt zwar fünfundzwanzig, aber alle jungen Männer machen sich älter. Von ihm hab' ich nichts als Komplimente, Schmeicheleien haufenweise, das berühmte irische Geschmäus, aber immer flitzt er weg wie 'ne Forelle, gerade wenn ich denke, jetzt wird er sich erklären. Wie ein kleiner Fuchs. Schlau. Ein süßer lieber kleiner Fuchs mit 'nem dicken Pelz und einer langen Lunte. Giorgio! Er ist noch der reinste Junge. Wenn er ein Italiener wäre, wüßte ich, daß er bloß das eine wollte. Meine Güte, wenn er das will, was muß er da von mir denken? *Una truffatrice?*

Sie klimperte laut mit ihrem Armband. Sie trat ans Fenster. Zwei Mädchen, die ihre Schulbücher schleppten, gingen am Geländer entlang. Sie schüttelte den Kopf über sie, die kleinen Dinger. Schwatzend zogen sie weiter.

War ich unschuldig, als ich nach Italien ging? Ich war eine blöde Gans. Und bin's immer noch. Weil ich gesagt habe, ich bin wieder da, wo ich angefangen habe! Mich so klein zu machen vor ihm! Und selbst dann hat er mir noch kein Kompliment gemacht. Schließt die verdammte Bar nicht endlich mal? *Sono la Contessa Maria Maddalena Rinaldi.* Und was bedeutet es schon der Contessa Rinaldi, wenn sie Gräfin Boyne wird? Überhaupt: der alte Boyne wird bestimmt hundert Jahre alt! Ein kleines Bergamo? Ich möchte ein großes Bergamo haben – Rom, Paris, London, New York! Lieber Himmel, will ich denn die ganze Geschichte nochmal von vorn? Es war verrückt von mir, herzukommen! Gott hat ihn mir über den Weg geschickt, Alter schützt vor Torheit nicht, ich bin wohl verrückt, ich muß Schluß machen mit der Geschichte, will nichts mehr mit ihm zu tun haben, wenn's Telefon läutet, werde ich einfach sehr, sehr ruhig sagen – und ein bißchen traurig, damit's echt klingt, ist ja nicht nötig, ihm wehzutun –, werd' einfach sagen, Giorgio, was

Schreckliches ist passiert. Ich hab' gerade ein Telegramm aus Coomagara bekommen, mein Großvater liegt im Sterben.

Das Telefon summte.

Ich bin unabhängig. Ich könnte jederzeit in Dublin leben. Die *Dublin Grand Opera* würde mich mit Kußhand nehmen. Ich könnte auch für die *Rathmines and Rathgar*-Gruppe singen. Und ich könnte am Rundfunk singen.

Das Telefon summte.

Sie hielt sich das Taschentuch vor den Mund und lief ans Fenster, dann lief sie zum Telefon zurück und riß hastig den Hörer ab.

»Giorgio! Was machst du denn bloß da unten, um Himmels willen? Nein, *caro*, du darfst auf keinen Fall raufkommen. Ich treffe dich unten in der Halle. Ach, ich hab' so ein lustiges Mittagessen gehabt! Ich muß es dir alles ausführlich erzählen. Ein furchtbar lustiges Mittagessen! So komisch!«

Als er etwa in der Mitte vom Stephen's Green war, blieb er stehen. Er spürte den dreifachen Schmerz einer inneren Leere, Tatenlosigkeit und Ohnmacht, den man im allgemeinen als Einsamkeit bezeichnet. Er ging zum Klub hinüber. Die Bar war zu, die Bibliothek war leer, der Billardtisch stand unter einer grauen Schutzhülle. Langsam, um die Zeit hinzubringen, ging er, den Stock herumwirbelnd, die Uferdämme entlang zu Farquharson and Murphy, um wegen einer Auflassung mit ihnen zu sprechen, was allerdings, wie er genau wußte, noch ebensogut nach einem Monat mit einer Postkarte hätte erledigt werden können. Langsam schlenderte er wieder zurück, überquerte den Liffey auf der Chapel Street Brücke, weiter die Uferdämme entlang, die Grafton Street hinauf und zu Knowles, wo er zwei Dutzend rote Rosen bestellte, die ihr sofort aufs Zimmer geschickt werden sollten. Auf die Karte schrieb er *Carissima, Rote Rosen für Dich!* Langsam ging er weiter bis zu Prost, wo er sich Haar und Gesicht verschönen ließ. Dann ging er ins Shelbourne. Sprach an der Tür mit Leo. Sprach in der Bar mit Christy O'Connor und trank einen in die Länge gezogenen Tio Pepe. Dann beschloß er, im großen Salon Tee zu bestellen. Er stand auf der Schwelle und erkannte drei alte Stammgäste. Dann stockte ihm der Atem. Sie saß in einer Ecke und lachte fröhlich mit dem jungen Boyne. Er zog sich rasch zurück und ging hinaus. Draußen kaufte er die *Evening Mail.* Ächzend sah er, daß die *Rathmines and Rathgar*-Gruppe schon wieder, ja wahrhaftig schon wieder im *Gaiety* den Mikado aufführte. Er konnte verdammt gar nichts finden, was er gern gesehen hätte, auch keinen Film. Er schaute sich um, ohne Sinn und Ziel. Er ging in sein Hotel. Er zog sich aus. Er legte sich ins Bett.

Um sechs Uhr erwachte er. Er badete. Er rasierte sich. Er zog sich um. Er ging die Treppe hinunter zur Eingangstür. Um seinen Aperitif zu trinken, verfiel er auf Davy Byrnes Bar und schlenderte in angenehmer Vorfreude durch das Green. Der vordere Teil der Bar war gestopft voll mit dem, was er ›frisch vom Land‹ nannte, Männer und Frauen mit Filzhüten und in Papier eingewickelten Päckchen. Er war im Begriff, in die Salon-Bar vorzustoßen, als er (doch war er nicht ganz sicher) durch das schmiedeiserne Gitter den Haarschopf des jungen Boyne zu sehen glaubte, der sich, wie es ihm schien (doch war er wieder nicht ganz sicher), jetzt zu ihm umdrehte und ihm einen kalten Blick zuwarf. Er wandte sich zum Gehen, und dann, weil er sich überzeugen wollte, machte er nochmal kehrt und ging durch die Gittertür in die Salon-Bar. Am Tisch neben dem Gitter saß niemand. Auf der kleinen schwarzen Tischplatte standen zwei Gläser, das eine war nur halb voll. Sie hatte ihm nicht gesagt, mit wem sie heute abend essen wollte. Rasch ging er durch die Bar und die rückwärtige Tür und dann durch die Seitengasse wieder auf die Straße. Dort sah er niemanden, der ihm bekannt war. Er kehrte in sein Hotel zurück, holte den Mercedes und fuhr zur Stadt hinaus, zum Jachtklub. Er parkte, ließ sich einen Tisch reservieren und unternahm einen kleinen Spaziergang auf dem East Pier.

Allmählich spürte er, wie der weite Himmel, die weite Bucht und die nahende Dämmerung ihn einzuhüllen und zu isolieren begannen. Es waren überhaupt keine Spaziergänger da. Die Möwen, die wie blaue Punkte über dem Postdampfer kreisten, konnte er noch gerade eben erkennen, aber ihre Schreie hörte er nicht. Die hohen Fenster seines Klubs waren grünlich erhellt. Plötzlich berührte der gelbe Scheinwerfer-Finger des Leuchtturms das schmutzige Hafenwasser und spielte darüber hin, und gleichzeitig flammte die Lichterkette längs der Seefront und des Piers auf.

Wie herrlich wäre es, wenn sie ihm jetzt durch die Dämmerung entgegenkäme, sein Traum, seemöwenweiß, mit beschwingten Lippen lächelnd! Sie würden zusammen auf dem steinernen Molen-Arm zurückgehen, ihr weicher Arm in dem seinen. Sie würden im Klub essen, allein, würden Reisepläne machen, über die Oper sprechen, in die Stadt zurückkehren, ohne einen andern Menschen zu brauchen, sie beide zusammen, allein.

Er war froh, als er im Klub das Kaminfeuer brennen sah. Sein Tisch war mit dem Schild RESERVIERT versehen, jedoch unnötigerweise. Es war niemand in dem ruhigen Speisesaal mit den leeren weißen Tischen; die Bildnisse bärtiger Geschwaderführer und die riesigen viktorianischen Seelandschaften dunkelten wie Trauben. Einmal schaute der Kopf eines Mannes um den

Türpfosten, rief fröhlich guten Abend und verschwand wieder. Er hörte die Stimme eines jungen Mannes, der die Kellnerin in der Küche neckte, und ihr immer wiederkehrendes Gelächter. – Oft hatte er sie lächeln sehen, nie hatte er sie lachen gehört.

Der Leuchtturm kreiste in bestimmten Abständen. Er zögerte seinen Brandy lange hinaus und legte sich sorgfältig die Worte zurecht, die er ihr sagen wollte. Sein Blut verdickte sich. Die Dunkelheit verdichtete sich. Er wagte es nicht, auf die Uhr zu blicken. Es waren keine Zeiger auf ihrem Zifferblatt. Der Postdampfer tutete vor der Abfahrt. Erst neun? Er verlangte eine Zigarre. Er bestellte noch einen Brandy und trug ihn ins Lesezimmer hinüber, damit die Kellnerin abräumen konnte. Er saß im leeren Lesezimmer auf dem langen Ledersofa und sah den Hafen und den Scheinwerferstrahl, der langsam den nächtlichen Horizont in seinen Zirkel nahm, wieder und immer wieder. Langsam versickerte seine Tapferkeit. Jetzt nahm sie mit George Boyne ihr Abendessen ein.

Er gab es auf, ging zu seinem Mercedes und fuhr in die strahlende City und hindurch und hinaus, heimwärts. Es war zwei Stunden nach Mitternacht, als er vor dem Tor von Hunterscourt vorfuhr. Wenn sie hier zusammen wären, würden sie nach dem Abendessen, wenn die Dunkelheit kam, keinen Laut hören, höchstens Mrs. Canty, die in der Küche mit den Bestecken klapperte, oder das vor ihren Füßen knisternde Kaminfeuer; später würden sie die Kühe auf der Weide hören oder ein Flugzeug, das mit Kurs aufs Meer über sie hinwegflog; und noch später, wenn sie zusammen im Dunkeln lagen, würden sie überhaupt nichts mehr hören.

Er wendete den Wagen und fuhr mit mörderischem Tempo nach Dublin zurück.

Hinter dem roten Tischlämpchen hervor lachte George zu ihr hinüber. Im Widerschein des Lichts glomm sein hübsches, junges, spitzes Fuchs-Gesicht mit dem großen, spöttischen Mund und den übermütigen Augen wie das eines Teenager-Mephistos.

»Sag's ihm beim Frühstück!« höhnte er. »Warum willst du den armen alten Schafskopf bis nach dem Abendessen im Elend zappeln lassen?«

Als er sich wieder anlehnte, mußte sie, um ihn sehen zu können, an der roten Lampe vorbeispähen. Meistens, wenn er in dieser tollen Stimmung war, hätte sie ihn am liebsten mit Haut und Haaren verschlungen, wie eine Mutter ihr Baby. Durch ihre Tränen sah sie, wie gut ihm der boshafte Ausdruck stand.

»Ich kann's nicht glauben«, widersprach sie. »Der alte Walter!«

»Er ist gar nicht so alt«, entgegnete er ärgerlich. »Sei doch sachlich! Der Abstand zwischen ihm und dir ist nicht viel größer als der von dir zu mir. Er gilt in der Grafschaft Cork noch immer als sehr begehrenswerter Junggeselle.«

»Aber ich sag's dir doch: mir gegenüber hat er kein Sterbenswörtchen von einer Heirat fallen lassen!«

»Molly! Zum letztenmal: er hat dir erzählt, er wäre in eine Irin verliebt. Die er kennengelernt hat, als er Student war! Die im Ausland ihr Studium beendet hat. Die auf die Bühne ging, einen Ausländer heiratete, jetzt Witwe wurde und deine Haarfarbe und dein Alter hat. Und er hat dir erzählt, er wäre in Dublin, um sein Glück bei ihr zu versuchen. Genügt dir das noch nicht? Auch ohne die zwei Dutzend roter Rosen mit der *carissima?* Was willst du noch mehr an Beweisen? Oder«, und seine Stimme wurde hart, während er sich wieder in die Lampenglut beugte und ihr mißtrauisch ins Gesicht spähte, »oder es sei denn, daß du dir alles ausgedacht hast? *Pour encourager les autres?*«

Sie lehnte sich an, spielte mit ihren Ringen und musterte sein von unten her beleuchtetes Gesicht.

Zuerst waren sie im Stephen's Green umhergeschlendert, hatten im Shelbourne Tee getrunken, waren wieder herumgestrolcht und wären ihm bei Davy Byrne fast in die Arme gelaufen. Bei Jammet hatten sie vergnüglich gespeist, bis der

Wein und der Brandy ihm zu Kopfe stiegen und er angefangen hatte, unter dem Tisch herumzufummeln.

»Das will ich nicht, Giorgio!«

»Lügnerin!«

»Also nicht nur das!«

»Was willst du also noch? Einen Titel?«

»Ich habe ja einen.«

»Haha! Einen Ratzifaller-Titel!«

Dafür mußte er sich entschuldigen. Dann versank er in dumpfes Brüten und wollte nicht sprechen. Weil die Blicke der Kellner ihr peinlich wurden (sie vermutete, daß ihnen seine Launen nicht unbekannt waren), hatte sie gelassen vorgeschlagen, den Abend abzubrechen, woraufhin er auf einmal weinerlich wurde und sie anflehte, den Abend nicht in dieser Stimmung zu beenden. Daher fuhren sie in seinem Wagen aus der Stadt hinaus und in die Berge, bis zu der Straßenbiegung bei Killakee, wo ihnen ganz Dublin zu Füßen lag, ein halber Lichterteller, der die dunkle Bucht umgürtete. In der Ferne kreiste langsam ein Leuchtfeuer.

Sie hatte befurchtet, daß er hier oben noch mehr Liebkosungen verlangen würde. Statt dessen verzog er sich, als sie in ihre Wagenecke rückte und sich aus dem Fenster beugte, in seine Ecke. Nicht einmal ihre Hand berührte er. Sie schwiegen lange Zeit. Dann sagte er, auf einen früheren Gesprächsfaden im Shelbourne zurückkommend:

»Erzähl mir noch mehr von eurem Mittagessen. Es interessiert mich sehr! Erzähle mal genau, was der alte Hunter alles über seine Flamme gesagt hat!«

Um ihn aufzuheitern, ließ sie sich die ganze Unterhaltung abfragen, von Anfang bis zu Ende, wie wenn sie eine Zeugin im Gerichtssaal wäre. Als er ihr Gedächtnis völlig leergepumpt hatte, versank er in Schweigen. Sooft der Wind flüsterte, schienen tief unten die Lichter zu zucken. In seiner dunklen Ecke kicherte er vor sich hin, und seine einzige Stellungnahme in diesem Stadium war ein verächtliches:

»Er hat gar keine Flamme.«

»Der arme Walter. Mußte mir etwas vortäuschen.«

»Der Mann ist ein Dummkopf. Verdammt nochmal, er sollte das Leben allmählich besser kennen. Alt genug ist er ja.«

»Du brauchst nicht so hart zu sein.«

Sie war die Dumme. Sie hätte nicht nach Irland kommen sollen! Verdrießlich hatte er von seiner Ecke aus gefragt:

»Du hast ihm also zwei Abendessen mit dir zugedacht – und mir bloß eins?«

Hätte er es aus reiner Enttäuschung gesagt, dann hätte sie an seine Zuneigung glauben können – jedoch nicht, als er es so mürrisch und unerhört selbstsüchtig fragte – nur aus der gekränkten Eitelkeit eines jungen Mannes heraus. Sie hatte sich fester in ihren Mantel gewickelt, hatte den großen Altersunterschied empfunden und ihn ruhig gefragt:

»Wie alt bist du, Giorgio?«

»Hab's dir doch gesagt!« Gereizt: »Fünfundzwanzig! Warum?«

»Kann dir ein Abendessen mehr oder weniger mit mir so viel bedeuten?«

»Es könnte ein Beweis sein, wie sehr du mich liebst!«

»Und wie sehr liebst du mich, Giorgio? Und in welcher Hinsicht liebst du mich?«

Mit lauter und entschiedener Stimme, als hätte ihn jemand gefragt, ob er *risotto* liebe, hatte er aus seiner Ecke gerufen:

»Sehr!« Dann schlug seine Stimme plötzlich um, klang weicher und tiefer: »Ich weiß nicht, wann mir ein Mensch begegnet wäre, der mir besser gefiele als du! Ich würde dich vom Fleck weg heiraten, wenn ich könnte!«

»Bist du etwa verheiratet, Giorgio?« kam es leise von ihr.

Wütend und sarkastisch brummelte er:

»Meine Mutter hat andere Pläne für mich!«

»Die Contessa Rinaldi ist also nicht gut genug für die Gräfin Boyne!«

Darüber hatte er herzlich gelacht. Es war einer der Gründe, weshalb sie ihn so gut mochte: seine

Stimmungen wechselten wie der Wind, der über die Oberfläche eines Sees flirrt. Er sagte:

»Ich wünschte wirklich, du würdest begreifen, wie es im Leben zugeht! Es hat gar nichts damit zu tun, ob du gut genug bist. Es ist bloß deshalb, weil du pleite bist. Im Grunde bewundert meine Mutter dich sehr. Von ihrem Standpunkt aus gereicht es dir zur Ehre, daß du dich aus der schmutzigen alten Kneipe in Coomagara heraufgearbeitet hast. Du wirst mir sogar als Muster vorgehalten, was der Mensch aus sich machen kann. Sie sagte, du wärst eine mutige und kluge Frau. Aber du weißt nicht, wie eisern ihr Wille ist. Damals, als wir euch an den oberitalienischen Seen trafen, hat sie im ganzen Hotel herumgeschnüffelt, um etwas über dich und Rinaldi in Erfahrung zu bringen. Es war nicht schwierig. Eines Abends beim Essen – auf der Terrasse draußen mit all den kleinen Lämpchen und dem Vollmond überm See und dem Dampfer, der mit seiner Tanzmusik vorbeizog –, nachdem wir an eurem Tisch vorbeigegangen waren und gegrüßt hatten, nahm sie ihre Serviette und tuschelte meinem Vater und mir etwas zu, die verdammte alte Hexe: ›Denkt bloß, ich habe eben ein furchtbar interessantes Gespräch mit der alten Dame aus Mailand gehabt! Sie kennt die Rinaldis näher. Sie sitzen vollständig auf dem trocknen – sind genauso arm wie wir!‹«

»Warum hat sie uns nachspioniert?«

»Weil sie gesehen hat, daß ich scharf auf dich war, natürlich! Warum sonst?«

»Und seid ihr wirklich so arm?« fragte sie dumpf.

»Meine Mutter sagt, sie will Schloß Boyne in ein Fremdenheim für reiche Amerikaner umbauen lassen!«

»Und damit basta?«

»Ja, meine Liebe!«

Sie hatte zu ihm hingeblickt, wie er unbeweglich dagesessen und über das beleuchtete Schaltbrett hinweg auf die Lichter Dublins gestarrt hatte.

»Giorgio, würdest du dich jetzt wundern, wenn ich mich wunderte, ob deine Geschichte wahr ist?«

»Leider Gottes ist sie wahr!«

»Giorgio, erzähl mir doch – wie sieht deine Auserwählte aus? Hat sie meine Haarfarbe? Ein bißchen jünger? Meine Figur? Hat sie im Ausland gelebt? Ging sie nach...«

»Hör auf! Sie hat weder Alter noch Figur noch Hautfarbe! Wir haben sie noch nie gesehen! Meine Mutter sagt, es müßte eine von unsern reichen amerikanischen Gästen sein.«

Vor Mitleid mit ihm hatte sie gezittert und gesagt:

»Komm, wir wollen irgendwo hinfahren und tanzen! Ich spüre eine Grabeskälte in den Knochen!«

Sie waren also irgendwo in der Nähe der zugigen

Uferdämme zu dem unbekannten kleinen Eß- und Tanzlokal gefahren. Es war so trübe beleuchtet, daß sie nicht einmal die Reiseplakate an den Wänden entziffern konnten. Auch einander konnten sie kaum erkennen. Hin und wieder kamen andere Paare auf die winzige Tanzfläche, doch konnte man unmöglich feststellen, wieviel oder wie wenig Leute da waren. Sie tanzten nach Plattenmusik. Einmal fragte sie ihn: »Gefällt's dir hier?« Er antwortete: »Nein, aber was sollen wir sonst machen?« Sie bestellten *risotto.* Er trank Brandy, mehr als einen. Um seine Geldtasche zu schonen, trank sie Bier. Sie wußte, daß er boshafter Laune war, als er sagte: »Das da sind italienische Reiseplakate! Ich glaube, das eine fordert uns alle auf, nach Bergamo zu gehen!«

Nach dem dritten Brandy hatte er sich über das Lämpchen vorgebeugt und gemeckert:

»Molly, bist du wirklich so furchtbar unschuldig, daß du nicht begreifst, was Walter Hunter von dir will?«

Und er hatte es ihr gesagt, und sie hatte sich geweigert, ihm zu glauben, bis er sie ganz zu Boden hatte. Als er ihre Tränen sah, forderte er sie hochmütig auf, nicht zu weinen – sie könne ihren alten Verehrer ja noch erhören. Ihre Einwände wurden immer schwächer. Sie ergab sich erst, als er sie fragte, ob sie sich alles ausgedacht hatte, um ›die andern zu ermutigen‹.

Sie lehnte sich zurück, um an ihm, ja an allen drei Beteiligten, die lächerlichen Schwankungen der Liebe zu überdenken.

»Du weißt vermutlich gar nicht«, sagte sie traurig, »daß du mich tyrannisieren willst, Giorgio? Aber es kann dich doch gar nicht berühren? Du bist ja so gut wie verlobt – mit einer reichen Amerikanerin aus Minneapolis!«

»Es berührt mich aber doch!« hatte er sie angeschrien.

»Und trotzdem willst du, daß ich Walter Hunter heirate?«

»Ich möchte, daß du niemand anders als mich heiratest!«

Sie war so erstaunt über seinen Ton, daß sie den roten Schirm vom Lämpchen riß. Im grellen Licht war sein Gesicht wie verwandelt. Er wirkte wie etwa siebzehn, der Mund weich zerschmelzend, die Augen verschleiert. Empört riß er ihr das Schirmchen aus der Hand und stellte das rubinrote Dämmerlicht wieder her. Ein langes Schweigen entstand, in dem sie nur das Gleiten der tanzenden Schuhe und das Stakkato-Gezisch einer Kürbistrommel im eintönigen kubanischen Rhythmus hörten. Sie raffte ihre Handtasche und ihre Handschuhe an sich:

»Ich wünschte, ich wäre reich! Du ahnungsloses Kind du! Komm, laß uns gehen! Die Nacht ist bald vorbei.«

»Noch einen einzigen Tanz?«

Sie tanzten ihn nicht wie Kubaner. Sie hielten sich sehr fest umschlungen. Er hatte es dahin gebracht, daß sie sich wie eine Mutter mit ihrem Kind vorkam. Dann rief er den Kellner, fummelte mit der Rechnung und seiner Geldtasche herum und fragte schroff: »Kannst du mir ein Pfund leihen? Ich hab' nicht genug!« Sie wagte es nicht, das Wechselgeld zurückzuweisen. Arm in Arm gingen sie über den Fluß und das jetzt geschlossene Green. Hier unten in der Niederung war der Wind schwach. Die Sterne standen in Scharen am Himmel. In der menschenleeren Hotelhalle fragte er:

»Jetzt habe ich mir wohl alle Chancen bei dir verdorben?«

»So toll war's nun auch nicht mit den Chancen, Giorgio«, sagte sie zärtlich und reichte ihm die Wange zum Kuß. »Schlaf recht gut!«

»Ich geh' noch nicht schlafen. Die Nacht ist fein zum Heimfahren. Dann bin ich rechtzeitig zu Hause, um die Sonne über deinem kleinen Bergamo aufgehen zu sehen! Erfreuliches Frühstück mit dem guten Wally!«

Sie schlief erst gegen Morgen ein. Ihre Beschämung hielt sie wach – und das Bild seines jungen Gesichts, wie es hager und empfindlich, grausam und gierig, übermütig und bezaubernd und liebenswert durch das vor ihm fliehende Scheinwerferlicht starrte. Sie warf sich dauernd im Bett herum und versuchte, ihre Gedanken von Walter Hunter loszureißen. Er wäre eine Zuflucht. All ihre Weltklugheit sagte ihr, daß es eine vernünftige und interessante und gefährliche Zuflucht wäre. So ganz in der Nähe von Giorgio! Mit seiner reichen Amerikanerin? Lieber Giorgio!

Er war übermüdet von seiner langen Fahrt und erwachte erst am späten Vormittag. Als er im Begriff war, hinunterzugehen, entdeckte er den unter die Tür geschobenen Briefumschlag. Er enthielt ein Blatt Hotelbriefpapier mit einer Nachricht von ihr. *Lieber Walter, wenn du heute mittag frei bist, triff mich um zwölf in der Halle – zum Lunch. Bin allein. Molly.* Er lief hastig hinunter. Sie schaute mit mattem Lächeln zu ihm auf.

»Das ist ja reizend, Molly! Aber du sagtest doch, du würdest bei den Killeens essen?«

»Ich hab' mich entschlossen, nicht hinzufahren.«

»Aber es bleibt doch bei unserm gemeinsamen Essen heute abend, nicht wahr?« fragte er.

»Wir müssen's auf heute mittag vorverlegen, Walter. Heute abend kann ich nicht mit dir essen. Ich muß nach Mailand fliegen. Wir wollen gleich reingehen und essen, ja?«

Er folgte ihr entgeistert. Er saß auf der Stuhlkante, spielte mit dem Messer, starrte sie an, sagte dem Kellner, sie würden nichts trinken, und rief ihn wieder zurück.

»Doch, bitte, etwas zu trinken«, keuchte er. »Champagner, Molly, ja?«

»Nein, nein, Walter!« stöhnte sie. »Keinen Champagner!«

»Dann zwei Martinis!«

Er stierte sie fassungslos an. All seine sorgfältig überlegten Worte waren wie verscheuchte Tauben auf und davongeflogen.

»Und morgen abend? Fällt das auch ins Wasser?« Er wurde immer zorniger. »Wirklich, Molly, das ist zu schlimm von dir!«

Sie konnte nur die Handflächen öffnen und traurig lächeln. Sie sah, er war so aufgeregt, daß er ohne weiteres hervorsprudeln konnte, was ihm gerade durch den Kopf schoß, und zu ihrer Bestürzung entdeckte sie, daß sein Zorn und sein Schmerz ihn viel sympathischer machten, als er ihr je zuvor erschienen war.

»Molly!« schalt er. Sofort sagte er: »Verzeih!« und lachte, und dann hustete er und erzählte: »Ich habe gestern einen wundervollen Abend verbracht. Habe allein gegessen. Im Jachtklub.«

Sie blickte auf ihre Hände. Erwartete er von ihr, daß sie fragen sollte, wieso wundervoll? Sie blickte auf. Er bemerkte ihre Blässe. Ihre Augen sahen müde aus, als hätte auch sie nicht geschlafen. Es verlieh ihr, wie an jenem Abend im Sommerregen in Rom, die schwindende Schönheit eines Pfirsichs, der so reif geworden war, daß man ihn sofort hätte pflücken und essen müssen. Er sagte mit einer zaghaften Stimme, die bei einem so großen Mann befremdlich und rührend auf sie wirkte:

»Du bist blaß, Molly! Es macht dich nur noch schöner!«

»Ich habe nicht sehr gut geschlafen.«

»Ich habe überhaupt nicht geschlafen. Nach dem Abendessen bin ich die ganze Strecke bis nach Cork gefahren. Und zurück!«

Sie schloß die Augen. Tat er's auch? Das ist so ein Erlebnis, dachte sie, über das ich einmal lachen werde, wenn ich eine alte Frau bin.

»Eine sehr lange Fahrt«, sagte sie matt.

»Ich bin erst nach sechs zurückgekommen. Aber es war mir gleichgültig. Ich habe an die Frau gedacht, die ich liebe. Vom Berg oberhalb Saggart habe ich gesehen, wie sich die Morgensonne über Dublin ausbreitete. Ich habe an sie, die Schlafende, gedacht. An ihr auf dem Kopfkissen ausgebreitetes Haar!«

Seine Tauben kreisten, sanken nieder, kehrten zu ihm zurück. Seine Augen begannen zu glänzen. Jetzt konnte er es jede Sekunde zur Sprache bringen, spürte sie. Sie wählten auf gut Glück von dem Riesen-Menu aus. Er hob sein Glas.

»Jedesmal«, sagte er, jetzt etwas ruhiger, »wenn ich dich allein sah, warst du blaß, schön und unglücklich.«

»Ich – allein?« fragte sie erschrocken.

»Allein – ich meine, seit unsrer Studentenzeit. Gestern. Und jetzt. Dann der verregnete Abend in Rom. Und das erstemal war's in Turin.«

»Wir haben uns nie in Turin getroffen!«

Er beugte sich vor.

»Ich sagte nicht ›getroffen‹. Ich sagte, daß ich dich *sah*. Es war 1946. Gleich nach dem Krieg. Ich war zum Skilaufen nach Cervinia gefahren.«

Punkt für Punkt erzählte er ihr seine Geschichte. Besorgt sah er, daß sie das Omelett, das vor sie hingestellt worden war, nicht beachtete. Sie blickte starr durch die Mullvorhänge auf das Green hinaus. Als er sagte: »*La Sonnambula* wurde gespielt«, gewahrte er verwirrt, daß ihre Augen sich mit Tränen füllten. Zum Schluß, als er erzählte: »Du tratest auf die Bühne, und ich wäre fast gestorben!«, sah sie ihm durch das Wasser ihrer Tränen voll ins Gesicht.

»Und du warst tatsächlich die ganze Zeit da? Warum bist du nicht hinterher in die Garderobe gekommen, um Himmels willen?«

Sie blickten einander an; sie wartete auf seine Antwort, und er starrte sie an, weil ihm die Antwort entfallen war. Sein heimliches Bild von ihr war entschwunden. Hastig, als müßte er zurückrasen, dem Bilde nach, versuchte er den Abend neu zu erschaffen, sprach von der Musik, Akt für Akt, von ihren Liedern, ihrem Gesang, der Beleuchtung, dem letzten Niedersinken des Vorhangs.

»O Walter, du weißt es alles so genau! Und du hast ganz recht mit jenem Abend in Turin. Es war eine meiner besten Aufführungen. Ich habe allen Grund, mich daran zu erinnern. Aber warum hast du mir das alles nie erzählt?«

Er sah sich im Café sitzen, als er bis um zwei Uhr nachts auf den Zug wartete.

»Ich weiß es nicht«, ächzte er. »Ich war so einsam. Und so glücklich.«

Sie warf den Kopf auf und lachte das seltsamste Lachen, ein Lachen wie eine sich überschlagende Woge, die aufschäumt und zwischen Stolz und Bedauern zerschellt.

»Ich war auch glücklich! Wenn du es doch gewußt hättest! Ich frage mich oft, ob ich seither je wieder so glücklich war. Gerade an jenem Abend war's, als Rinaldi zwischen den Akten in meine Garderobe kam und mir erklärte, daß er mich liebe. Erinnerst du dich an den riesigen Strauß, den ich auf der Bühne erhielt? Große *Reine de joie*-Rosen, aus Afrika, er hatte sie am Morgen telefonisch aus Mailand bestellt. Sie kamen in der letzten Minute an, der Junge rannte mit ihnen im Arm aus dem Taxi direkt auf die Bühne. Es lagen Schneeflocken darauf. Sie müssen ihn ein Vermögen gekostet haben. Aber er war immer ein Verschwender. Kein Wunder, daß wir Bankrott machten.« Sie schöpfte Atem, tief, leidenschaftlich, schluchzend und zwischen den zusammengebissenen Zähnen hindurchzischend, mit schwimmenden Augen, die Hände ineinander verkrampft. »Ich bin froh, daß wir Bankrott machten! Ich würde es alles wieder so haben wollen! Es ist die einzig mögliche Art zu leben. Sich über alles hinwegsetzen!«

»Und ich«, sagte er, »saß nach der Vorstellung Stunde für Stunde in einem Café, trank etwas, dachte an dich, war erfüllt von dir!«

»Weißt du auch«, erzähle sie eilig weiter, ganz in Erinnerungen verstrickt, »was *wir* nach der Vorstellung machten? Du hättest dabei sein sollen! Rinaldi lud uns alle in sein Hotel ein. Er trommelte ein Fest zusammen, wie du's noch nie erlebt hast! Mit Tanz und Gesang und Champagner. Und als alles vorbei war und alle gegangen waren – das kann ich dir jetzt erzählen, weil es alles vorbei ist, unwiederbringlich vorbei –, da waren Rinaldi und ich allein...«

Sie verbarg das schmerzlich verzerrte Gesicht in den Händen. Das sinnliche Bild, das sie angedeutet hatte, trieb ihm das Blut ins Gesicht. Er blickte sie an, empfand die ersten Qualen der Eifersucht, des Verlusts, einer sich heranschleichenden Begierde. Er wartete, bis sie sich die Nase putzte, über sich selbst lachte und ihn ansah, in der Handtasche nach dem Puder suchte und sich im Restaurant umschaute, ob jemand sie beobachtet hätte. Dann sagte sie:

»Zwei Jahre lang habe ich ihn immer wieder

abgewiesen. Schließlich stellte ich fest, daß ich nie eine große Sängerin werden würde.« Sie zuckte die Achseln. Dann fiel ihr etwas ein, und sie blickte zu ihm auf: »Was sagtest du doch, was du an dem Abend damals getan hättest?«

Er erzählte es ihr noch einmal, mit bitteren Gefühlen. Sie schüttelte den Kopf.

»Was für einen Salat machen wir aus unserm Leben«, seufzte sie.

»Du warst also unglücklich mit Rinaldi?«

»Unglücklich? Wer sagt denn, daß ich unglücklich war?«

»Du hast es mir auf vielerlei Art zu verstehen gegeben! Molly«, bat er inständig und beugte sich zu ihr hinüber, »versuche nicht, mich zu täuschen! Das kannst du nicht. Versuche auch nicht, dich selbst zu täuschen, indem du ihn jetzt idealisierst! Du stehst in der Blüte deiner Jahre, hast dein ganzes Leben vor dir, du kannst nicht aufhören zu leben!« Er hielt inne. Er fragte ruhig, aber unmißverständlich: »Würdest du es wagen, dir ein neues Glück zu suchen?«

Sie sah ihn lange an. Er verbarg seine zitternden Hände unter dem Tisch. Sie senkte das Gesicht über ihre Hände, und er sah, daß auch ihre Hände zitterten. Er lehnte sich zurück und erwartete sein Schicksal. Als sie den Kopf hob und er wieder Tränen in ihren Augen sah, wußte er, daß er die eine Nacht in ihrem ganzen Leben heraufbeschworen hatte, die er nie würde übertreffen können. Sie sagte so leise, daß er sich vorbeugen mußte, um sie zu verstehen:

»Walter, kein Mensch ›findet‹ sein Glück. Wir machen es, wir erschaffen es selbst. Vielleicht bilden wir es uns gar ein, was weiß ich. Wenn wir jung sind, erschaffen wir's mühelos, weil wir voller Träume und Ideale, voller Mut und Visionen sind. Wir schaffen uns unsre eigene Welt, die die andre Welt wegstößt: deine Welt, meine Welt, die Welt der Alten. Die Jungen verachten die Welt. Hast du, als du jung warst, nie gesagt: ›Ich will die Welt erobern?‹ Aber du weißt ja, was uns dann widerfährt. Die kleine Flamme in uns, die eine ganze Welt verbrennen kann, solange wir jung sind – die verhökern wir, ein bißchen hier, ein bißchen dort, bis wir zu guter Letzt nicht mehr davon in uns haben, als zum Anzünden einer Zigarette nötig ist. Und doch«, sagte sie und blickte stirnrunzelnd durch ihn hindurch, »doch ist sie da, bis zuletzt. Man glaubt immer, man könnte sie mit dem Atem wieder anfachen, wieder groß machen, bis zum Schluß, ohne aufzugeben, jenes Etwas finden, entdecken, erfinden, einerlei, wie es heißen mag, das Etwas, das einem immer gefehlt hat. Walter, ich bin nicht das Etwas, das du suchst. Und du bist nicht meins. Ich habe nur noch sehr wenig Mut in mir, Walter.« Sie stöhnte: »Eigentlich ist überhaupt kaum noch etwas da. Deshalb fliege ich heute abend nach Mailand zurück. Meine Koffer sind gepackt und stehen in der Halle bereit. Begleite mich nicht!«

Sie griff nach ihren Handschuhen und ihrer Tasche, drückte ihm heftig die Hand und verließ rasch das Restaurant.

Während ihre Koffer in einem Taxi verstaut wurden, nahm sie schnell eine bunte Postkarte mit Stephen's Green, adressierte sie an The Honorable George Boyne, Ringaskiddy, Co. Cork, und kritzelte darauf: *Hab's gut gemacht, vornehm und anständig, und du hättest mich für einen verdammten Dummkopf gehalten. Ob ich's wär? Hab' mein Leben lang Zeit, das festzustellen. M.* Als sie ins Taxi stieg, sah sie weiter unten, vor dem Universitäts-Klub, an der weinroten Reihe georgianischer Häuser eine Gruppe Studenten und Studentinnen stehen, die vergnügt schwatzten und lachten. Sie blickte ohne Neid zu ihnen hinüber, schlug die Tür des Taxis zu und fuhr weg.

Er ließ den Spitzenvorhang fallen. Er blieb sitzen, trank Brandy. Zum erstenmal in seinem Leben spürte er den Schmerz, den der Mensch angesichts der vollen Gewißheit eines Verlusts empfindet. All seine Sinne sind in äußerster Alarmbereitschaft. Sein Gehirn lodert wie ein Waldbrand. Und es ist ihm zumute, als wären ihm die lebenswichtigsten Bestandteile seines Körpers herausgeschnitten worden. Er sah ihre Hände, die weitgeöffneten

Augen, das verkrampfte Lächeln. Es waren nicht nur ihre Augen, ihre Hände und ihr Lächeln, sondern das Schöne und Begehrenswerte des Ewig-Unerreichbaren. Er zog ihren Brief aus der Tasche, den er vor einer Stunde erhalten hatte, und las ihn noch einmal. Er sah nichts weiter als den Druck ihres Handgelenks, die Intensität ihres Körpers. Er sah sie, wie er sie vorher nie zu sehen gewagt hatte: die festen Waden, die breiten Hüften, die schmale Taille, die vollen Brüste, die blonde Haarfülle, die über ihren nackten Körper fiel. All das hatte er verloren, wie ein Duellant verlieren kann – endgültig –, wie ein Boxer verlieren kann – endgültig –, wie eine verdammte Seele verloren hat: auf immer und ewig. Er wußte, daß er das immer begehrt hatte. Er bestellte einen Brandy, und noch einen, und noch einen, bis er dort alleine saß und in dem runden, schimmernden Kognakglas nach ihrem Bild suchte, wie man in runden Spielzeugkugeln, die einem, wenn man sie schüttelt, ein Schneegestöber vorgaukeln, ein winziges Figürchen sucht, fern wie ein Feenmärchen, weiß und jungfräulich, das einem zulächelt. Wenn er sie so sehen könnte, mit dem sachte fallenden Schnee, den schneeverschleierten Bogenlampen, dem sanften Pochen in den Adern, mit der Musik, die durch seine Erinnerung wob, dann wäre er glücklich, auch wenn er wüßte, daß er sie nie wieder anders sehen würde. Stets drängte sich das stolze, üppige, sinnliche Bild vor, lächelnd, voller Liebe – aber nicht für ihn.

Er gab dem jungen Kellner, der ihn geduldig bedient hatte, ein hohes Trinkgeld und ging ohne Hut durch das Green und zum Grammophonladen an der Dawson Street. Ein Aprilschauer pritschelte gegen die Schaufenster, als er in der kleinen Kabine saß, sich das *Ah, non credea mirarti* anhörte und auf die Regenspritzer und die vorbeigehenden Fußgänger blickte. Das Lied war so rein wie eine Lerche in der klaren Luft. Es beschwor einzig das Bild einer nackten Venus herauf. Er kaufte die Platte, ging quer über die Straße in Dorans Bar, von dort in das sanfte Dämmerlicht der Buttery, von dort zu Davy und von dort hinüber zu Bailey. Den ganzen Mittag und Nachmittag und Abend aß er nichts. Dublin bietet Gelegenheit zu weit schmutzigeren Lastern als jene Großstädte, die noch nicht gesäubert wurden. Als er spät nachts aus seiner letzten Kneipe torkelte, suchte er eine dieser Stätten auf und betrat seine eigene kleine Hölle.

Er erwachte gegen vier Uhr morgens. Er lag in einer Gasse zwischen den Garagen und Ställen auf der Rückseite einiger Häuser. Er spürte den kalten Nebel, der sich auf ihn niedersenkte. Das Blut auf seiner Stirn war verkrustet. Seine Taschen waren ausgeplündert und ohne Geld. Durch die leeren Straßen gelangte er unbeachtet zu seinem Wagen beim Hotel und brachte es fertig, aus der Stadt hinauszufahren. Auf dem Berg oberhalb von Saggart hielt er und stieg aus, um sich in einem Bach zu waschen.

Der Regen hatte aufgehört. Tief unter ihm in der noch dunklen Niederung lag Dublins Schüssel voll bunter Lichter. Ein kalter Glanz berührte die Unterseite der Wolken über der Irischen See. In weiter Ferne kreiste das Bailey-Leuchtfeuer langsam durch das Morgengrauen. Er stand da, blickte lange Zeit über die Stadt und das Meer und beobachtete, wie sie allmählich kalt und klar wurden, bis zwei Sonnenstrahlen unter dem Horizont hervorhüpften und ein Vogel ein Lied anstimmte, das wie eine Säule im Morgenlicht stand. Als folgten sie seinem Dirigentenstab, begannen alle Vögel auf einmal loszuschmettern. Er schloß die Augen, und aus der Tiefe seines Entzückens und seines Elends flüsterte er: »Mein Gott!«

Er kehrte zum Wagen zurück und fuhr weg, in die kalte Nässe des Morgens hinein.

Ein Traum? Immerhin, es war kein so übler Traum. Hätte ich nur nicht versucht, ihn zu verwirklichen!

Ein Schatten, stumm wie eine Wolke

Im leeren Speisesaal, der durch eine einzige, von der Rosette an der Decke herunterhängende elektrische Birne beleuchtet wurde, schlug die schwarze Marmor-Uhr langsam siebenmal, und ein Sprühregen pritschelte gegen die Scheiben. Die drei langen, weißen, schmalen Tische, die in Hufeisenform aufgestellt waren, wirkten unter der einen kahlen Birne sehr weiß. An dem einen Ende des obersten Tisches ging eine Kellnerin gemächlich von Stuhl zu Stuhl und sah die Namen der Gäste an, die sie bedienen sollte. Sie war ungefähr fünfzig, aber noch hübsch, mit einer guten Figur, wenn auch schon ein bißchen rundlich. Sie murmelte die Namen der Gäste in verschiedenem Tonfall vor sich hin, je nach ihrer Idee, wie sie aussehen mochten. *Miss Olive Harold* sprach sie schmallippig und mit gezierter Stimme. Es war ein Protestanten-Name, ein Name für ein hartes Gesicht. Aus *Mr. Condon Larkin* machte sie einen sanften Mann mit rundem Gesicht. *Miss Stella Shannon* las sie zweimal, es war ein so hübscher Name, jung und schön und ein bißchen einsam. *Mr. Kevin Lowry* konnte entweder ein finsterer Mensch sein, oder er konnte auch ein fröhlicher, lachender Mensch sein. *Monsignore O'Connell* ... Ein Stückchen Eschenholz fiel von der Glut herunter; in den Scheiten schmorte leise der feuchte Saft. Bei den Anfangsbuchstaben in *Professor J. T. G. Quigleys* Namen verzog sie den Mund. Die nächste Karte befand sich in der Mitte des Tisches, auf dem Platz des Präsidenten. *Jeremiah J. Collis.*

Sie blickte zum Feuer hinüber und sah – ein Torwärterhäuschen, ringsum eingeschlossen von dichtem Lorbeergebüsch, fast ein halber Morgen dicht gepflanzter Lorbeerbüsche war es, die ungefähr einundeinviertel Meter über dem Boden gleichmäßig gestutzt waren, ein Zwergenwald, in dem sie immer auf den raschelnden braunen Blättern herumgekrochen war. Und dort stand der hohe Lorbeerbaum. Sie blickte über das weite, ausgedehnte Grasland hinauf zu den weißen Säulen des Herrenhauses. Dahinter erhoben sich die wogenden Berge. An stillen Tagen konnte man die Straßenbahn in Rathfarnham hören, wie sie über die Weichen holperte. Ihre Lippen bildeten, ohne zu sprechen, das Wort *Templeogue.* Sie bemerkte nicht, daß von dem heruntergefallenen Stück Holz ein scharfer Geruch ausging, wie von brennendem Lorbeerholz. So stand sie noch da, die eine Hand auf einer Stuhllehne, und lächelte ins Feuer, als der Oberkellner kam und alle Lampen einschaltete, und dann strömten all die andern Kellner und Aushilfskellnerinnen (wie sie eine war) unter Geplapper und Gekicher nach ihm herein. Der Oberkellner wies ihnen ihre Plätze zu, und dort standen sie, steif wie Statuen, bis die erste Gruppe der Gäste zögernd durch die große Tür kam und sich um die Platzanordnung auf dem Gestell daneben zu scharen begann.

Sie erkannte ihn sofort, als er hereinkam. Er war furchtbar schwerfällig geworden; sein Schläfenhaar war grau, das Kinn quoll über seinen weißen Querbinder, doch er war immer noch ein stattlicher Mann. Während er sich zu seinem Platz begab, plauderte und lachte er mit einer sanften, hübschen jungen Frau mit einer blonden Lockenkrone auf dem Kopf. Sie hatte ein blasses Gesicht, rote Lippen und eine gefurchte Stirn. Er nannte sie Stella, und es war sonnenklar, daß er in sie verschossen war.

Als er sich setzte, sah sie die schüttere Stelle auf seinem Kopf, doch als er über die Schulter hinweg »Bitte die Weinkarte!« sagte, fand sie, seine Stimme sei noch wie damals, nur älter im Klang. Als sie die Weinkarte holte und in seine nach rückwärts ausgestreckte Hand steckte, sagte der Professor neben ihm: »All right, Jerry, aber ich warne Sie! Wenn Sie es nicht sehr vorsichtig formulieren, werden die Leute Ihnen falsche Beweggründe unterschieben!« Darüber lachte er, und sein Lachen war ganz knabenhaft.

Von da an hatte sie viel zuviel zu tun, um ihn noch einmal anzuschauen, bis er dann aufstand, das Hoch auf Irland ausbrachte und mit »*You may smoke, gentlemen!*« schloß. Nach einem Weilchen legte er seine Zigarre hin, schlug mit dem Löffel gegen seine Kaffeetasse und erhob sich, um seine Rede zu halten. Sie glitt an den linken Tisch hinüber, um ihn gründlich in Augenschein zu nehmen. Der unterste Knopf seiner Weste ging nicht mehr zu, seine Wangen waren vom Wein und von der Hitze gerötet, doch trotz alledem machte er wirklich noch einen sehr guten Eindruck.

Während der ersten paar Minuten erfaßte sie kein Wort von dem, was er sagte, so nervös war sie seinetwegen, doch bald merkte sie, daß er ganz unbefangen war, und nun begann sie voller Interesse zuzuhören.

»Und daher hoffe ich, meine Damen und Herren, daß Sie jetzt verstehen, weshalb ich meiner Ansprache den leicht sentimentalen Titel ›Nur nicht vergessen!‹ gegeben habe. Denn es scheint mir, daß wir Architekten in unserm Eifer, zu erfinden und Neuerungen durchzuführen und modern und fortschrittlich zu sein, viel zuviel und viel zu rasch vergessen. Statt dessen sollten wir, finde ich, unsre Erinnerung ermutigen, uns in unsrer Hetze zu unterbrechen, ja uns zu verfolgen, wenn wir ihr davonlaufen. Sie sollte uns mit dem Reichtum der Botschaft, die uns die Vergangenheit in die Hände legen kann, überraschen und aufhalten und uns ermahnen, gemächlich zu gehen, wenn wir zu schnell und zu weit gehen. Denn was ist Erinnerung schließlich, bei Lichte besehen, wenn nicht das Anerkennen der Erfahrung? Und« – hier streckte er seine Hände beschwörend aus und bedachte alle Tische mit einem Lächeln – »seien wir doch ehrlich, was ist unsre vielgerühmte Erfahrung (mit der wir immer vor unsrer jungen Generation prahlen), was ist sie nur allzu oft, wenn nicht die bedauerliche Liste unsrer sorgfältig versteckten Irrtümer?«

Dafür erntete er etwas Lachen und ironischen Beifall.

»Ich will nun nicht Anspruch auf besondere Weisheit erheben, und ich bin auch noch nicht ganz so alt wie der Methusalem George Bernard Shaws, oder« – mit einer respektvollen kleinen Verbeugung und einem Lächeln zum Monsignore gewandt – »vielleicht hätte ich sagen sollen, wie der Methusalem des noch etwas berühmteren Autors der Genesis?«

Alle reckten den Hals, um einen Blick auf den Monsignore zu erhaschen. Als sie sahen, daß er nachsichtig lächelte, brachen sie in ein leichtes Gelächter aus. Beim nächsten Satz sah sie, wie er mit saurer Miene über seinen schütteren Scheitel strich.

»Doch sogar ich merke manchmal etwas vom Vergehen allen Fleisches und spüre das Fallen der Blätter.«

Die Worte und die Handbewegung riefen noch mehr Gelächter hervor. Als wüßte er, daß er sich jetzt die volle Aufmerksamkeit gesichert hatte, lehnte er sich, auf die zehn Fingerspitzen gestützt, vor und verlieh seiner Stimme einen warmen und ernsten Klang.

»Vielleicht ist das der Grund, weshalb ich so überzeugt bin, zu wissen, wovor wir uns alle fürchten. Wir fürchten uns davor, für altmodisch gehalten zu werden. Und doch, ist wirklich jemand unter uns, ob alt oder jung, der zu leugnen wagte, daß es in unserm Beruf ebensosehr um das Vergehen des Alten wie um den Ersatz durch das Neue geht? Daß wir gerade aus den Dingen, die wir zerstören, etwas lernen müssen? Denn stimmt es etwa nicht, daß ›Erschaffen‹ in gewissem Sinne ›Verändern‹ bedeutet, und daß ›Verändern‹ in gewissem Sinne ›Zerstören‹ bedeutet? Jedes schöpferische Werk ist eine Form der Zerstörung.«

Er richtete sich auf und wagte eine längere Pause als vorher einzuschalten, und sprach dann eine ganze Weile in leichtem Plauderton, ja fast gleichgültig.

»Sooft ich aus Dublin hinausfahre, fällt es mir stets schwer, nicht mit einigem Bedauern auf die Reihen strahlend neuer Häuser zu blicken, die sich rund um das alte, verwitterte Zentrum erstrecken, das ich hinter mir gelassen habe. Natürlich verspüre ich eine Art Berufsstolz beim Anblick der neuen Heime, doch ich bin traurig, weil die neuen Siedlungen (und das ist das einzig zutreffende Wort für sie) keine Tradition, keinen Anflug von Vergangenheit und keine Erinnerung haben, und dabei sind sie auf einem Gelände errichtet worden, das seit Generationen voller Assoziationen und Erinnerungen war. Bei all unsern Bauprojekten sollten wir nie vergessen, daß wir etwas, das ebenso beredt ist, wie es alt ist, gegen etwas eintauschen, das, so gut und notwendig es sein mag, doch so still und stumm ist, wie es unversöhnlich fremd und neu ist.«

Er machte eine kurze Pause, und in dem Augenblick hörte sie, wie ein junger Mann vor ihr einem andern jungen Mann quer über den Tisch zuflüsterte: »Ein schlauer Hund! Jetzt kommt das Templeogue-Projekt dran!« Unruhig und verärgert begann sie aufmerksamer zuzuhören. Er sprach noch immer sehr schlicht, ohne irgendwelche Übertreibungen, weder mit der Stimme noch mit den Händen.

»Es wäre beleidigend für diese unsre Institution, auch nur einen Augenblick zu unterstellen, irgend jemand unter uns hielte die Architektur für nichts als stummen Stein. Jede Stadt ist um so reicher, je mehr sie von den Schwingungen der Lebenden und der Toten in sich aufgesogen hat. Nicht nur deshalb, weil wir gerne wissen, daß von dieser Loggia ein berühmter Mann gesprochen hat oder auf jener Treppe gestorben ist, daß so edle Geister wie Edmund Burke oder Oliver Goldsmith oder Tom Moore oder Charles Stewart Parnell oder Patrick Pearse durch die Straßen unsrer Hauptstadt gingen oder mit dem Geräusch des Straßenlärms in den Ohren hier starben – sondern die Architektur wird dadurch lebendiger, daß unzählige schlichte Bürger die Stufen einer Kirche ausgetreten oder auf den Bänken einer alten Schule gesessen haben. Müssen wir denn immer dieses von den Gestorbenen Überkommene verhökern gegen die schwächeren Schwingungen und die geringeren Assoziationen eines kurzlebigen Tages?«

Nach dieser temperamentvollen Frage hob er seinen Stichwortzettel auf und warf ihn hin. Dann lächelte er und war wieder ungezwungen:

»Man kann nämlich mit einem einzigen Blick auf das Haus des Dramatikers Sheridan in der Dorset Street ein ganzes Jahrhundert heraufbeschwören. Andrerseits fordere ich selbst den händelsüchtigsten Gentleman unter Ihnen auf, mir zu beteuern, daß er in Zorn gerät, wenn er heutzutage zwischen den roten Dächern der Bungalows im modernen Donnybrook einen andern Gang einschaltet.«

Er ließ das an- und abschwellende Gelächter verstummen. Als er weitersprach, warf er, wie ihr schien, einen Blick auf Miss Shannon.

»Oder könnte selbst die jüngste und romantischste heute anwesende Dame uns gestehen, daß sie jemals an Lord Edwards unglückliche Witwe, die arme Pamela, denkt, wenn sie im Bus Nummer acht am Frascati unsres modernen Stadtteils Blackrock vorbeiflitzt? Es ist überall dasselbe. Es ist gut und nötig, neue Heime zu schaffen. Aber müssen wir es tun, indem wir die Brücken zur Vergangenheit demolieren?«

Daraufhin lehnte sich der junge Mann in ihrer Nähe, der etwas über den Tisch geflüstert hatte, in seinen Stuhl zurück und seufzte hörbar zur Decke auf.

»Sogar in meiner Knabenzeit waren Gegenden wie Rathfarnham noch Schlupfwinkel wandernder Kesselflicker, seltener Raubvögel und herumstrolchender Liebespärchen. Der ländliche Zauber Templeogues rührt noch von der gleichen Abgeschiedenheit her, die einst Charles Lever und seine junge Braut bewog, dort inmitten von Wiesen und Hecken zu wohnen, angesichts der wogenden Kuppen der Dubliner Berge, die vom Hell Fire Club und den Hünengräbern der Drei Felsen gekrönt werden. Soll nun Templeogue, diese letzte von der City-Planung (wie wir es so großartig nennen) bedrohte Stätte, ebenfalls zerstört werden?

Sollen wir das Erbe unsrer irischen Geschichte gänzlich verlieren?«

Der Ernst dieser Frage trug ihm stürmischen Beifall ein. Sogar sie beteiligte sich daran, und zwar um so lauter, weil der spottsüchtige junge Mann vor ihr jetzt seine Qual hörbar in seine Handmuscheln hineinächzte. Jerry stürmte redegewandt weiter, doch sie hörte ihn nicht mehr. Mit strahlenden, feuchten Augen sah sie nur das alte Torwärterhaus, das Lorbeerdickicht, die regungslose, von der Buche hängende Schaukel und darunter das blanke Scharbockskraut und den gelben Eisenhut. Überdies waren ihre Blicke zu Miss Shannon und Mr. Condon Larkin gewandert. Miss Shannons Linke hing neben ihrem Stuhl herunter, Mr. Larkins Rechte hing neben seinem Stuhl herunter, und die beiden Hände streichelten sich leise. Sie lehnte sich vor, das Kinn in der Handmuschel des aufgestützten Ellbogens; er hatte sich angelehnt, und beide schauten zum Redner auf. Selbst ein Blinder hätte gemerkt, daß sie seinen Worten nicht die geringste Aufmerksamkeit schenkten.

Als sie ihren Abschnitt der langen Tafel abgeräumt hatte, war Hochbetrieb in der Bar, doch sie sah ihn, größer als alle andern, inmitten des Gedränges, wie er sich mit Miss Shannon, Mr. Condon Larkin, Professor Quigley und zweien oder dreien von den jüngeren Männern unterhielt, den spottlustigen jungen Mann mit inbegriffen, der, wie sie jetzt sah, eine gebogene Nase, einen zerzausten blonden Schopf und – als leichten Flaum – ein blondes Bärtchen, vorstehende Vorderzähne und leidenschaftliche blaue Äuglein hatte. Er war sehr aufgebracht, und als sie sich näher schob, hörte sie ihn mit einer Stimme sprechen, die laut genug war, um über dem allgemeinen Geschnatter vernommen zu werden:

»›'s ist alles bloß 'n Haufen verdammter Rührseligkeiten! Und ich glaube nicht, daß Sie's wirklich so meinen, nein, kein einziges verdammtes Wort Ihrer Rede! Und daß Sie noch Tom Moore reinziehen mußten, kann Ihnen höchstens Gott verzeihen! Edward Burke – meinetwegen. Sogar Parnell kann ich Ihnen zugestehen, verdammt noch eins. Aber doch nicht Tommy Moore, barmherziger Himmel!«

Jerry war auch wütend.

»Und was paßt Ihnen nicht an Tom Moore, wenn ich bitten darf?« fragte er von seiner Höhe herab.

Der Professor sah aus, als versuche er sie beide zu beruhigen. Der zahnbewehrte junge Mann fauchte mit unverschämtem Tonfall:

»Er war sentimental und schlimmer als sentimental! Seine Sentimentalität war nichts als Berechnung! Er trug sein Herz auf dem Ärmel.

Aber was war das schon andres als der Preiszettel eines Mäntelchens, das er nach dem Winde hängte?«

»Aber, aber!« mischte sich der Professor ein. »Es war trotz alledem ein Herz! Ein Lied wie *Oft in the stilly night* hätte nicht von einem Mann ohne echtes Gefühl komponiert werden können!«

»Gefühl! Um *was* dahinter zu verstecken? Seinen Ehrgeiz! Wie alle sentimentalen Menschen war er...«

Der Professor sah sich erschrocken in der Bar um – alle sprachen, so laut sie nur konnten – und legte seine Hand auf die Schulter des jungen Mannes:

»Trotzdem ist's ein schönes Lied, Mr. Collyer! Jerry, singen Sie's uns vor! Lassen Sie uns einen Vers hören!«

»Also gut«, sagte Jerry. Sie trat ein paar Schritte zurück, als er sein Glas auf die Bartheke stellte und rief: »Und selbst wenn ich's verhunze, bleibt es trotzdem ein schönes Lied! Silentium für den Präsidenten!« schrie er, und obwohl einige mit geheucheltem Ernst Beifall riefen, verstummte doch allmählich die ganze Bar. Er räusperte sich und begann mit Gefühl zu singen. Während sie halb auf dem Korridor in der Tür stand und zuhörte, kamen andre Leute von der Halle herein, um auch zuzuhören. Sie fand es herrlich, wie er aus vollem

Herzen mit seinem schönen, tiefen Baß sang, besonders, als er an die leisen, nachzitternden Takte dieser beiden Verse kam:

»*Lächeln und Tränen der Knabenjahre,*
Worte der Liebe, damals gesagt...«

Die ganze Zeit schaute er Stella Shannon an: unter ihren besorgt zusammengezogenen Brauen hervor blickte sie auf Condon Larkin, der im offensichtlichen Bemühen, ernst zu bleiben, ständig die Augen zusammenkniff und aufriß.

Als das Klatschen aufhörte, nahm Jerry schwungvoll sein Glas zur Hand und schaute den jungen Collyer triumphierend an. Ehe sie ihre hitzige Unterhaltung fortsetzen konnten, schickte sie den Portier zu ihm. Sie beobachtete, wie der Portier seinen Arm berührte und ihm etwas zuflüsterte und wie Jerry sie über die Köpfe der Menge hinweg ansah. Er kam auf sie zu, drehte sich aber dabei um und drohte dem jungen Mann überheblich mit dem Finger: »Wenn ich meinen Wein bezahlt habe, sprechen wir uns nochmal. So leicht kommen Sie mir nicht davon, mein Junge!« Während er sich durch die offene Tür zu ihr hinauszwängte, tastete er schon nach seiner Geldtasche. Sie ging ein paar Meter den Korridor hinauf, weiter weg von der Bar und dem Lärm.

»Ja, der Wein?« fragte er. »Wieviel macht's?«

»Es ist nicht wegen des Weins, Jerry!« Sie lächelte, als er hochmütig die Augen aufriß, weil sie seinen Vornamen benutzt hatte. »Wie ich sehe, erinnerst du dich nicht an mich?«

»Tut mir leid«, entschuldigte er sich. »Mir scheint, daß ich Sie kennen sollte. Aber ich kann mich beim besten Willen nicht erinnern.«

Sie lachte und spürte, wie sie rot wurde.

»Du hast mich mal gefragt, ob ich dich heiraten will. Ich war damals zwölf. Jetzt heiße ich Lily Collis, aber damals, als wir uns kannten, war ich Lily Braden, 's ist lange her! Ich habe einen Vetter von dir geheiratet – Victor Collis. Er ist der Sohn von Onkel Mel. Wir haben immer alle zusammen hinter Onkel Mels Torwärterhäuschen in Templeogue gespielt. Hast du's vergessen?«

Neben sich sah er ein rotes Plüschsofa.

»Willst du nicht Platz nehmen, Lily?« sagte er freundlich.

»Ach nein, das geht nicht. Ich sollte jetzt in der Halle sein, ich habe Dienst, auch nachher beim Tanz. Ist es dir peinlich?«

»Gott bewahre, nicht im geringsten! Aber ich möchte mich gern setzen.«

Er setzte sich, blickte zu ihr auf und lachte.

»Du hattest früher lange blonde Zöpfe, die dir über den Rücken baumelten. Ich war so verknallt in dich! Ich hab' dich immer geschaukelt – unter der alten Buche! Zwanzig Stöße für einen Kuß! War das nicht unser Tarif?« Sie lachte glücklich. »Du hast also Onkel Mels Sohn geheiratet? Was für eine Menge Collis' es gab! Aus Glasnevin, von der North Circular Road, aus Howth und Raheny, und ein paar von der Südseite in Cabinteely und in unserm alten Templeogue. Weißt du auch, Lily, daß es fast dreißig Jahre her sein muß, seit ich dich zuletzt gesehen habe?«

»Und wie! Es ist siebenunddreißig Jahre her! Ich war dreizehn, als wir uns das letztemal sahen, und du warst sechzehn. Jetzt bist du bestimmt dreiundfünfzig, Jerry, und siehst auch so aus!«

Er hob scherzhaft flehend die Hände und lachte wieder:

»Verschone meine letzten paar grauen Haare, Lily!«

»Ich mußte dich einfach treffen, als ich hörte, wie du über Templeogue sprachst! Es ist wunderbar, wie du dich so gut an alles erinnerst! Der kleine Weg durch den Wald, und der Teich hinter dem Torwärterhäuschen und dic alte Schaukel und alles andre...«

»Der Geruch des Holzfeuers«, sagte er.

»Und die Gänse, die im Gras herumpickten!«

»Und die alte Allee, die so voll Unkraut war!«

»Und die alten Ställe, die beinah einstürzten«, rief sie.

»Weißt du noch den Tag, als die Jagdteilnehmer einen Fuchs quer über die Allee hetzten?«

»Ach, du erinnerst dich ja an alles!« rief sie.

Sie schwiegen und sahen einander an. In der Bar

hatte eine Frauenstimme zu singen begonnen: »Wirft Sorge ihre Schatten auf deine jungen Tage...«

»Sie haben immer noch Tom Moore vor«, sagte er.

In einem Spiegel, der in die Bar blickte, sah sie, daß die Sängerin Miss Shannon war.

»Denk bloß an Onkel Mel!« sagte Jerry und schaute zu ihr auf. »Er brannte durch, ging zur See, als Junge noch, und kam wieder und heiratete und wohnte im Torhüterhaus. Im Oberlicht über der Tür hatte er einen Viermaster in einer Flasche untergebracht!«

»Du weißt doch, daß er schließlich durch eigene Schuld ums Leben kam?«

»Um Gottes willen, nein!«

»Nachdem Victor mich geheiratet hatte, blieb Onkel Mel allein im Häuschen zurück. In einem Winter bekam er eine Lungenentzündung mit Fieberphantasien und war nicht mehr zu halten: eines Nachts wurde er auf den Stufen von Parnells Denkmal aufgefunden und ins Rotunda-Krankenhaus geschafft. Er wollte niemandem sagen, wer er war oder wo er wohnte, deshalb wurde er ins Armenhaus gesteckt, und dort ist er gestorben. Wir erfuhren es erst, nachdem er schon begraben war – auf dem Armenfriedhof begraben war. Ich glaube, es war ein wilder Racheakt an Victor, weil der mich geheiratet hatte. Aber die Collis' waren immer so: wild und starrköpfig und rachsüchtig.«

Er schüttelte den Kopf. Teils war er traurig, teils stolz.

»Weiß Gott, da hast du recht, Lily! Wußtest du, daß ich sieben Jahre lang nicht mehr mit meinem Vater gesprochen habe, bis zu seinem Tode? Und alles bloß wegen der Politik. Ich habe mich aus eigener Kraft durchs College geschuftet. Nachdem er gestorben war, mußte ich meine Mutter und meine beiden Schwestern unterstützen. Bin mit leeren Händen bis auf die oberste Stufe geklettert. Aber bei Gott, ich hab's geschafft! Nichts hat mich hindern können, und nichts wird mich jemals hindern, das zu bekommen, was ich haben will. O ja, wir sind bestimmt eine starrköpfige Gesellschaft. Aber erzähl mal, was ist denn aus Onkel Ned Collis geworden?«

Sie legte den Kopf auf die Seite und lachte wieder, doch diesmal war ihr Lachen ein halbes Stöhnen.

»Der war erst der richtige wilde Teufelskerl! Und immer zu tief in die Flasche geschaut! Einmal, als er auch auf 'ner Sauftour war, verpaßte er am North Wall sein Schiff, und da brachte er's doch fertig und sprang in den Liffey und schwamm hinter dem Schiff her, bis raus zum Poolbeg-Leuchtturm, denn er wußte, daß es dort nochmal hielt. In New Orleans ist er gestorben, im Delirium.«

Er war auch einmal in New Orleans gewesen.

Er sah den Nebel und die Lichter auf dem Mississippi. Seine Augen leuchteten auf:

»Teufelskerle, alle miteinander! Meine Mutter hat mir oft von einer Tante Collis erzählt, die von Ireland's Eye rund um Balscadden zum Bailey-Leuchtturm geschwommen ist – und das ist eine Strecke, die kein Mann vorher oder nachher riskiert hat!« Er stand auf und nahm ihre Hand in seine beiden Hände. »Lily, 's geht nichts über die alte Sippe! Wir haben von je das rechte Zeugs in uns gehabt!« Er spürte ihren Ring und schaute ihn an und dann sie: »Hast du Kinder?«

»Drei! Zwei Jungen und ein Mädchen. Jungen sind's natürlich jetzt nicht mehr. Der Älteste ist verheiratet. Ist im vorigen Monat nach England gezogen. Als Arzt. Der zweite ist auf einem Schiff, er ist Funk-Offizier. Annie ist zu Haus geblieben, sie ist Röntgenologin. Und meinen Victor kennst du gut: er ist Oberkellner in der Oyster.«

»Großer Gott, da muß ich ihn ja in den letzten zehn Jahren meines Lebens mindestens einmal die Woche gesehen haben! Warum hat er mich nicht angesprochen? Gesagt, wer er ist?«

»Das hätte sich nicht geschickt. Aber du kannst ja mit ihm reden, wenn du's nächstemal wieder in der Oyster bist!«

»Ja, werd' ich tun.«

Aber er wußte bereits, daß er nie wieder in der Oyster essen würde. Sie fuhr fort:

»Seit die Kinder groß sind, nehme ich jetzt hier und da mal 'ne Aushilfsstellung an – wie heute. Für einen Abend oder eine Woche. Warum soll ich zu Hause in Ringsend sitzen und gar nichts tun? Bin diesmal nur heute abend hier. Morgen will ich eine Rundfahrt machen und mir die Seen anschauen.«

»Du hast also geheiratet und ›bist glücklich und zufrieden bis an dein Lebensende?‹«

»Da du mich ja nicht haben wolltest!« lachte sie kokett. »Aber wie steht's denn mit dir?«

»Ich bin ein abgebrühter alter Junggeselle, Lily! Als ich jung war, war ich zu ehrgeizig und hatte für dergleichen keine Zeit, und jetzt, wo ich ein alter Kauz bin, will mich keine nehmen.«

»Unsinn, Jerry!« sagte sie mütterlich. »Ich hab' doch gesehen, daß du Miss Shannon verliebte Augen gemacht hast! Eines schönen Tages bist du verheiratet! Aber ich habe dich deinen Freunden entzogen, und ich muß mich auch um meine Pflicht kümmern. Es war herrlich, mal wieder von den alten Zeiten zu schwatzen, Jerry! Ich freue mich, daß wenigstens *ein* Collis etwas aus seinem Leben gemacht hat! Du hast eine glänzende Rede gehalten. In der Halle sprechen sie auch alle darüber. Sie sagen, daß du den Auftrag bestimmt bekämst! Was ist es denn?«

Er schnitt eine kleine Grimasse.

»Bloß ein großes Überbauungsprojekt. Mich interessiert daran nichts weiter, als daß derjenige, der den Auftrag bekommt, es auch richtig macht. Alles Alte ist kostbar, Lily! Je älter ich werde, desto mehr weiß ich's.«

»Natürlich bekommst du ihn«, erklärte sie freundschaftlich. »Wer könnte es besser als du? Und hoffentlich verdienst du auch einen Haufen Geld dabei!«

Sie drückten sich herzlich die Hand. Er sah ihr nach, wie sie sich entfernte, den Korridor entlang. Eine gute Figur. Hübsch. Tapfer. Und verdammt intelligent. In der Bar näherte sich Stellas Gesang dem lieblichen, traurigen Schluß:

»*Wenn so die kalte Welt erstickt*
Gefühle, die dir teuer waren...«

Er zauderte, sah neben sich eine Glastür und trat in die Nacht hinaus.

Das Dunkel war feucht, aber warm. Der Himmel war ein einziger Korb voller Sterne. Er fühlte einen Kiespfad unter den Füßen und ging ihn langsam weiter, bis er hörte, wie der See gleich einer schleckenden Katze gegen das Ufer plätscherte, und als er sich ans Dunkel gewöhnt hatte, erkannte er einen kleinen hölzernen Landesteg, der hinter einem Bootshaus ins Wasser vorstieß. Es roch nach Lorbeer und Schilf und verfaulendem Holz. Er lehnte sich gegen den Schuppen und sah die weite Fläche der Seen, die sich mit ihren schwarzen Inseln ringsum ausdehnten, und die hochragenden Berge, die den Sternenhimmel aussperrten. Der

Südwind strich sanft und gleichmütig über alles hinweg.

Später würde er sagen:

»Sie hat mich wahrhaftig ein bißchen aus dem Gleichgewicht gebracht.« Doch was ihn nun eigentlich an ihrer kurzen Begegnung so erregt hatte, konnte er nicht in Worte fassen. Er wußte nur, daß er einen Schatten gespürt hatte, einen Schatten, stumm wie eine Wolke, den er viele Jahre nicht beachtet hatte und mit dem er plötzlich allein zu sein wünschte. Er blieb am See, drei Zigarettenlängen.

Sie hatten unbekümmert drauflos gelebt, manche geradezu tollkühn, und allesamt Teufelskerle, die das Leben in beide Hände nahmen und es ohne Berechnung vergeudeten. Aber weil sie so gelebt hatten, brauchten sie auch kein Mitleid. Der alte Ned etwa, der sich betrunken vom Uferdamm gestürzt hatte und seinem Schiff nachgeschwommen war? Gespuckt hätte der auf jedes Mitleid! »Ist nachher im Delirium in New Orleans gestorben...« Sie hatten etwas Kostbares und Mächtiges und Wirkliches zurückgewiesen und verschmäht, aber sie waren keine Nieten. Nieten waren eine ganz andre Sorte von Betrunkenen, Burschen wie Condon Larkin, die herumlungern und drauf warten, daß jemand sie mitleidsvoll aus dem Rinnstein aufliest. Heftig riß er seine zweite Zigarette aus dem Etui und zündete sie mit zornigem Aufschnappen des Feuerzeugs an. Nieten sind ehrgeizige, berechnende Menschen, die im leisesten Windhauch Unheil wittern. Nicht etwa, daß sie, die Collis', bloß unbekümmert waren! Lily war eine Collis: mit Augen, die einem durch und durch gingen, und mit ihrem festen kleinen Körper (wie ein Pony!) und mit Händen wie Tellern, und dann die drei Kinder, für die sie sich abgerackert hatte und von denen sie den Ältesten Arzt und die Tochter Röntgenologin werden ließ und den Dritten aufs Meer schickte, wie sie ihren Victor jeden Morgen und Abend in Frack und schwarzer Krawatte in die Oyster geschickt hatte. Er konnte sich ihre Zigarrenkiste von einem Haus in Ringsend vorstellen, roter Backstein, drei Fenster, eine grüne Tür mit eisernem Türklopfer, eins von hundert ebensolchen in der Nähe der rußigen Kirche am Kanalbecken, nie verschont vom Rasseln der Straßenbahn, von Autoscheinwerfern, die über die Decke spielten, und von den Schiffs-Sirenen auf dem Liffey. Voller Bewunderung lachte er auf. Genau die Sorte Frau, die von Ireland's Eye zum Bailey-Leuchtturm und zurück schwamm! Ärgerlich ächzend schleuderte er seine Zigarette in einem rötlichen Bogen ins Wasser. »Irgendwie hat sie mich aus dem Sattel gehoben«, würde er später einmal sagen. Doch er würde niemals zugeben, daß er sich danach klein und beschämt vorgekommen war.

Er zündete seine dritte Zigarette an und wandte sich dem Hotel und dem leisen Rhythmus der Tanzmusik zu. Der junge Collyer würde wahrscheinlich sagen, daß er jetzt über die kleinen Heimstätten der Lebenden sabbere wie vorher über die großen Häuser der Toten. Er ging langsam über ein steiniges Stück Strand mit schmatzendem Wasser, bis er zu seiner Linken die hellen Fenster sah, die ihr Licht über den Rasen bis zu einer weißen Gartenbank am Rande des Sees aussandten. Das eine Fenster stand offen. Dahinter konnte er die vorbeitanzenden Paare sehen.

Als er so stand und unentschlossen auf das Fenster blickte, hörte er, wie jemand in der Nähe seinen Namen rief. Am Ende eines schmalen Fußwegs konnte er eine rohgezimmerte Laube mit einem spitzen Strohdach entdecken. Er ging darauf zu, spähte hinein und sah zwei in der Dunkelheit glimmende Zigaretten.

»Wer ist da?« fragte er.

»Wir«, antwortete Stella leise.

Er zündete sein Feuerzeug an und hielt es wie eine Fackel über seinen Kopf.

»Die Freiheitsstatue?« fragte Stellas Stimme.

Er erkannte Condon Larkin, der neben ihr saß. Ihre Schultern waren entblößt, ihr Gesicht bleich, der Hals so gerade wie der eines Schwans, und er bildete sich ein, daß sie ihn spöttisch anschaute. Kurz bevor er die Flamme auslöschte, sah er auf dem Tisch zwischen ihnen eine Flasche Brandy. Er trat ein und setzte sich neben sie, und allmählich, beim widergestrahlten Schimmer der Lampen und der Sterne, sah er sie besser, und sah auch, daß ihre bleichen Hände das Brandy-Glas umklammerten, als wäre es ein Kelch. Er spürte, daß sich seine Wut auf Larkin wie ein großer Stein in seiner Brust regte, aber es gelang ihm, ruhig zu sagen:

»Liebste Stella, meinst du nicht, es wäre vorsichtiger, wenn du ins Haus gingest? Oder wenigstens einen Umhang trügst?«

Ihr Kopf schwankte leise auf dem langen Hals – wie eine Narzisse im leichten Wind –, und sie erwiderte, seine Stimme parodierend:

»Lieber Jerry! Vorsichtiger Jerry! Du solltest bestimmt im Haus sein, um für deine Pläne Reklame zu machen!«

Larkin lehnte sich über sie hinweg zu Jerry hinüber und begann mit der bekannt langsamen und betont achtsamen Ausdrucksweise von Betrunkenen zu sprechen:

»Mi-ster Prä-si-dent, wir haben über Sie gespro-chen. Ich möchte Ihnen auf-rich-tig gra-tulieren! Zu einer sehr sub-ti-len Rede! Besonders dem Teil, der von Templeogue handelt. Ich hoffe auf-richtig, daß man Sie mit dem ganzen Projekt be-traut. Ich wünsche es auf-rich-tig!«

»Halten Sie den Mund, Larkin!« erwiderte er ärgerlich.

»Stella? Unser Prä-si-dent sagt, ich soll den Mund hal-ten! Aber ich will den Mund nicht hal-ten! Wa-rum sollte ich den Mund hal-ten? Es war eine sehr gute Re-de! Und das wie-der-hole ich!«

»Meinetwegen, Larkin. Was Sie sagen wollen, wozu Sie jedoch nicht den Mut aufbringen, um es offen heraus zu sagen, ist nämlich, daß mir einzig und allein daran liegt, den Templeogue-Auftrag zu bekommen. Danke herzlichst!«

Stella legte ihre Hand leicht auf die seine.

»Jerry! Condon und ich haben oft darüber gesprochen. Wir glauben, daß alles, was du übers Erschaffen und Zerstören gesagt hast, und wie nah sie beisammen lägen, sehr wahr ist. Schrecklich wahr.«

Aus ihrer Berührung und aus ihrem Tonfall schloß er, daß sie ihn nicht verspottete: seine Rede hatte ihnen wirklich gefallen. Larkin beugte sich wieder zu ihm vor und drückte Stella, von der ein Dufthauch Jasmin und Brandy ausging, gegen ihn.

»Sie hat recht! Es ist schrecklich wahr! ›Erschaffen bedeutet Verändern‹, sagten Sie. ›Und Verändern bedeutet Zerstören.‹ Und warum ist es wahr? Es ist wahr, weil jeder, der erschafft, ein gott-verdammter, be-sessener, ver-fluchter Egoist ist! Das ist auch der Grund, weshalb ich ewig ein Versager bleiben werde. Nicht, Stella!« schnauzte er sie zänkisch an und schob ihre Hand weg. »Du hast's mir oft genug eingebleut! Ich bin zu schüchtern. Ich habe keinen Ehrgeiz. Ich bin ein Versager!«

Sie blickte Jerry seufzend an.

»Deshalb hat deine Rede Condy und mir so gefallen, Jerry! Wir finden, daß alle Leute etwas mehr Scheu haben sollten. Man sollte alles sich natürlich entwickeln lassen, wie Blätter. Du weißt schon: die Lilien auf dem Felde und so weiter! Condy sagt, warum darf überhaupt jemand seine Hand an das von Gottes Hand Erschaffene legen?«

Er konnte seinen Ärger nicht mehr bezähmen.

»Aber das habe ich ganz und gar nicht gemeint. Wir müssen erschaffen, ob es uns paßt oder nicht. Die Leute müssen in Häusern wohnen. Wir müssen für sie bauen, und weiterbauen, auch wenn es nur eine Landstraße, eine Brücke oder ein Durchlaß für einen Bach ist. Wir müssen weitergehen, in die Zukunft hinein. Vor allem möchte ich für die Menschen von heute riesige Bauprojekte um diese alten Städte und Dörfer herum planen, Überbauungen, die sich immer tiefer ins Land erstrekken, so wie eine Armee von Tanks in einem Land, das sie erobern will, in umfassenden Bögen ausholt. Wir müssen es tun. Selbst wenn wir es nicht tun wollen, würde das Leben uns dazu zwingen, indem es uns voranstößt. Es ist nicht aufzuhalten.«

Larkin wollte etwas sagen, gab aber plötzlich den Geist auf: der Kopf sank ihm auf die Arme, sein Glas rollte zu Boden. Fast unmittelbar darauf bewies lautes Schnarchen, daß er eingeschlafen war. Einen Augenblick strebte Stellas Hand zu seinem Kopf, und dann kehrte sie langsam zu ihrem Glas zurück. Sie flüsterte:

»Im Gespräch ist er dir leider nicht gewachsen. Aber er ist ein sehr guter Architekt. Er hat nur nicht deinen Schwung.«

Er erwiderte gereizt:

»Die Bude hier ist so feucht wie ein Pilz! Laß uns ein paar Minuten hinausgehn und frische Luft schöpfen.«

Sie stand auf und schwankte ein wenig. Als er ihren Arm nahm, um sie zu stützen, war es, als hielte er einen Vogel beim Flügel. Draußen hob sie ihre gefurchte Stirn gen Himmel und murmelte: »Himmlische Sterne!« Für eine so junge Frau hatte sie ein seltsam faltiges Gesicht. Die überdehnte Stellung hatte ihre kleinen Brüste gestrafft. Er wollte ihre nackten Schultern berühren.

»Stella! Du wirst nie etwas mit ihm anfangen können! Er ist kein guter Architekt! Er kann nichts Gutes leisten. Er ist bloß ein Trunkenbold!«

Sie sah noch immer zum Himmel auf und machte eine nur matt widersprechende Handbewegung.

»Bitte, fang nicht wieder damit an!«

»Stella? Ist der wahre Grund, warum du mich nicht heiraten willst, der, daß ich zu alt bin?«

Ihre Antwort war nicht ein ausgesprochenes

Kopfschütteln – vielmehr ließ sie den Kopf von einer Seite auf die andre rollen, und dann sank er infolge seines eigenen Gewichts hinab, so daß sie unter der gefurchten Stirn hervor dorthin schaute, wo das Licht aus dem Hotel auf das Wasser fiel. Er drang heftig auf sie ein:

»Warum mußt du immer herumgehen und Leute aus dem Rinnstein aufgreifen? Lahme Enten! Schwächlinge! Burschen, die...«

Ihre Hand auf seinem Arm und ein Blick zurück zur Laube geboten ihm Schweigen.

»Der arme Condy!« widersprach sie leise.

»Und warum nicht der arme Jerry? Verdiene ich's nicht? Habe ich nicht deshalb gearbeitet? Verdiene ich nicht auch ein Heim und eine Frau und Kinder?«

»Armer Jerry!« beschwichtigte sie ihn mit bittendem Blick. »Du verdienst bestimmt eine Menge guter Dinge.«

»Aber nicht von dir?«

»Ich würde dir gar nichts nützen, Jerry! Ich würde stets sein wollen, was immer ich bin, und du würdest mich stets ummodeln wollen. Oh, ich weiß schon, du wärst gut zu mir, wärst stolz auf mich, würdest einen kleinen Zipfel von mir übriglassen, um ihn deinen Freunden vorzuführen, aber du würdest mich umzingeln, einkreisen und am liebsten überschlucken – genau wie du Templeogue überschlucken möchtest!«

Sie schwiegen ein Weilchen und blickten beide auf den dunklen See hinaus, der unaufhörlich das Ufer beschleckte.

»Du hast also wirklich kein Wort von dem geglaubt, was ich heute abend sagte?«

»Ich hab's geglaubt. Aber du hast es nicht geglaubt. Du bist sehr ehrgeizig, nicht wahr, Jerry?«

Er gab keine Antwort. Der Gedanke, sie könnte ihm eine Frage stellen, über deren Beantwortung sie noch Zweifel hegte, ließ ihn wieder hoffen und regte ihn so auf, daß ihm die Hände in der Tasche zu zittern begannen, und er wurde fast berauscht vom Duft ihres Körpers neben ihm und von den Gerüchen des Sees und des Ufers und der wispernden Wellen. Er sah nicht zu ihr hin, aber er wußte, daß sie leicht schwankend neben ihm stand und zu ihm aufblickte.

»Ich will nichts als dich! Bei allem, was ich tun würde, wärst du meine Inspiration.«

»Was für eine Rolle!«

»Ich will nichts in der Welt als dich!«

»Selbst Templeogue nicht?«

»Wenn ich Templeogue aufgebe, heiratest du mich dann?«

»Ja! Postwendend!«

Er sagte nichts. Sie wandte ihr Gesicht zu den Sternen auf und begann spöttisch zu lachen. Plötzlich brach sie ab. Die schlaftrunkene Stimme in der Hütte krächzte ihren Namen. Sie drehte sich um und blickte auf den dunklen Eingang. Sie legte ihre Hand auf Jerrys Arm.

»Er ist kein schlechter Architekt! Er sollte einen Posten im Amt für Öffentliche Bauten bekommen und sich um die alten georgianischen Häuser und um alte Kirchen und Denkmäler kümmern. Er hat so viel Geschmack und so viel Ehrfurcht! Beim Amt ist so eine Stelle frei, die würde ihm ausgezeichnet liegen. Könntest du da nicht ein Wort für ihn einlegen, Jerry?«

Er blickte auf ihr zartes, versorgtes kleines Gesicht nieder.

»Wenn ich nun die Stelle selbst übernähme, würdest du mich dann heiraten?«

Sie schüttelte benommen den Kopf.

»Jerry, du könntest ebensogut versuchen, über den See zu wandern! Jeder ist, wie er ist!«

Er packte sie stürmisch bei den bloßen Schultern.

»Stella! Bleib bei mir! Geh mit mir fort!«

Sie befreite sich sanft, ging in die Hütte und setzte sich gefaßt hin. Er sah, wie ihre Hand den zerzausten Kopf auf dem Tisch streichelte, und im gleichen Augenblick erkannte er, daß sie mit ihren Versuchen, Larkin zu retten, ihr eigenes Leben zerstören würde, und alle möglichen Gedanken quirlten ihm wild durch den Kopf, nämlich, daß es so etwas gar nicht gäbe, sein Leben bewahren oder sein Leben verlieren, weil niemand wissen könne, was das Leben ist, bis er soviel davon erlebt hat, daß es dann zu spät ist, etwas anderes zu tun, als auf dem Wege weiterzugehen, den man von Anfang an eingeschlagen hatte oder auf den man getrieben wurde. Es steht uns einzig frei, innerhalb unsres eigenen Schicksals zu sein, zu handeln, zu leben, zu erschaffen, zu erträumen oder wie immer man es nennen mag – oder sonst dem Schicksal ins Gesicht zu spucken und von ihm vernichtet zu werden. Wenn der Mensch das nicht tun will, bleibt ihm weiter nichts übrig, als sein Brot zu backen und aufs Wasser zu werfen und zu hoffen, daß das, was er tut (er blickte empor und rings in die Runde), der Wille der Nacht und der Sterne und des Gottes über diesem ganzen verfluchten, verdammten, unbegreiflichen Weltall ist.

Er drehte sich um und schritt auf die hellen Fenster zu. Von den mittleren drei Fenstern war das in der Mitte eine Glastür, die mit ein paar Stufen auf den Rasen führte. Er ging sie hinauf und blieb am Eingang stehen, die Hände in der Tasche, die Schultern stramm zurückgenommen, beobachtete die vorbeischwebenden Paare und lächelte wohlwollend, sooft sein Blick auf jemanden fiel, den er kannte. Dann sah er auf einer Bank in einer Ecke den jungen Collyer und Kevin Lowry mit zwei jungen Damen. Er näherte sich ihnen übermütig, schwenkte Schultern und Frackschöße und griente sie strahlend an.

»Da haben wir's!« lachte er, setzte sich zwischen die beiden jungen Damen und legte ihnen die Arme um die Schultern. »Jugend hat keine Tugend, ob Männlein oder Weiblein. Nun mal los, was trinken wir? Wo stecken die verflixten Kellner?«

Er hob den einen Arm und schnickte mit den Fingern. Lily Collis kam lächelnd näher. Er winkte ihr.

»Sag dem Weinkellner, er soll mir zwei Flaschen Schampus bringen, Lily, aber den besten vom Haus!«

Sie warf rasch einen Blick auf die beiden jungen Damen, lächelte ihm zu und ging.

Er hatte sich schon eifrig den beiden jungen Männern zugewandt und sprach hastig und ungestüm auf sie ein. Zwischen ihnen stand ein niedriger Tisch mit einer weißen Marmorplatte. Aus der Westentasche holte er einen goldenen Bleistift und warf mit kräftigem Strich Linien darüberhin, um Straßen, Alleen, Felder und Häuser zu bezeichnen. Zuerst hörten sie ihm spöttisch zu und sahen einander mit langen, ungerührten Blicken an, doch allmählich schwemmten seine Energie und seine Begeisterung sie in das Netz der Diskussion, so daß sie den Champagner, als er erschien, gar nicht beachteten, sondern sich hingerissen über den Tisch beugten und aufgeregt mit dem Finger hinwiesen und widersprachen und lachten. Die Tänzer schwebten an ihnen vorüber, die Musik dröhnte. Einmal lehnte er sich zurück und blickte durch die Glastür hinaus. Die Sterne blinkten. Der dunkle See schmatzte gegen das Ufer.

Sean O'Casey

Ich klopfe an

Autobiographie

Aus dem Englischen von Georg Goyert
Mit einer Einleitung von Kaspar Spinner

In einem bitterarmen Vorort von Dublin wurde Sean O'Casey als letztes von dreizehn Kindern protestantischer Eltern geboren und »auf der Straße« erzogen. Wegen eines Vitaminmangels erblindete er beinahe und konnte die Grundschule nur drei Jahre besuchen, wurde Botenjunge, Bau- und dann Bahnarbeiter. Er lernte und las mit der gründlichen Leidenschaft eines Autodidakten. *Als ich anklopfte* ist die Geschichte einer Kindheit in Dublin, die zu den schönsten Autobiographien der Weltliteratur zählt.

»Dieser Lebensbericht ist ein erstaunliches, üppig wucherndes, sprachgewaltiges Buch, ein witziger, trauriger, böser und rührender Rückblick in die Kinderzeit, Abrechnung mit den Toten, zornbebendes Reinemachen und zärtliche Erinnerung.« *Urs Widmer*

»Ich kenne keine Lebensbeschreibung, die so wunderbar anfängt – der Poet bringt sich schreibend noch einmal zur Welt.« *Peter Härtling*

Frank O'Connor
Die Reise nach Dublin

Roman. Aus dem Englischen
von Elisabeth Schnack

Die Geschichte einer jungen Liebe: Schon als Kinder lernten Phil und Mary das Leben kennen; er in Armut und Elend bei seiner Mutter, deren Sterben er mitansehen muß, sie in der Umgebung ihrer leichtsinnigen Mutter und eines vermeintlichen Vaters. Phil bewahrt seine Freundin Mary vor einem schlechten Lebenswandel in Dublin und bringt sie auf langer Trampwanderung wohlbehalten zurück nach Cork, wobei ihnen unterwegs ›das Leben‹ in einer so krassen Form begegnet, daß er, aus dem Gleichgewicht geworfen, sich vorübergehend von Mary Kate trennen will.

»Wie Joyce gestaltete auch O'Connor immer wieder Eindrücke und Erlebnisse aus seiner Kindheit und Jugend im katholischen Irland, wobei seine südirische Heimatstadt Cork eine ähnlich zentrale Rolle spielt wie Dublin im Werk von Joyce.«
Kindlers Literaturlexikon

»Der Roman einer jungen Liebe, die sich vor dem grotesken Hintergrund des Armenviertels der südirischen Stadt Cork abspielt. – Wer seine Heimat so verewigt, der tut für Irland, was Čechov für Rußland tat.«
W. B. Yeats

Edna O'Brien

Das Mädchen mit den grünen Augen

Roman. Aus dem Englischen von Margaret Carroux

Die Liebesabenteuer von zwei jungen Frauen in Dublin. Baba und Caithleen sind unzertrennliche Freundinnen. Gemeinsam lernen sie den Dokumentarfilmer Eugene Gaillard kennen, in den Caithleen sich verliebt.

»Die O'Brien läßt Kate die Romanze erzählen, aufrichtig im Schmerz und nicht ohne finsteren Humor. Mag die Autorin auch für die schlichten Beter, Raufbolde und Säufer ihrer Heimat wenig übrig haben – einige Halbkünstler und Viertelintellektuelle scheinen ihr noch lästiger zu sein.« *Der Spiegel, Hamburg*

»So alltäglich die Thematik ist, die Art, wie Edna O'Brien ihren Stoff anbietet, ist so ungemein aufrichtig, so fröhlich und tieftraurig, ohne daß die Gefühle der Erzählerin in Sentimentalität abglitten. Sie bleibt immer nüchtern und realistisch. Die Personen sind voller Leben: sie stellen sich dem Leser mit ihrer Sehnsucht, ihren Träumen, ihren Ängsten und ihrem Mut.«
Westdeutscher Rundfunk, Köln

»Edna O'Brien gelingt es in diesem Roman, das Klischee ›verheirateter älterer Mann liebt junges Mädchen‹ zu sprengen und daraus eine bittersüße Liebesgeschichte zu machen.«
Norddeutscher Rundfunk, Hamburg

»Es ist erstaunlich, zu welch frühem Zeitpunkt eine ausgerechnet irische Autorin bereits bewußt und fast überdeutlich den Sex als des Pudels Kern dargestellt hat.« *Süddeutscher Rundfunk, Stuttgart*

Bernard Mac Laverty im Diogenes Verlag

»Bernard Mac Laverty schildert die Einsamkeit des Menschen und seine Verlassenheit in der Gesellschaft, Existenzen in einer Welt ohne Liebe, und seine Geschichten wären trostlos zu nennen, steckten sie nicht so voller Humor und hintergründigem Witz. Der Autor liebt seine Figuren, denen gemeinsam ist, daß sie das ihnen auferlegte Schicksal in der Gewißheit tragen, es ohnehin nicht ändern zu können. Die Themen sind zwar oft genug bedrückend, aber die Kunst dieses begabten Erzählers besteht darin, das Schwere leicht erscheinen zu lassen, ohne Konflikte zu verharmlosen, ohne ihnen Ernst und Würde zu nehmen. Das wird mit sparsamen Mitteln dargestellt: Bernard Mac Laverty ist ein Künstler des Aussparens.«
Eckart Klessmann/Frankfurter Allgemeine Zeitung

»Mac Laverty gehört in die Reihe der großen Geschichtenerzähler, neben Čechov, Joyce und Mansfield.«
The New York Times Book Review

Lamb – der Ausgeflogene
Roman. Aus dem Englischen
von Hanna Neves

Cal
Roman. Deutsch
von Nikolaus Stingl

Geheimnisse
und andere Erzählungen. Deutsch
von Hans-Christian Oeser

Tanzen hat seine Zeit
Erzählungen. Deutsch von
Hans-Christian Oeser